Christi Caldwell

Nur kein Herzog

Montlake
Romance

Das Buch

Seit Lady Imogen Moore von ihrem Verlobten, einem einflussreichen Herzog, sitzen gelassen wurde, glaubt sie nicht mehr an die große Liebe. Nie wieder will sie sich dem Schmerz eines gebrochenen Herzens aussetzen und ist entschlossen, sich einen höflichen, respektablen Gentleman als Ehemann zu suchen.

Lord Alex Edgerton will das Leben in vollen Zügen genießen. Als er gegen seinen Willen dazu verdonnert wird, die Anstandsdame für seine Schwester und deren Freundin Lady Imogen zu spielen, ist der berüchtigte Lebemann und Frauenheld zunächst wenig begeistert. Aber schon bald fühlt er sich unwiderstehlich hingezogen zu der resoluten Miss. Doch die Lady hat genug von treulosen Edelmännern, seien sie auch noch so charmant. Nun muss Alex seine ganze Verführungskunst einsetzen, um Imogen zu beweisen, dass er genau der Richtige für sie ist …

Die Autorin

USA-Today-Bestseller-Autorin Christi Caldwell entdeckte die Welt der historischen Liebesromane durch Judith McNaughts »Sturm der Leidenschaft«. Eines Tages saß sie in ihrem Apartment an der University of Connecticut und beschloss, ihre Skripte beiseitezulegen, ihren Laptop zu holen und sich selbst an einem Roman zu versuchen. Sie glaubt fest daran, dass die besten Helden und Heldinnen die mit Fehlern sind, und sie genießt es sehr, sie ein wenig zu quälen, bevor sie sie mit einem wohlverdienten Happy End belohnt.

Christi Caldwell wohnt im Süden von Connecticut, wo sie ihre Zeit mit dem Schreiben von Historicals verbringt, ihren frechen kleinen Sohn durchs Haus jagt und sich um ihre zwei Prinzessinnen in Ausbildung kümmert.

Christi Caldwell

Nur kein Herzog

Roman

Aus dem Amerikanischen
von Lily Adrian

Montlake Romance

Die Originalausgabe erschien 2015 unter dem Titel
»The Love of a Rogue« im Selbstverlag.

Deutsche Erstveröffentlichung bei
Montlake Romance, Amazon Media E.U. S. à r. l.
5 Rue Plaetis, L-2338, Luxembourg
Juli 2017

Die Übersetzung dieses Buches wurde durch AmazonCrossing ermöglicht.

Umschlaggestaltung: bürosüd° München, www.buerosued.de
Umschlagmotiv: © Fedorova Nataliia / Shutterstock; © Sundraw Photography / Shutterstock; © elesi / Shutterstock; © lulu and isabelle / Shutterstock; © diplomedia / Shutterstock; © Y Photo Studio / Shutterstock
Lektorat: Ute-Christine Geiler, Birte Lilienthal, Agentur Libelli GmbH
Printed in Germany
By Amazon Distribution GmbH
Amazonstraße 1
04347 Leipzig, Germany

ISBN: 978-1-542-04826-2

www.montlake-romance.de

Wir alle brauchen ein bisschen Hilfe dabei, unsere Träume wahr
zu machen:
Dr. Leondires, Dr. Patrizio, Dr. Fleischman und Dr. Reel dafür,
dass sie mir die Erfüllung meines ersten Traums ermöglicht haben
– des Traums, Mutter zu werden.
Und meinen wunderbaren Lesern. Jeden Tag ermöglichen Sie mir
meinen zweiten Traum –
Welten voller Happy Ends zu erschaffen –,
und dafür danke ich Ihnen. Ohne Sie bin nichts.

Kapitel 1

London, England, Frühling 1815

An dem Tag, an dem Lady Imogen Isabel Moore vor beinahe drei Saisons ihr Debüt gehabt hatte, hatte sie die gute Gesellschaft im Sturm erobert.

Allerdings nicht aus irgendwelchen Gründen, die gut waren.

Ein Glas Limonade, in zitternden Fingern gehalten, ein ungeschickter Schritt und eine ungünstig positionierte Lady Jersey in den geheiligten Hallen von Almack's hatten Imogen jäh in den Fokus der guten Gesellschaft gerückt. Das Glas Limonade hatte sich als der katastrophalste Moment ihrer achtzehn Jahre erwiesen. In einer einzigen Nacht hatte sie die gute Gesellschaft vor den Kopf gestoßen … und die Aufmerksamkeit des sagenhaft gut aussehenden Duke of Montrose auf sich gezogen.

Seufzend blickte Imogen hinab auf die Ausgabe der *Times*.

Der frisch verheiratete D. of M. ist nach London zurückgekehrt …

Sie überflog die Einzelheiten des Artikels. *Hoffnungslos verliebt. Hingebungsvoll … Liebe um jeden Preis …* Imogen warf die

Zeitung zur Seite, die mit einem leichten Klatschen auf einem Mahagonitischchen landete.

Er war zurückgekehrt. Der sagenhaft gut aussehende goldene Herzog mit seiner glatten Zunge, dem gewinnenden Lächeln und dem schwarzen Herzen. Und er war mit seiner Gemahlin zurückgekommen – Rosalind, Imogens ein Jahr jüngerer Schwester. Oder besser gesagt der Duchess of Montrose, wie sie nun richtig hieß.

»Jetzt sag nicht, dass du schon wieder schwermütig bist.«

Imogen keuchte auf und fuhr so rasch herum, dass ihr eine rote Locke aus dem Haarknoten glitt und in die Stirn fiel. Mit laut raschelnden blauen Seidenröcken kam ihre Mutter ins Zimmer gerauscht.

»Mutter«, begrüßte Imogen mit einem schwachen Lächeln den Elternteil, der einfach nur glücklich gewesen war, dass eine seiner Töchter sich einen Herzogstitel gesichert hatte. Nichts anderes als der Titel war wichtig gewesen. »Ich bin nicht schwermütig«, fügte sie im Nachsatz noch hinzu.

O Gott. Ihre Lippen verzogen sich verächtlich. Dieser treulose, schurkenhafte Herzog, den zu lieben sie sich eingebildet hatte, hatte sie in eines genau jener unglücklichen Geschöpfe verwandelt, deren Gesellschaft alle mieden.

Mutter blieb vor ihr stehen und steckte ihr wortlos die entwischte, entsetzlich rote Locke hinters Ohr. Sie kniff die Augen zusammen wie ein altersschwacher Lord, der sein Lorgnon benötigte, und betrachtete Imogen.

Die wich unwillkürlich zurück. »Was ist denn?«

»Ich suche nach Tränen. Die darf es nicht geben. Deine Schwester ist glücklich, und das sollte auch dich glücklich machen, und …« Ihre Mutter begann mit der vertrauten Predigt, einem völlig unsinnigen Vortrag über geschwisterliche Loyalität, die von Imogen erwartet wurde, obwohl ihre eigene Schwester genau davon nichts bewiesen hatte. »… und du wirst die gute Gesellschaft im Sturm erobern.« Diese hoffnungsvollen Worte holten Imogen in die Gegenwart.

Ein undamenhaftes Schnauben entwich ihr, das ihr wiederum ein Stirnrunzeln von ihrer Frau Mama eintrug. »Ich habe die Gesellschaft schon im Sturm erobert, Mutter. Erinnerst du dich noch? Es gab da den Zwischenfall mit der Limonade vor zwei« – beinahe drei – »Jahren.« Dieser entscheidende Augenblick, der den Duke of Montrose in ihr Leben und in ihr Herz katapultiert hatte.

Dieses verflixte Glas Limonade.

Ihre Mutter winkte ab. »Ach, sei still, Imogen. Das ist nicht die Art von Sturm, die ich meine.« Bedauerlicherweise war Mutter niemals imstande gewesen, Sarkasmus zu erkennen. »Du sollst zu Gesellschaften gehen und lächeln und einen Gentleman finden.«

»Ich habe einen Gentleman gefunden«, rief sie ihrer Mutter mit unseliger Befriedigung in Erinnerung. »Den Du …«

»Hättest du ihn denn heiraten wollen, obwohl sein Herz einer anderen gehört?« Die Worte trafen Imogen wie ein wohlplatzierter Schlag.

Ach, also war ihre Mutter so was wie eine Romantikerin geworden. Die Gier nach einem Herzog konnte ehrgeizigen Mamas so was antun. »Nein, allerdings nicht«, presste Imogen mit verkniffenen Lippen hervor.

»Wir werden dir einen einflussreichen, vornehmen Gentleman mit Titel suchen, und dann wirst du genauso glücklich sein und im siebten Himmel schweben wie deine Schwester.«

Ein weiterer gut gezielter Treffer. Wenn ihre Mutter nicht so oberflächlich gewesen wäre, hätte Imogen gedacht, sie hätte ihre Worte mit absichtlicher Grausamkeit gewählt. Ein erschrecktes Quieken entschlüpfte ihr, als ihre Mutter unvermittelt ihr Gesicht zwischen die Hände nahm und leicht zudrückte.

»Ich verspreche dir, dies wird deine letzte Saison als unverheiratete junge Dame sein. Wir werden dafür sorgen, dass du die beliebtesten Gesellschaften besuchst und mit all den begehrenswertesten Junggesellen tanzt.« Was alles einfach nur ganz furchtbar klang. Mit einem Lächeln ließ ihre Mutter Imogen los und drehte sich auf dem Absatz herum.

Imogens Gedanken überschlugen sich. Sicherlich wusste sogar ihre Mutter, dass alles, was die Gesellschaft diskutieren würde, nicht sein würde, was Imogen als Ehefrau erstrebenswert machte, sondern der Skandal, der ihr anhaftete. »Aber …« Ihr Protest erstarb, als ihre Mutter aus dem Zimmer eilte.

Aus dem Augenwinkel bemerkte sie die aufgeschlagene Ausgabe der *Times*, die sie zu verspotten schien. Mit einem Fluch, der selbst in den Ohren der meisten Gentlemen derb geklungen hätte, ergriff sie die Zeitung und trug sie zum Fenstersitz. Als sie dort Platz nahm, überflog Imogen die Seite auf der Suche nach anderen bedauernswerten Menschen, die in dieser Saison bereits die Aufmerksamkeit der guten Gesellschaft auf sich gezogen hatten.

Lord A. E. ist wieder in die skandalumwitterten Herrenclubs und Spielhöllen eingekehrt.

Nun, das waren schwerlich Neuigkeiten. Sie verzog das Gesicht. Lord Alexander Edgerton, der Bruder ihrer besten Freundin Chloe, hatte sich einen ziemlich üblen Ruf erworben. Ein Schurke. Ein Lebemann. Kurz, ein weiterer Duke of Montrose.

Der junge Herzog war früher auch ein empörender, skandalbehafteter Gentleman gewesen, über den die meisten Mütter die Nase gerümpft hatten. Bis ein entfernter Verwandter gestorben war und ihn dadurch völlig unerwartet zum neuen Herzog gemacht hatte … und plötzlich in den Augen ebendieser Mütter zu einem höchst erstrebenswerten Schwiegersohn.

Imogen warf die Zeitung erneut zur Seite und wandte sich zum Fenster, betrachtete die Passanten unten auf der Straße. Es gab gewiss Schlimmeres, als dass der eigene Verlobte die Verbindung ganze drei Tage vor der Hochzeit aufkündigte. Es war ein gutes Stück schwieriger, diese schlimmeren Dinge zu finden, wenn der eigene Verlobte die Verlobung auflöste – um stattdessen die Schwester der vormaligen Braut zu heiraten. Imogen zerbrach sich bei der Suche nach etwas Schlimmerem den Kopf.

Sie könnte zum Beispiel …

Oder da wäre …

Imogen seufzte. Nichts. Es gab nichts Schlimmeres.

Es klopfte leise an der Tür, und das Geräusch unterbrach ihre Grübelei.

Imogen ließ den Kopf gegen die Wand sinken. »Geh weg«, murmelte sie halb zu sich. Sie wollte keine Gesellschaft. Und bestimmt nicht die ihrer Mutter. Ein weiteres Klopfen. Imogen war es völlig zufrieden, eine dieser exzentrischen alten Jungfern zu werden, die ihre irgendwo aufgelesenen Schoßtiere zu mondänen gesellschaftlichen Ereignissen mitbrachten, was ihnen wütende Blicke von …

Ein weiteres Klopfen. »Mylady …«

Oje. »Herein«, rief sie knapp, ohne den Blick von den Kutschen zu nehmen, die unten über die Londoner Straßen holperten.

Der Butler räusperte sich. »Lady Chloe Edgerton wünscht Sie zu sehen.«

Imogen fuhr herum. Ihre beste Freundin stand auf der Türschwelle, ein Lächeln auf dem hübschen Gesicht.

»Chloe«, begrüßte Imogen sie mit wesentlich mehr Gefühl, als sie für irgendetwas oder irgendjemanden seit der aufgelösten Verlobung empfunden hatte. Sie hatte sich geirrt. Es gab jemanden, den sie gern sehen wollte.

»Imogen.« Chloe schwang ihr Retikül vor und zurück.

Der Butler verließ diskret den Raum und schloss die Tür leise hinter sich.

»Ich nehme an, du hast die Neuigkeiten vernommen«, sagte Imogen abrupt. Sie war noch nie jemand gewesen, der um den heißen Brei herumredete.

Chloe legte den Kopf schief. »Die Neuigkeiten?« Sie schlug sich mit der Hand gegen die Stirn. »Ach ja, ich Dummchen. Meinst du das mit Lord Whetmores Pferd, das Lady McTavish in die Schulter gebissen hat? Das war wirklich unerhört.«

Imogen wusste zu schätzen, was ihre Freundin da versuchte. Wirklich. Aber sie ließ die Schultern sinken und wandte ihre Aufmerksamkeit wieder dem Fenster zu. Es war schwierig, glücklich zu sein, wenn die eigene Schwester einen so verraten und der eigene Verlobte einen öffentlich so bloßgestellt hatte. Selbst eine beste Freundin, die all die gemeinen Intimfeindinnen im Mädchenpensionat unerschrocken herausgefordert hatte, hatte keine Chance, einen von der Schwermut zu befreien.

Chloe ließ sich mit einem Rascheln ihrer elfenbeinfarbenen Röcke neben sie sinken. »Ich hasse es, dich so zu sehen«, erklärte sie leise und legte ihr passendes elfenbeinfarbenes Retikül auf ein Tischchen.

Imogen gelang ein schwaches Lächeln. »Und ich hasse es, so zu sein.« Niemand mochte einen niedergeschlagenen Trauerkloß. Aber andererseits war ihr Verlobter offensichtlich auch nicht von ihr angetan gewesen, als sie glücklich gewesen war und viel geredet hatte. Also wirklich, wer wusste schon, was die Leute sich wünschten?

Ein Dandy in grell kanariengelben Kniehosen und eine Dame, die in der gleichen Farbe gekleidet war, wählten genau diesen Augenblick, um hochzuschauen. Das Paar auf der Straße machte große Augen und starrte sie unverhohlen an.

Chloe griff an ihr vorbei und zog den Vorhang komplett zu. »Wichtigtuer«, murmelte sie.

Ein Skandal wie Imogens sorgte dafür, dass ihr Name auch im Munde all derer war, die sich eigentlich nicht gewohnheitsmäßig am Klatsch beteiligten.

»Es wird besser werden«, erklärte ihre Freundin mit einer Zuversicht, die Imogen nicht verspürte. Chloe beugte sich vor und fasste ihre Hand. »Himmel, ich kann mir vorstellen, du bist ohne jemanden wie ihn besser dran.«

»Der Ansicht ist die gute Gesellschaft nicht«, erwiderte Imogen mit einem ironischen Lächeln. Mit seinen goldblonden Locken, frisiert à la Brutus, und seinem lächelnden Gesicht wurde die Gesellschaft des Duke of Montrose von allen gesucht – ihre eigene Schwester eingeschlossen.

Chloe drückte ihr die Hände. »Schau mich an.«

Imogen hob den Blick.

»Du bist ohne ihn besser dran.« Chloe kräuselte die Nase. »Himmel, ich habe Mama sagen hören, dass er im Grunde ein Wüstling ist und überhaupt nicht anständig.«

Ja, die förmliche Verlobung zu lösen, um die jüngere Schwester der eigenen Verlobten zu heiraten, bestätigte diese Einschätzung. Imogen ballte ihre Hände zu festen Fäusten. Andererseits hatte er für jemanden, der gemeinhin für einen Wüstling gehalten wurde, kaum amouröse Absichten in Bezug auf Imogen gezeigt. Verlegenheit machte sich schmerzlich in ihrem Magen bemerkbar.

»Du würdest ihn nicht heiraten wollen. Nicht nachdem er sich als so wankelmütig erwiesen hat. Du verdienst mehr als das.« Chloe machte eine Pause, und als sie das nächste Mal sprach, tat sie es mit gedämpfter Stimme. »Erinnerst du dich noch, was du mir bei Mrs Belton gestanden hast?«

Ach ja, Mrs Belton wäre nicht erfreut über diese sehr öffentliche Bloßstellung einer ihrer Schülerinnen. Aus sehr eigennützigen Gründen natürlich. Schließlich hing der Ruf einer Schulleiterin von den jungen Frauen ab, die sie in die Welt entließ.

Chloe stieß sie in die Seite.

Imogen gab ein unverbindliches Geräusch von sich. »Liebe. Ich habe dir gesagt, ich wollte aus Liebe heiraten.«

Sie hatte geglaubt, sie würde William lieben, und schlimmer noch, sie hatte auch geglaubt, dass er sie liebte. Was für eine naive Närrin sie gewesen war. Ein junges Mädchen, das sich so verzweifelt nach diesem Gefühl in ihrem Leben gesehnt hatte, dass sie sich selbst ihre dummen Träume eingeredet hatte. Und doch, ein armseliger Rest ihrer Seele sehnte sich immer noch nach diesem gefährlichen, schmerzlichen Gefühl.

»Du erinnerst dich.« Ein zufriedenes Lächeln breitete sich auf dem Gesicht ihrer Freundin aus. »Hervorragend.« Chloe blickte sich um, als rechnete sie mit Störenfrieden. Sie griff nach ihrem Retikül und begann in dem verzierten Seidentäschchen nach etwas zu suchen. »Ich habe dir etwas mitgebracht«, erklärte sie und senkte ihre Stimme zu einem verschwörerischen Flüstern.

Leise Neugier regte sich in Imogen. Jegliches Gefühl außer der selbstmitleidigen, schmerzlichen Wut, die sie beherrschte, war willkommen. Chloe holte eine glitzernde Goldkette hervor. Die Strahlen der Morgensonne fielen durch einen Spalt in den Vorhängen und ließen den kleinen Herzanhänger aufleuchten. Imogen betrachtete die Lichtreflexe auf dem schimmernden Herzen. »Es ist wunderschön«, murmelte sie.

»Hier, nimm es«, verlangte Chloe und drückte es ihr in die Hand. »Es ist deins.«

»Das geht nicht«, widersprach Imogen und versuchte, es ihrer Freundin zurückzugeben.

»Es hat Lady Anne gehört, der Countess of Stanhope.«

Imogen blinzelte mehrere Male verwirrt. »Was?«, platzte sie dann heraus.

Die junge Dame, der erst der einflussreiche Duke of Crawford den Hof gemacht hatte und die sich dann mit ihrem Cousin verlobt hatte, hatte die gute Gesellschaft schockiert, als sie kurzerhand die Verlobung gelöst und den skandalumwitterten Earl of Stanhope geheiratet hatte. Genau genommen war es der letzte Skandal gewesen, der die Gesellschaft erschüttert hatte, bevor Imogen …

»Wie?« Sie konnte keinen klaren Gedanken fassen. Leichtes Unbehagen breitete sich in ihr aus. Oje, sie wollte vermutlich gar nicht wissen, wie weit ihre Freundin gegangen war, um das Schmuckstück in ihren Besitz zu bringen.

»Lady Anne ist mit Alex' bestem Freund Lord Stanhope verheiratet. Es war überhaupt nicht schwierig, mit ihr zu sprechen.«

O bitte, mach, dass der Boden sich auftut und mich verschlingt. »Das hast du nicht getan.« Imogen barg ihr Gesicht in den Händen und schüttelte den Kopf.

»Doch.« Chloe nickte aufgeregt. »Weißt du«, fuhr sie leise fort, und Imogen hob den Kopf, »die Halskette«, sie nickte zu dem Schmuckstück, »ist die gleiche, die ihre Schwester schon getragen hat, und ebenfalls eine Reihe ihrer Freundinnen. Man sagt ihr nach, dass die Trägerin das Herz eines Herzogs gewinnen wird, und da du bereits einen Herzog hattest, wirst du stattdessen irgendeinen Adligen haben wollen, aber dieses Mal sein Herz …«

O bitte, nein. »Du hast nicht mit ihr gesprochen.« Scham färbte Imogen die Wangen rot.

Chloe hielt inne, mit offenem Mund, mitten im Satz, wodurch sich Imogens Verdacht bestätigte. »Sie war so furchtbar nett.« Imogen zuckte zusammen. »Und verständnisvoll.« Wieder wand sie sich. »Und mehr als glücklich, dir den Herzanhänger zu schenken.« Sie runzelte die Stirn. »Oder genauer gesagt, mir den Anhänger zu geben, damit ich ihn an dich weiterleite.« Ein ungewohnt ernster Ausdruck trat in die Augen ihrer Freundin. »Ich möchte doch nur, dass du wieder glücklich bist.«

Und das so sehr, dass sie Imogen vor einer Fremden bloßgestellt hatte. Imogen seufzte, wusste nicht, ob sie lachen oder weinen sollte.

Chloe bemächtigte sich wieder ihrer Hände und drückte sie. »Du wirst den Gentleman finden, der deine wahre Liebe ist. Das verspreche ich dir.« In den ganzen Jahren war Chloe die praktischer Veranlagte, Vernünftigere von ihnen beiden gewesen, wenn es um Herzensangelegenheiten ging, hatte für sich selbst diesem Gefühl abgeschworen, aber Imogen ihren Traum gelassen, ja sie sogar dabei unterstützt.

Imogen erkannte diese junge Frau, die von Magie und Anhängern und Träumen von Liebe sprach, kaum wieder. Mit einem ungeduldigen Laut sprang sie auf die Füße, schloss die Finger unwillkürlich um die Kette. »Hierbei geht es um mehr als um Liebe.«

Sie begann, auf und ab zu laufen. Chloe hatte man nie vorwerfen können, hoffnungslos romantisch zu sein. Anders als Imogen – oder vielmehr war sie das gewesen, bis das Leben ihr gezeigt hatte, wie unklug es war, das eigene Herz einem anderen zu schenken. Sie wurde schneller. »Es geht darum, respektiert zu werden, Hingabe und Liebe in einem anderen Menschen zu wecken.« Etwas, wobei sie elendig versagt hatte, als es um den Duke of Montrose gegangen war.

Ihre Freundin sprang auf und verstellte Imogen den Weg. Und dann sprach sie die einzigen Worte aus, die Imogen hatte hören wollen, seit die Schande sie eingeholt hatte, die das Verhalten ihrer illoyalen Schwester und ihres treulosen Verlobten nach sich gezogen hatte. »Es tut mir leid«, sagte sie leise.

Das war es. Imogen wollte einfach nur, dass jemand auch mal an sie dachte, und daran, dass ihr wehgetan worden war. Sie setzte ein Lächeln auf. »Er hatte Mundgeruch.«

Ein unerwartetes Lachen kam über die Lippen ihrer Freundin. »Und er war viel zu groß.« Sie erschauerte. »Wir werden dir keinen Mann suchen, der so groß wie er ist.«

»Und gut aussehend«, fügte Imogen hinzu, die sich nach dem liebevollen Necken ihrer Freundin wesentlich besser fühlte. »Er sah zu gut aus.« Was überhaupt erst der Grund gewesen war, warum ihre habgierige, selbstsüchtige Schwester ihn bemerkt hatte.

Wut brannte in ihrem Magen, was besser war als die verzweifelte Hilflosigkeit, die sie seit dem verhängnisvollen Vorfall innerlich umfangen hatte. Entschlossen, den immer noch frischen Verrat beiseitezuschieben, beteiligte sich Imogen am Spiel ihrer Freundin. »Er trinkt zu viel Brandy.« Sein Atem hatte danach gestunken, wann immer er in der Nähe gewesen war. »Ich werde niemals einen Gentleman heiraten, der auch nur ein Glas Alkohol anrührt.«

»Ausgezeichnet.« Chloe nickte erfreut. »Du begreifst, worum es hierbei geht.« Sie senkte die Stimme. »Ich habe von meinem Bruder gehört, dass Seine Gnaden eine unselige Vorliebe für den Spieltisch hat.«

Imogen hatte wenig Zweifel, von welchem Bruder Chloe sprach. Nicht von dem respektablen Marquis of Waverly, sondern von Lord Alex Edgerton, berüchtigter Lebemann, Schürzenjäger, Spitzbube und Brandytrinker. Ein weiterer Gentleman, dem Damen besser aus dem Weg gingen.

Chloe klatschte in die Hände, lenkte damit Imogens Aufmerksamkeit wieder zurück auf sich. »Du wirst schon wieder wehmütig.« Eine steile Falte erschien zwischen ihren Brauen, und ihre Mundwinkel bogen sich nach unten. »Du musst dich darauf konzentrieren, wie furchtbar und schrecklich er ist.«

»Äh. Ja, richtig.« Nur gingen ihr bedauerlicherweise die beleidigenden Fakten aus, die sie ihm zuschreiben konnte. Sie blieb so jäh stehen, dass ihre Seidenröcke sich um ihre Knöchel bauschten. So verletzt und in Verlegenheit gebracht sie wegen seines Verrates auch war, im Grunde war es in der Tat besser, dass sie den wahren Charakter des Mannes kennengelernt hatte, bevor sie ihn geheiratet hatte.

»Ich hab eine Idee«, schlug ihre Freundin zögerlich vor, was natürlich bloß gespielt war. An Lady Chloe Edgerton war nichts zögerlich.

»Oh?«, erkundigte Imogen sich trocken. Zu viele unmögliche Klemmen, in denen sie an Mrs Beltons Mädchenpensionat gelandet waren, hatten ihren Ursprung in genau so einer Erklärung von Chloe gehabt.

Chloe strahlte. »Jetzt, da du diese Halskette hast«, sie deutete auf das Schmuckstück in Imogens Hand, »wirst du einen Gentleman finden. Und ihn hoffnungslos und hilflos in dich verliebt machen. Und Seine Gnaden wird furchtbar eifersüchtig sein.«

»Das ist dein Plan?« Imogen wusste die Klugheit ihrer Freundin durchaus zu schätzen, aber das hier war ein unbesonnener Einfall von ihr. Was sollte es nützen, William eifersüchtig zu machen? »Das wird überhaupt nichts ändern, was Montrose angeht.«

Ihre Freundin pflückte ihr die Kette aus den Fingern. »Nicht dass du irgendetwas ihn betreffend ändern wolltest, Dummerchen«, murmelte sie. »Hier, dreh dich um.«

Ehe Imogen protestieren konnte, wirbelte Chloe sie herum. Sie legte ihr die Kette um den Hals und mühte sich mit dem Verschluss ab. Dann war ein leises Klicken zu hören. »So«, sagte sie und drehte Imogen wieder zurück. Sie warf ihre blonden Locken in den Nacken. »Das war natürlich nicht mein Plan.« Ein leicht übermütiges Lächeln spielte um ihre Lippen. »Dass du dich wieder in Gesellschaft begibst, war … ist«, verbesserte sie sich, »mein Plan.«

Imogen hatte seit »dem Skandal« – wie der Zwischenfall gemeinhin schlicht bezeichnet wurde – nicht mehr am gesellschaftlichen Leben teilgenommen. Sie seufzte. »Ich habe wenig

Interesse, wieder in Gesellschaft zu gehen.« Doch da Rosalind ihren Herzog inzwischen geheiratet hatte, war ihre Mutter leider nicht länger mit der Hochzeitsplanung beschäftigt, sodass sie sich wieder Imogen zuwenden konnte. »Ich möchte eigentlich warten, bis der Skandal nicht mehr so …«

Das empörte Schnauben ihrer Freundin unterbrach diese hoffnungsvollen Worte rücksichtslos. »O Imogen«, sagte sie sanft und nahm erneut ihre Hände. »Dieser Skandal wird erst vorüber sein, wenn irgendein anderer niederträchtiger Lord etwas tut, das die gute Gesellschaft ablenkt. Ich werde nicht zulassen, dass du dich hier verkriechst. Nicht, wo du doch gar nichts Falsches getan hast.« Feuer blitzte in ihren blauen Augen auf. »Ist das klar?«

Imogen öffnete den Mund, um zu antworten, aber Chloe fuhr begeistert fort: »Wir werden deine Tage ausfüllen. Es wird Einkaufstouren geben, und wir werden ins Theater gehen, Bälle besuchen …«

Während ihre Freundin die Liste weiter herunterbetete, stöhnte Imogen innerlich auf. All diese Vorschläge waren ungefähr so verlockend, wie sich jedes einzelne Haar selbst auszureißen, doch besonders zuwider waren ihr Besuche in der Drury Lane. »Nicht ins Theater.« Dort wäre sie öffentlich sichtbar wie ein Exponat in dieser Ausstellung von Captain Cook in der »Ägyptischen Halle«. Sie war tapfer. Aber nicht so tapfer.

»Ich werde dich begleiten«, erklärte ihre Freundin, die ihre Sorge korrekt erkannte. »Je eher du dich zeigst und der Gesellschaft klarmachst, dass du dich nicht ins Bockshorn jagen lässt, weder von ihnen noch von dem verachtenswerten Montrose, desto eher werden sie sich einem anderen armen Geschöpf zuwenden.«

Imogen warf ihr einen scharfen Blick zu.

Chloe besaß den Anstand, zu erröten. »Äh … Nicht, dass du ein armes Geschöpf wärest.«

Imogen tippte sich mit einem Finger an die Lippen. Wenn sie ehrlich sein wollte, war es gar kein so schlechter Plan. Genau betrachtet war es sogar brillant.

Als ob sie spürte, dass der Sieg dicht bevorstand, fügte Chloe hinzu: »Außerdem wird dich das für diese Saison vor den Heiratsplänen deiner Mutter retten.«

Ja, Mutter hatte begonnen, immer häufiger von dem Marquis of Waverly zu sprechen. Denn wenn man schon keinen Herzog haben konnte, so dachte zumindest ihre Mutter, konnte man ja versuchen, sich wenigstens einen Marquis zu angeln. »Also gut, ich komme mit.« Schließlich wäre die Alternative, unter der Obhut ihrer verheirateten Schwester und ihrer stolz lächelnden Mutter von einem gesellschaftlichen Ereignis zum nächsten zu ziehen, am Ende sogar zusammen mit dem treulosen Duke of Montrose.

»Hervorragend!«, rief Chloe und klatschte in die Hände. »Mein Bruder wird uns begleiten. Niemand wird es wagen, dich zu schneiden, wenn der Marquis of Waverly an deiner Seite ist.«

Neid regte sich in Imogen. Über die Jahre war ihre eigene Schwester bestenfalls gemein und herablassend gewesen, schlimmstenfalls absichtlich grausam, hatte sich über die feuerroten Locken, mit denen Imogen gestraft war, lustig gemacht. Sie hätte ihren linken Zeigefinger für die liebevolle Freundschaft gegeben, die zwischen Chloe und ihren Geschwistern herrschte.

Mit energischen Schritten begab sich ihre Freundin zur Tür. Auf der Schwelle blieb sie stehen und wirbelte noch einmal herum, schaute Imogen an. »Mach dich darauf gefasst, Imogen. Du wirst die Gesellschaft im Sturm erobern.«

Nicht schon wieder.

Kapitel 2

Der Marquis of Waverly legte seine gespreizten Finger erst aneinander, dann verschränkte er sie unter dem Kinn.

Lord Alex Edgerton, zweitgeborener Sohn, Ersatz für den Erben, streckte die Beine aus und legte sie auf den Rand des Schreibtisches seines Bruders, des gegenwärtigen Marquis. »Du hast mich kommen lassen?« Er gähnte, und sein Blick wanderte auf der Suche nach der Zeit zur Standuhr. Eine gottlos frühe Stunde, um wach zu sein.

Gabriel runzelte die Stirn und beugte sich auf seinem Stuhl vor. »Ich habe dich bereits vor einer Woche hergebeten.«

War es wirklich schon eine Woche her? Alex hatte gedacht, der Brief hätte ihn vor zwei Tagen in seinem Club erreicht, aber gewiss doch nicht vor einer Woche. Aber egal … »Ich hatte viel zu tun.« Er hatte verdammtes Pech an den Farotischen gehabt, jedoch höchst erfreuliche Gesellschaft im »Verbotene Früchte«.

»Viel zu tun?«, wiederholte sein Bruder in ungläubigem und deutlich herablassendem Tonfall. »Wo? An den Whisttischen?«

Alex richtete sich gekränkt auf. »Schwerlich.« Alle Welt wusste, dass er Faro vor Whist den Vorzug gab. Wie enttäuschend, dass sein Bruder, der sonst alles wusste, dieses wichtige Detail über ihn nicht kannte.

»Was dann?«

Alex blinzelte verwirrt.

Sein Bruder senkte die Stimme auf die tadelnde Art und Weise, die er sich angeeignet hatte und die Alex fatal an ihren glücklicherweise längst verstorbenen Vater erinnerte. »Bist du so betrunken, dass ich dir das erklären muss?« Verdammte Hölle. Sein Bruder war wirklich schlecht gelaunt. »Nun gut«, fuhr Gabriel fort, ohne eine Erwiderung von Alex abzuwarten. »Hattest du zu viel mit Glücksspiel, Saufen und Herumhuren zu tun, um auf meine Bitte zu reagieren?«

»Es war eine Einbestellung.«

Sein langweiliger Bruder legte den Kopf zur Seite.

Alex verlagerte das Gewicht, und in dem Wissen, dass es sein Gegenüber ärgern würde, überkreuzte er die Beine an den Knöcheln. »Dein Brief war keine Bitte. Er war eine Einbestellung. Du kannst andere ziemlich gut herumkommandieren.« Er biss die Zähne zusammen. »So wie Vater, weißt du? Er wäre stolz auf dich.«

Diese absichtlichen Nadelstiche hatten den erwünschten Effekt. Die Augen seines Bruders wurden zu schmalen Schlitzen, und jeder Zentimeter seines Körpers verriet mühsam beherrschten Zorn.

Wie leicht Gabriel in diese verhasste Rolle geschlüpft war. Alex war an dem Tag, an dem sein gewalttätiger Erzeuger für immer abgetreten war, ehrlich froh und erleichtert gewesen. Er hätte sich nie träumen lassen, dass Gabriel … so werden würde.

»Sind wir fertig?«, erkundigte er sich mit einem weiteren Gähnen. »Wenn du dich freundlich erinnern willst, ich hatte erwähnt, dass ich eine wichtige geschäftliche Verabredung habe.« Mit einer üppigen Brünetten und einer ganz entzückenden Blondine im »Verbotene Früchte«, die beide gestern Abend erstaunliche Begeisterung und Erfindungsreichtum bewiesen hatten.

Gabriel lehnte sich auf seinem Platz zurück und verschränkte die Arme vor der Brust. »Du hast beim Whist verloren.«

Faro. Er hatte einfach verfluchtes Pech gehabt. Alex seufzte. »Mein Glück wendet sich immer wieder.«

»Das Einzige, was sich mit vorhersehbarer Häufigkeit wendet, sind deine leeren Taschen, und zwar von innen nach außen. Du verschwendest das Vermögen der Familie.«

»Meine Apanage«, fühlte Alex sich verpflichtet, seinen Bruder zu verbessern. Jeder Shilling dieses Geldes war eine Zahlung, die ihm für die Schläge seines Vaters mit der Birkenrute zustand. »Die habe ich mir verdient«, flüsterte er, ohne zu ahnen, dass er das laut aussprach.

Gabriel machte eine verächtliche Miene. »Du hast noch nie irgendetwas in deinem Leben verdient. Du hast nie für irgendetwas gearbeitet und weißt nicht, was es heißt, sich anzustrengen.«

Dumpfe Hitze kroch Alex bei diesem Vorwurf, der der Wahrheit viel zu nah kam, über den Nacken nach oben. »Im Gegensatz zu deinem stolzen Tagwerk?« Er hob spöttisch eine Augenbraue und sah den anderen an, dem durch sein Geburtsrecht von vornherein alles zustand, ohne dass er auch nur einen Finger krumm machen musste.

Bedauerlicherweise war sein Bruder mit den Jahren für Alex' Spitzen unempfindlich geworden. »Ich verprasse das Geschenk nicht, das mir als Sohn eines Adeligen vom Schicksal gemacht wurde.« Gabriels eigene verbale Hiebe waren präziser geworden. »Was mich zu dem Grund für mein Schreiben bringt.«

»Schriftliche Aufforderung«, verbesserte Alex ihn.

Fleckige Röte breitete sich auf dem Gesicht seines Bruders aus. »Ich gewähre dir keine finanzielle Unterstützung mehr«, verkündete er.

Alex nahm seine Füße vom Schreibtisch, und seine Absätze scharrten über den Boden. »Was war das?« Er hätte gestern Abend wirklich nicht noch die Flasche Brandy trinken sollen. Bester französischer Branntwein, aber er hätte sich nicht ganz so viel davon gönnen sollen. Denn es hatte sich tatsächlich so angehört, als hätte sein Bruder gesagt …

»Ich gewähre dir keine finanzielle Unterstützung mehr«, wiederholte Gabriel mit aufreizender Ruhe. Seine Hand schnitt durch die Luft. »Keine Apanage. Keinen Shilling. Absolut nichts.« Er lächelte, ein hartes, kaltes Lächeln. In dem Moment veränderten sich seine Züge, und Alex saß nun wieder vor dem alten Marquis. Eiskalt, herzlos und grausam lächelnd, während er nach der Rute griff.

Und sogar mit neunundzwanzig Jahren wurde ihm der Mund trocken. Er blinzelte, verspürte ein verzweifeltes Verlangen nach dem feinen französischen Brandy.

»Hast du nichts dazu zu sagen?«, wollte sein Bruder wissen.

Wann war Gabriel eigentlich so ein Mistkerl geworden? Alex wäre wirklich beeindruckt gewesen, wenn der Zorn nicht auf ihn gerichtet gewesen wäre. »Ich denke nicht, dass du auf ein Dankeschön wartest, oder?« Diese Frage begleitete ein halbes Lächeln, während sich sein Innerstes vor Sorge verkrampfte.

Er war vollkommen und absolut abhängig von dieser verdammten Apanage – das eine, was sein Vater ihm gegeben hatte. Natürlich hatte der niederträchtige Bastard selbst im Tod einen hinterhältigen Sinn für Humor bewiesen, indem er Alex' älterem Bruder komplett die Kontrolle über den jüngeren, weniger geachteten Sohn übertragen hatte.

»Ist denn alles ein Spiel für dich? Deine Legionen von Mätressen.« Das war schamlos übertrieben. Nie mehr als eine zur gleichen Zeit. Alles andere wäre schlechter Stil. »Deine Schulden an den Spieltischen.« Zugegeben, er hatte hartnäckiges Pech gehabt. Aber das war auch schon alles.

Gabriel musterte ihn mit angewiderter Miene. »Sag mir eines. Wenn du mir eine befriedigende Antwort geben kannst, werde ich dir deine Apanage ohne weitere Bedingungen bis in alle Ewigkeit weiterzahlen.«

Alex richtete sich auf.

»Hast du in deinen ganzen neunundzwanzig Jahren je jemanden mehr geliebt als dich selbst?«

Alex biss die Zähne zusammen und lockerte die Kiefermuskeln wieder, unfähig, Gabriels Blick zu erwidern, beschämt von seiner Schwäche. Es hatte eine Zeit gegeben, als er Gabriel auf diese Weise geliebt hatte, seinen älteren Bruder und Beschützer, der sich mutig vor ihn gestellt und Schläge abbekommen hatte, die für den jüngeren Bruder, den Versager, bestimmt gewesen waren.

Er liebte seine Schwestern. Für Chloe und Philippa würde er sein Leben geben. Und das war es. Er presste die Lippen aufeinander, ließ Gabriel seine Meinung.

Der Rest der Welt konnte zum Teufel gehen. Vermutlich sah die gesamte Gesellschaft nur einen selbstsüchtigen, oberflächlichen Mann. Diese Leute, sein eigener Bruder eingeschlossen, schauten nicht genau genug hin, um zu erkennen, dass ihm die am Herzen lagen, die seine Liebe und Loyalität verdienten.

»Keine Antwort?« Gabriel blickte ihn von oben herab an. »Dein Schweigen überrascht mich allerdings nicht.« Er rieb sich die Nasenwurzel. »Ich habe mir den Kopf darüber zerbrochen, was ich mit dir anfangen soll.«

Alex schob das Kinn vor. Sein Bruder sprach von ihm, als ob er eine streunende Katze wäre, die die Köchin aufgelesen hatte und die jetzt in der Küche ein heilloses Durcheinander anrichtete. Bedauerlicherweise hatte sein hitziges Temperament ihn schon öfter in eine Klemme manövriert. »Da gibt es nichts anzufangen«, sagte er, verteidigte sich zum ersten Mal. »Das Geld gehört mir.«

»Ah ja, das sollte es«, erwiderte Gabriel mit entschieden zu viel Schadenfreude. »Und das wird es.«

Alex durchbohrte seinen Bruder mit einem Blick. Er hatte schon vor langer Zeit gelernt, niemandem zu trauen. Nichts und niemandem. Sein Vater hatte ihm in dieser Hinsicht genug Lektionen erteilt. Aber egal, er war die Spielchen seines Bruders leid. »Dann, vermute ich, sind wir hier fertig.« Er schob seinen Stuhl zurück.

»Du wirst dir deine Apanage verdienen.«

Alex erstarrte mitten im Aufstehen, ließ sich dann wieder auf den Stuhl fallen. »Wie bitte?«, presste er zwischen zusammengebissenen Zähnen hervor.

»Verdienen«, fuhr sein Bruder fort. »Als Gegenleistung für Arbeit. Es überrascht mich nicht, dass du die Bedeutung dieses Wortes nicht kennst.«

Alex umklammerte die Lederarmlehnen, um sich davon abzuhalten, sich über den Schreibtisch zu stürzen und seinem Bruder einen wohlverdienten Kinnhaken zu verpassen. Ja, Gabriel war bei diesem Austausch von Spitzen besser geworden, als er es ihm je zugetraut hätte. »Und was soll diese Arbeit sein?«

»Anstandsdame.«

Er reckte den Kopf, schaute sich nach der mysteriösen Anstandsdame um.

»Du wirst für Chloe Anstandsdame spielen.«

Ein explosionsartiges Lachen brach aus Alex hervor. »D-du scherzt.« Es schüttelte ihn förmlich, so groß war seine Erheiterung. Sein Bruder besaß doch noch Spuren des Humors von früher. Nun, das war wesentlich beruhigender als die unangenehme Alternative, dass er – was Gott verhüten mochte – wie ihr Vater geworden war.

Alex zog ein Taschentuch vorn aus seiner Jacke und tupfte sich die Tränen aus den Augen, dann schaute er Gabriel an.

Sein Bruder richtete einen finsteren Blick auf ihn. Oh, zur Hölle. Er hatte nicht gescherzt. Alex steckte das Taschentuch zurück, und seine Belustigung verflog.

Sein Bruder fuhr fort: »Chloe braucht jemanden, der auf sie aufpasst.«

Alex stöhnte. Er wollte ihm die Aufgabe aufbrummen, ihre Schwester zu langweiligen, anständigen Gesellschaften zu begleiten?

Gabriel sprach weiter, führte mehr Gründe an. »Da Mutter zu Philippas Niederkunft bei ihr auf dem Land ist, benötigt Chloe jemand, der mit ihr gesellschaftliche Anlässe besucht.«

Ein Schauder durchlief Alex. Seit zehn Jahren hatte er jetzt schon peinlich genau darauf geachtet, einen weiten Bogen um diese öden Veranstaltungen zu machen. Vielleicht gelang es ihm doch noch, Gabriel zur Vernunft zu bringen. Schließlich war sein älterer Bruder immer der Praktischere … nun, der Vernünftigere gewesen.

»Sicherlich erkennst du, wie lachhaft es ist, wenn ich«, Alex breitete die Hände aus, »für unsere jüngere Schwester den Anstandswauwau gebe. Du bist wesentlich besser geeignet für diese …« Sein Bruder betrachtete ihn aus schmalen Augen. Mist. »Äh, dafür, sie durch die Stadt zu eskortieren«, verbesserte er sich in letzter Minute.

Gabriel trommelte mit den Fingern auf den Sitz. »Ich habe das bereits getan.« Er hielt einen Finger in die Höhe. »Um genauer zu sein, ich habe beide – Chloe und Philippa – zu Veranstaltungen begleitet. Ich kann mit Fug und Recht behaupten, dass Philippa eine gute Partie gemacht hat.« Verheiratet mit Lord Winston, einem behäbigen Langweiler, der für Alex' Geschmack bei Weitem nicht oft genug lächelte. »Du solltest dich glücklich schätzen, dass du nur eine hast, auf die du ein Auge haben musst.«

Alex würde seine gesamte Apanage der nächsten Jahrzehnte darauf verwetten, dass kein einziger Aristokrat den Titel »Anstandsdame« mit seinem Namen in Verbindung bringen würde.

»Da du ansonsten nichts Nutzbringendes beiträgst«, setzte sein Bruder die Schmähung fort, »kannst du dich wenigstens dabei nützlich machen.« Diese Handvoll Worte war nicht nur leicht herablassend, sondern ließ kein gutes Haar an ihm und seinem Charakter.

Alex erhob sich. »Pah, hierbei geht es doch gar nicht darum, dass ich meinen Wert beweisen soll.« Er begab sich zu dem Sideboard mit den Spirituosen, benötigte dringend flüssige Stärkung. Er nahm sich die nächste Flasche und ein Glas, schenkte sich Brandy ein. »Vielmehr geht es doch darum, dass du deine Verantwortung abtrittst.« Er hielt das Glas wie zum Toast in die Höhe, bevor er einen langen Schluck nahm.

In Gabriels Augen trat ein verschlossener Ausdruck, und Alex wusste, mit dem Heben des Glases und den unüberlegten Worten, die er seinem Bruder ins Gesicht geschleudert hatte, hatte er jegliche Hoffnung zunichtegemacht, der lästigen Pflicht zu entgehen. »Wenn du auch nur einen Hauch von Anstand in dir entdecken könntest, dann würdest du wissen, dass ich mich nie aus der Verantwortung gestohlen habe.«

»Im Gegensatz zu mir?«

Sein Bruder lehnte sich im Stuhl zurück, als würde ihn das Gespräch langweilen. »Du hast eine Karriere in der Kirche abgelehnt«, rief er ihm in Erinnerung.

Er, Lord Alex Edgerton, ein Mann Gottes? Alex schüttelte den Kopf. Der Teufel hätte einen Freudentanz aufgeführt, so lachhaft war die Vorstellung.

Gabriel wertete Alex' Schweigen als Einladung, weitere Gründe aufzuzählen. »Und du hattest auch kein Interesse an einem Offizierspatent.«

Alex schwenkte den Inhalt seines Glases und schwieg weiter stoisch. Er genoss das Leben und hatte der Vorstellung nichts abgewinnen können, im Takt der Trommel zu marschieren und sich der Gefahr auszusetzen, seine Gesundheit oder gar das Leben zu verlieren … oder sein Aussehen. Schließlich war das alles, was er zu bieten hatte. Nicht wirklich viel, aber so war es nun mal. Bonapartes Bestrebungen, den Kontinent zu erobern, hatten im Nachhinein bewiesen, wie umsichtig das von ihm gewesen war.

Ein erbittertes Seufzen entwich seinem Bruder, was bewies, dass Schweigen eine überaus wirkungsvolle Strategie war, wenn man es mit einer von Gabriels Standpauken zu tun hatte. »Du kannst dein zielloses Leben wieder aufnehmen, dich in schöner Regelmäßigkeit bis zur Besinnungslosigkeit betrinken und dir deine Zeit mit Huren vertreiben …«

Es stimmte, Alex genoss die Freuden, die in den Armen von Frauen zu finden waren, durchaus. Doch mit Ausnahme interessierter Witwen hielt er sich von respektablen Frauen fern. Schon vor Langem hatte er gelernt, dass die Damen der guten Gesellschaft, die auf der Suche nach einem Ehemann waren, für einen zweiten Sohn wenig Verwendung hatten.

Nein, er würde sich nicht der Gefahr aussetzen, verletzt zu werden, indem er mehr von sich selbst gab. Nicht, wenn das Leben ihn so schmerzhaft gelehrt hatte, was man davon hatte, wenn man auf Liebe hoffte – egal, von wem.

»Wenn Chloe unter der Haube ist«, fuhr sein Bruder fort, »wenn sie verheiratet ist, dann steht es dir frei, dein zielloses Leben weiterzuführen.« Er entließ Alex mit einer Handbewegung und zog ein Rechnungsbuch zu sich. Mit präzisen, methodischen Bewegungen schlug er es auf, nahm seinen Federhalter und begann zu arbeiten.

Heiße Wut erfasste Alex, als er auf den gesenkten Kopf starrte, das schwarze Haar, das seinem eigenen so ähnlich war, dass oft gesagt wurde, die beiden Männer könnten Zwillinge sein. Früher einmal hatten sie sich sehr nahegestanden, zusammengeschweißt durch die Misshandlungen ihres Vaters. Wie mühelos Gabriel das vergessen hatte. Alles. Jeden Schlag. Jeden Hieb mit der Birkenrute auf ihren bloßen Hintern.

Ein alter, vertrauter Zorn machte sich in ihm breit. Er konnte nur hoffen, dass die finstere Seele seines Erzeugers für seine Sünden in der Hölle schmorte. Alex würde seinem schon vor Jahren verstorbenen Vater niemals vergeben. Doch Gabriels Verbrechen waren wesentlich schlimmer. Denn Alex und Gabriel waren mehr als Freunde – sie waren Brüder, und trotzdem schien der Ältere einfach alles vergessen zu haben, was sie erlitten hatten.

Alex leerte den Inhalt seines Glases mit einem langen Schluck und verzog das Gesicht unter dem feurigen Brennen, das er in seiner Kehle hinterließ. Da er wusste, es würde den steifen, ach so anständigen Marquis bis zur Weißglut reizen, nahm er sich die halb leere Karaffe vom Sideboard und ging zur Tür. Er warf noch einen Blick über seine Schulter. »Oh, Gabriel?«

Der hielt inne, der Federhalter schwebte über dem aufgeschlagenen Buch, während er fragend aufschaute.

Alex neigte den Kopf. »Meinen Glückwunsch. Der Mann, zu dem du geworden bist, würde Vater mit Stolz erfüllen.«

Diese Bemerkung hatte die gewünschte Wirkung. Gabriel zuckte zurück, und seine Züge erstarrten zu einer harten Maske.

Doch dieser kleine Sieg hinterließ in Alex nur ein Gefühl von Leere. »Anstandsdame«, murmelte er, als er den Raum verließ, und unterdrückte ein Stöhnen. Andererseits könnte es auch noch viel schlimmer sein.

Er marschierte über die mit roten Teppichen ausgelegten Korridore, und auf dem weichen Belag machten seine Stiefel praktisch kein Geräusch. Wenigstens mochte er Chloes

Gesellschaft. Wenn er ehrlich sein sollte, sorgte ihr unseliger Hang, sich in Schwierigkeiten zu bringen, dafür, dass es mit ihr zumindest nie langweilig wurde, was man von seinen anderen Geschwistern nicht unbedingt behaupten konnte. Philippa war immer höflich und gesittet gewesen. Kein Wunder, dass sie so einen behäbigen Langweiler geheiratet hatte, von ihrem ältesten Bruder persönlich für sie ausgewählt.

Alex erreichte das Ende des Korridors und ging weiter zur Bibliothek. Sosehr er auch den Raum selbst wegen der Erinnerungen, die er mit ihm verband, verabscheute, war er doch so etwas wie ein Zufluchtsort geworden. Größtenteils, weil kein Bediensteter und keines seiner Geschwister es wagen würde, ihn dort zu suchen. Dieses Wissen hatte sich über die Jahre als überaus nützlich erwiesen. Er drückte die Klinke und schlüpfte hinein, schloss die Tür hinter sich.

»Anstandsdame«, murmelte er halblaut. »Eher würde ich mir den Arm abhacken, als Anstandsdame zu spielen.« Und Gabriel wusste es, und das war vermutlich auch genau der Grund, warum er ihm diese Ehre zugedacht hatte.

Alex setzte sich auf eines der Ledersofas und stellte die Karaffe und sein Glas ab. Er schenkte sich mehrere Fingerbreit ein, überlegte es sich dann aber anders. »Anstandsdame.« Mit einem knappen Kopfschütteln füllte er das Glas bis zum Rand.

Eine Diele knarrte, und er versteifte sich. Er ließ den Blick durch den leeren Raum schweifen, wandte sich dann jedoch wieder der Aufgabe zu, die ihm sein Bastard von einem Bruder aufgehalst hatte.

Wie schwer konnte es schon sein, Chloe unter die Haube zu bringen? Sie mit jemandem zu verheiraten, der nicht so ein behäbiger Langweiler war, wie Gabriel ihn ihr zweifellos aussuchen würde? Mit ihrer Lebhaftigkeit und Spritzigkeit verdiente sie wenigstens jemanden, mit dem sie Spaß haben konnte. Alex betrachtete stirnrunzelnd den Inhalt seines Glases.

Aber keiner von den Lebemännern, die die gleichen berüchtigten Spielhöllen aufsuchten, die Alex frequentierte. Vielleicht wäre am Ende doch ein behäbiger Langweiler am besten für sie.

Er trank von seinem bernsteinfarbenen Brandy. Mit jedem Schluck ließ die heiße Wut, die in seiner Brust brannte, nach. Er hatte immer gewusst, dass sein Vater ihn gehasst hatte, und er besaß genug Narben, die das bewiesen. Gabriel jedoch hatte sich ihm gegenüber nicht immer ablehnend verhalten. Nein, früher einmal hatten er und Gabriel sich so nahegestanden, dass Alex für ihn sein Leben gegeben hätte.

Früher, als er noch hoffnungslos naiv gewesen war, hatte er gedacht, das beruhe auf Gegenseitigkeit. Doch alles hatte sich geändert an dem Tag, an dem ihr kaltherziger Vater bemerkt hatte, dass sein Erbe nicht länger ein Kind war, und er ihn unter seine Fittiche genommen hatte, ihn all das gelehrt hatte, was ein zukünftiger Marquis benötigte.

Von da an hatte Alex aufgehört zu existieren. Für beide. Er schwenkte den Inhalt seines Glases herum. Womit sie ihm in gewisser Weise einen Gefallen erwiesen hatten – wenn auch unwissentlich. Wenigstens von Gabriels Seite aus. Von da an hatten die Schläge aufgehört.

Alex' Finger schlossen sich fester um das Glas. Die eine Sache, die er bedauerte, war, dass sein Vater den Mann nicht kennengelernt hatte, zu dem er geworden war, denn bei Gott, er hätte ihm gerne jeden einzelnen Schlag mit Gleichem vergolten.

Während er in der Stille der Bibliothek seines Bruders saß, begriff er, dass es Dinge gab, die wesentlich schlimmer waren, als Chloe den Rest der Saison über begleiten zu müssen. Das hatte ihm sein Vater beigebracht.

Kapitel 3

An dem Tag, nachdem Chloe ihren verzweifelten Plan geschmiedet hatte, Imogen den Weg zurück in die gute Gesellschaft zu ebnen, fand Imogen sich auf dem Boden sitzend, mit dem Rücken gegen das Ledersofa in der Bibliothek des Marquis of Waverly gelehnt wieder. Ihre Freundin beugte den Kopf über irgendeine Klatschzeitung, und Imogen musste daran denken, wie tief sie gesunken war.

Sie seufzte. Drei Tage, ganze sechsunddreißig Stunden, hatten sie davon getrennt, eine in ihren Ehemann verliebte Herzogin zu sein, und jetzt, keine fünf Monate später – dies. Ausgaben verschiedener Zeitungen und Magazine lagen ausgebreitet in wildem Durcheinander um sie herum, darauf zwei Bleistifte.

Imogen schüttelte den Kopf. Als ob irgendeine Strategie den Klatsch zum Verstummen bringen könnte. Wo auch immer die gute Gesellschaft sich traf, dort würde auch die Geschichte von ihr, dem Duke of Montrose und der Schwester, die er in Wahrheit liebte, Thema sein.

Der D. of M. gibt alles auf für die Liebe.

Hätte ein geringerer Lord oder irgendein anderer Gentleman Imogen den Laufpass gegeben und stattdessen ihre Schwester zur Frau genommen, hätte der Schuft sich mit dem Erzfeind Napoleon auf eine Stufe gestellt wiedergefunden. Aber er war nun einmal ein Herzog, und irgendwie war sein Verrat in etwas Romantisches verdreht worden. Sie würde die gute Gesellschaft nie verstehen. Noch lag ihr daran, sich näher mit Leuten zu befassen, die so herzlos waren, dass ihnen der Kummer anderer solche Freude bereitete.

Imogen bewegte ihre Schultern, denn ihr Rücken schmerzte von der verkrampften Position, in der sie verharrte, seit Lord Alex in die Bibliothek eingedrungen war. »Können wir nicht einfach aufstehen und ihm zeigen, dass wir hier sind?«, formte sie mit den Lippen.

Chloe brachte sie mit einem Stirnrunzeln zum Schweigen und schüttelte entschieden den Kopf.

Imogen griff nach der Morgenausgabe der *Times*. Ihre Freundin wedelte mit der Hand, und sie verzog das Gesicht. »Was war das …?«

»Psst«, flüsterte Chloe und hielt sich einen Finger an die Lippen.

Imogen lehnte sich zurück. Das klirrende Geräusch von Glas an Glas verriet, dass Lord Alex Edgerton vorhatte, zu bleiben, und vermutlich auch, sich zu betrinken. In einer Bibliothek. Allein. Was wiederum vermutlich bedeutete, dass sie so lange hier festsaßen, wie ihre Freundin meinte, dass sie … hier festsitzen sollten. Oder bis der Mann sich unter den Tisch getrunken hatte. Imogen hatte wenig Erfahrung mit Herren, die gerne mal ein Glas über den Durst tranken, oder mit dem Zustand an sich.

»Das ist dumm«, sagte sie tonlos, aber mit übertriebenen Lippenbewegungen. Allerdings stimmte es auch, dass sie seit Williams Verrat zu viel Zeit damit verbracht hatte, traurig und ernst zu sein, so sehr, dass sie sich am Ende selbst gar nicht mehr erkannt hatte. Etwas regte sich in ihr, durchflutete sie, als sie an das fröhliche, unbeschwerte junge Mädchen dachte, das sie früher gewesen war. Auch wenn dieses Gefühl nur einen Moment lang anhielt.

Chloe drückte ihr einen Finger auf die Lippen. »Manchmal spricht er mit sich selbst.« Sie lehnte sich näher zu ihr und flüsterte ihr ins Ohr: »Auf diese Weise habe ich schon viel Nützliches erfahren.«

Der »er«, den sie meinte, war kein anderer als ihr Bruder. Nicht der allseits geachtete Marquis of Waverly. Sondern vielmehr der Bruder, der vor ein paar Augenblicken etwas davon gemurmelt hatte, dass er seiner Anstandsdame den Arm abhacken wolle. Warum er überhaupt eine Anstandsdame haben sollte, konnte Imogen allerdings nicht sagen. Er war viel eher jemand, der vermutlich reihenweise Herzen brach und sich mit jemandem verlobte, nur um dieses Versprechen zu brechen und …

Ein Knurren entschlüpfte ihr.

Chloe stieß ihr einen Ellbogen in die Seite.

»Au …«

»Einen wunderschönen guten Tag, die Damen.«

Sie schrien auf und rissen gleichzeitig die Köpfe hoch. Lord Alex schaute über die Sofalehne. Imogen sah über sich auf den Kopf gestellt das lächelnde Gesicht des berüchtigten Lebemanns. Mit einem Bartschatten auf den scharf umrissenen Wangen musterte er sie aus grünen Augen, die leicht blutunterlaufen waren, wahrscheinlich weil er zu viel getrunken und gefeiert hatte. Sie wünschte sich wirklich, ihr wäre entgangen, was für ein prachtvolles Exemplar von Mann er war, denn sie hatte aus erster Hand gelernt, welche Gefahren mit so gut aussehenden Lebemännern einhergingen. Lord Alex zwinkerte ihr zu. Hitze ergoss sich über ihre Wangen, und sie senkte rasch den Kopf.

»Alex!«, rief Chloe und sprang auf. Wesentlich zurückhaltender erhob sich auch Imogen. »Was tust du hier?« Trotz ihrer Vorliebe für dramatische Auftritte war Chloe eine furchtbare Schauspielerin. »Ich hatte gar keine Ahnung, dass du da bist.«

Lord Alex richtete sich zu seiner beeindruckenden Größe auf, in einer Hand ein Glas mit einer bernsteinfarbenen Flüssigkeit. »Mit ›da‹ meinst du: in dieser Bibliothek, wo ihr schon wart, bevor ich hereingekommen bin?«

Seine Schwester versetzte ihm einen Hieb gegen den Arm. »Du bist unverbesserlich.«

Ein kleines Grinsen spielte um seine Lippen. Und in Imogens Brust machte sich ein seltsames Flattern bemerkbar, sodass sie dankbar war, als Bruder und Schwester sich in eine vertraut klingende Diskussion darüber verstrickten, wer der Lästigere von ihnen war.

Imogen benutzte die Zeit, in der die beiden abgelenkt waren, um ihn in Ruhe zu mustern. Er war ein Wüstling, dessen Gesellschaft alle möglichen skandalumwitterten Frauen suchten. Während ihr ehemaliger Verlobter schlank gewesen war und von goldener Vollkommenheit, hätte Lord Alex Edgerton sich nicht stärker von dem Herzog unterscheiden können, der ihr das Herz gebrochen hatte.

Über einen Fuß größer als sie selbst mit ihren eins sechzig, beherrschte Lord Alex' muskulöse Gestalt mühelos jeden Raum. Alle Damen sprachen von dem Junggesellen, unschuldige und auch andere, und an ihm war nichts anständig oder respektabel. Mit seinem verführerischen Zwinkern und dem übermütigen Lächeln lud er zu Dummheiten ein.

Als spürte er ihren Blick, schaute Lord Alex in ihre Richtung, musterte sie unter dichten Wimpern. Imogens Herzschlag beschleunigte sich. *Allerdings eine wahrhaft große Dummheit.* Sie dankte Chloe im Geiste, als sie etwas sagte und damit seine Aufmerksamkeit wieder auf sich zog.

Genau da warf er den Kopf in den Nacken und lachte schallend. Dabei rutschte ihm eine Strähne seines schwarzen Haares in die Stirn. Sie legte den Kopf schief und beobachtete den sanften Ausdruck in seinen Augen, während er mit seiner Schwester sprach. Dieser Mann, von dem sie lediglich wusste, dass er ein Lebemann war, bewies, er war mehr – er war auch ein Bruder, der seine Schwester neckte.

Imogen hatte gelernt, sich vor solch unanständigen Gentlemen in Acht zu nehmen. Doch dieser loyale, liebevolle Fremde war etwas ganz anderes. Mit seinem Verhalten Chloe gegenüber schlug Lord Alex eine Bresche in die zynische Meinung, die sie sich in den vergangenen Jahren von ihm gebildet hatte.

Imogen unterdrückte energisch jeglichen Gedanken, der sie dem berüchtigten Schürzenjäger freundlicher gesinnt machte. Stattdessen konzentrierte sie sich auf die mitternachtsschwarze Locke in seiner Stirn. *Schwarz wie die Sünde*, flüsterte eine Stimme in ihrem Kopf.

Ihre Mundwinkel verzogen sich zu einem traurigen Lächeln. Andererseits hatte ein Mann, der von goldenerem Äußeren war als der sagenhafte Sonnengott Apoll, sie betrogen. Sie wartete auf den vertrauten Schmerz. Doch der blieb aus.

Lord Alex schaute sie erneut an und begrüßte sie verspätet. »Lady Gwendolyn.« Er verneigte sich. »Es ist mir wie stets ein Vergnügen, Sie zu sehen.«

»Imogen«, verbesserte sie ihn mit zusammengebissenen Zähnen. War sie eigentlich für jeden unsichtbar?

»Nun gut, wenn Sie darauf bestehen, dann gerne Imogen«, erwiderte er mit einem weiteren frechen Zwinkern.

Sie öffnete und schloss mehrere Male den Mund. Der Schurke hatte sie geschickt dazu verleitet, etwas zu sagen, das so klang, als forderte sie ihn auf, sie mit ihrem Vornamen anzusprechen. Was für ein Schuft. Warum schlug ihr Herz also schneller?

Lord Alexander nahm wieder auf dem Sofa Platz und griff

nach einer halb leeren Brandy-Karaffe. Er hob sie und begann, sein Glas zu füllen.

Imogen verfolgte sein Tun mit großen Augen. Himmel … Er beabsichtigte, da zu sitzen und Alkohol zu trinken? Hier? Jetzt? Und sie Imogen zu nennen? »Aber …«

Er unterbrach sich beim Eingießen und blickte sie fragend an. »Ja, Imogen?«

Das neckende Glitzern in seinem Blick verriet ihr, dass er damit rechnete, von ihr zurechtgewiesen zu werden.

Imogen schüttelte leicht den Kopf. Sie war es leid, langweilig und vorhersehbar zu sein. »Ach nichts«, erwiderte sie, verabscheute es vielleicht ebenso sehr wie das Mitleid, das sie von allen erntete außer ihrer immer noch im Freudentaumel befindlichen Mutter.

Oh, wie erbittert ihr verstorbener Papa über das rücksichtslose Streben seiner Frau nach dem ersehnten Titel gewesen wäre. Unfehlbar loyal, wie er gewesen war, wäre er von seiner Ehefrau beinahe so enttäuscht gewesen wie von Rosalinds Verhalten. Die hatte sich darin gesonnt, dass es ihr gelungen war, sich den Titel einer Herzogin zu angeln, ohne einen Gedanken daran zu verschwenden, dass sie ihrer älteren Schwester das Herz brach. Das war der wahre Schmerz, der von der überstürzten Heirat des Duke und der Duchess of Montrose blieb.

»Darf ich fragen, warum die Damen sich in der Bibliothek verstecken?«, erkundigte sich Lord Alex und schwenkte müßig den Inhalt seines Glases.

»Ach, es ist weiter nichts«, antwortete Imogen schnell. Zu schnell.

Er hob den Kopf, und Imogen richtete die Augen auf Chloe. Sie waren schon so lange Freundinnen, dass sie oft keiner Worte bedurften, um einander zu verstehen.

Chloe bückte sich, um ihre Sammlung Klatschblätter zusammenzuschieben und aufzuheben. »Wir haben nur die

Klatschspalten studiert«, erklärte sie. Offensichtlich kannte ihre Freundin sie nicht so gut, wie sie gehofft hatte. Imogen versuchte, sie mit einem Blick zum Schweigen zu bringen. »Wir wollen herausfinden, welche gesellschaftlichen Veranstaltungen am wenigsten beliebt sind, um dann daran teilzunehmen.« Ein Blick, dem ihre Freundin auswich.

»Ach wirklich«, erwiderte er und klang glücklicherweise vollkommen desinteressiert.

»O ja.«

Imogen verkniff sich ein Stöhnen. *Bitte hör auf zu reden.*

»Uns geht es darum, Gedränge zu vermeiden.« Chloe machte eine unbestimmte Geste. »Die Veranstaltungen, wo all die größten Klatschbasen anzutreffen sind. Weißt du, ich habe diesen schlauen Plan ersonn…«

Imogen stellte ihr einen Fuß auf die Zehen. »Bist du mir gerade absichtlich auf die Zehen getreten?«, fragte Chloe schockiert.

»Ich bin ausgerutscht, entschuldige bitte«, murmelte Imogen, die eigentlich unauffällig gedachte Geste war nun alles andere als das.

Jetzt musterte Lord Alex sie mit echtem Interesse.

Na großartig.

Ihre Freundin warf ihr einen langen Blick zu, der für Imogens Geschmack zu sehr nach Mitleid aussah. Sie schaute rasch weg.

»Also los«, hakte Lord Alex nach. »Heraus damit.«

Chloe presste die Lippen zusammen und schüttelte einmal den Kopf. Jetzt ausgerechnet schwieg sie? Nun, besser spät als nie.

Mit einer eleganten Bewegung lehnte Lord Alex sich übers Sofa und pflückte seiner Schwester die *Times* aus der Hand. Imogen stockte der Atem, als sein muskulöser Unterarm sie an der Schulter streifte. »Danke«, sagte er halblaut. Dann betrachtete er die Titelseite.

Während er die Klatschspalte, die ihre Schande dokumentierte, überflog, verdrängte Verlegenheit den vorübergehenden Verlust ihrer geistigen Gesundheit, den seine unschuldige Berührung ausgelöst hatte. Imogen wippte vor und zurück und schaute sich angelegentlich im Zimmer um. Ihr Blick traf Chloes.

»Tut mir leid«, formte ihre Freundin mit den Lippen, ehe sie sich wieder zu ihrem Bruder umdrehte. »Es gehört sich nicht wirklich, die Klatschspalte zu lesen«, erklärte sie, wie eine Gouvernante, die ihren Schützling zurechtwies.

»Nein, tut es nicht«, stimmte er ihr geistesabwesend zu, ohne von der Zeitungsseite aufzusehen. »Du solltest wirklich damit aufhören.«

Dann schaute er auf, blickte Imogen direkt in die Augen. Sie reckte das Kinn. Forderte ihn heraus, auch nur mit einem Wort den schändlichen Herzog und ihre trügerische Schwester zu erwähnen. Alles, was damit zusammenhing. Irgendwas davon.

»Hier«, er warf das Blatt wieder zu seiner Schwester zurück, die es mühelos auffing. »Das ist doch alles hanebüchener Unsinn.«

Imogen schluckte. Lord Alex hatte recht. Bei dieser Erklärung breitete sich Wärme in ihrem Herzen aus, und zum ersten Mal, seit all das geschehen war, gestand sie sich ein, dass es stimmte. Es war alles hanebüchener Unsinn, alles, bis in die letzte Einzelheit. Nachdem sie monatelang über den verletzenden Klatsch gegrübelt hatte, hatte diese plötzliche Erkenntnis etwas Befreiendes.

»Das ist alles, was du dazu zu sagen hast?«, rief ihre Freundin entgeistert.

»Chloe«, unterbrach sie sie. Die Loyalität ihrer Freundin erfreute sie, aber sie wünschte sich vor allem ihre Diskretion. Selbst wenn es nur vor ihrem Bruder war.

»Oh, hm, ja. Na gut.« Chloe warf den Kopf in den Nacken, dass ihre Locken wippten, deutete dieses Mal Imogens stummes Flehen richtig.

»Was soll ich denn dann sagen?«

Nichts. Am liebsten wäre es Imogen, wenn er überhaupt nichts über den Skandal sagen würde, ihre gelöste Verlobung und Seine Gnaden, den Duke of Montrose.

Die beiden jungen Damen wechselten einen Blick.

Alex nahm einen weiteren Schluck von seinem Brandy. »Ich nehme an, ich könnte sagen, dass jede Frau sich glücklich schätzen kann, die der Ehe mit dem arroganten Gecken entgeht.« Damit hob er sein Glas an die Lippen und leerte es.

Das. Ich möchte, dass Sie das sagen. Chloe lachte und ersparte es Imogen, antworten zu müssen. Ihr Herz schlug schneller. Genau das konnte er über ihre öffentliche Demütigung sagen.

Lord Alex richtete seine Augen wieder auf sie, ein dunkles Glitzern in seinem zynischen Blick. Dann jedoch wurde das warme, flattrige Gefühl in ihrer Brust ausgelöscht durch eine Erinnerung an die Wahrheit: Mit seinen schmeichlerischen Worten und seiner glatten Zunge war er nicht anders als jeder andere Lebemann. Es wäre dumm, vom Rand aus den Austausch zwischen Lord Alex und Chloe zu beobachten und sich eine andere Meinung über ihn zu bilden als die, die sie in den langen Jahren, die sie ihn schon kannte, geformt hatte.

»Ich denke, ich würde lieber einen zweitgeborenen Sohn heiraten als einen eingebildeten Herzog, der einer Frau das Herz bricht«, erklärte Chloe in dem Versuch, etwas Hilfreiches zu sagen.

Imogens Wangen wurden noch heißer.

Lord Alex tat so, als schauderte ihm. »Bei Gott, das wird ein denkwürdiger Tag sein, wenn die jungen Damen auf einmal beschließen, ihre Aufmerksamkeit den minderwertigen zweitgeborenen Söhnen zuzuwenden.« Er zwinkerte ihnen zu.

»Schließlich ist es der einzige Vorteil, den man hat, wenn man nur an zweiter Stelle in der Erbfolge steht, dass man der Ehefalle entgeht.«

Doch selbst das schiefe Grinsen konnte das zynische Verziehen seiner Lippen nicht verbergen. Er war ein Lebemann, der um alle halbwegs respektablen jungen Damen einen großen Bogen machte.

»Ach, sei still, Alex. Du wirst schon sehen, eines Tages wirst du dich verlieben, und ich werde dich voller Schadenfreude daran erinnern, was für ein übler Schuft du gewesen bist«, erwiderte seine Schwester und schubste ihn leicht. »Stimmt's, Imogen?«

Ein Mann mit so markanten Wangenknochen und einem derart energischen Kinn hatte vermutlich jederzeit genug Frauen, die sich in ihn verliebten. »Dein Bruder hat recht«, antwortete Imogen leise. Etwas zog an ihrem Herzen, ein Wunsch nach mehr.

Er richtete seinen Blick wieder auf diese unverhohlen abschätzende Weise auf sie.

Erwartete er etwa, dass sie wegschaute? Sie erwiderte seinen Blick geradeheraus. Sie war früher einmal die gefügige, schüchterne junge Dame gewesen. Aber jetzt nicht mehr. Imogen reckte das Kinn.

* * *

Alex wollte gerade einen Schluck Brandy nehmen, erstarrte dann aber mitten in der Bewegung. Imogen erwiderte seinen Blick mit einer Kühnheit, die er bei einer jungen Dame von neunzehn oder zwanzig Jahren nicht erwartet hätte. Das Blau ihrer Augen hätte gut und gerne ein Spiegel seines eigenen Zynismus in Bezug auf Liebe sein können, aber dennoch konnte er Gefühl in den saphirblauen Tiefen erkennen.

Er hatte es immer bewusst vermieden, irgendetwas an einer jungen, unverheirateten Frau wahrzunehmen. Mit einem stummen Fluch gönnte er sich einen langen Zug aus seinem Glas, schnitt eine Grimasse, als die Flüssigkeit brennend durch seinen Hals floss. Die Kleine hatte riesige Augen und einen herrlich vollen Mund, wie für die Sünde geschaffen, und …

Er hätte sich beinahe an seinem Brandy verschluckt und musste husten. Bei Gott, was für ein Wahnsinn erfasste ihn, dass er etwas so Dummes tat, wie sich nach Lady Imogen Moore zu verzehren?

»Oje«, rief Chloe, ein verdächtiges Funkeln in den Augen. »Geht es dir gut?«

»Alles bestens«, erwiderte er barsch. Angesichts ihrer Hartnäckigkeit, die sie in den vergangenen Jahren bewiesen hatte, wusste er, dass sie sich mit seiner knappen Antwort nicht zufriedengeben würde.

Sie lehnte sich vor und betrachtete ihn aus schmalen Augen. »Dein Gesicht ist ganz rot. Siehst du das, Imogen?« Chloe berührte mit einem Finger seine Wange, aber er schlug ihre Hand weg.

Imogens Lippen zuckten, und die unverhohlene Belustigung ließ ihre Züge weicher werden. Jeder vernünftige Gedanke verflog, als er das Lächeln auf ihren üppigen Lippen sah. Sie legte den Kopf schief und musterte ihn langsam und gründlich. Wenn sie ihn wirklich anschauen würde, würde sie erkennen, was für ein Chaos sie in ihm anrichtete. »Ich denke, dein Bruder wird es überleben«, versicherte sie seiner Schwester und wirkte dabei nicht im Geringsten daran interessiert, wie es am Ende ausgehen würde.

Und er hatte hier gesessen und von ihr und ihrem – er schauderte – unschuldigen Lächeln fantasiert? Das war Irrsinn. Er fühlte sich gereizt, war es nicht gewohnt, von einer Dame abgetan zu werden. Damen, junge wie alte, wetteiferten um seine Aufmerksamkeit – und zwar aus Gründen, die nichts mit einem Titel zu tun hatten, aber alles mit dem Ruf, den er sich hinter geschlossenen Schlafzimmertüren erworben hatte. Mit gerunzelter Stirn leerte er den Rest seines Glases, ignorierte geflissentlich die beiden lästigen jungen Damen.

Nur dass Imogen sich einen Finger auf die Unterlippe legte und damit seine Aufmerksamkeit wieder auf ihren vollen Mund lenkte …

Und er sich erneut verschluckte.

Sie hob eine Augenbraue. »Oje, vielleicht ist tatsächlich etwas nicht in Ordnung.« Doch das Funkeln in ihren Augen verriet ihm, dass sie sich auf seine Kosten amüsierte.

Was junge Damen sonst ganz gewiss nicht taten. Sie hatten Spaß mit ihm auf eine Art und Weise, die diesem aufreizenden kleinen Weibsbild die Schamesröte ins Gesicht treiben würde.

»Ich versichere Ihnen, mir geht es in der Tat bestens«, entgegnete er gedehnt und stellte sein Glas ab. Er sollte allerdings schnellstens das Weite suchen.

Stattdessen schlenderte er zur Rückseite des Sofas. Er blickte hinab auf den Stapel Zeitungen und Klatschblätter, die auf dem Teppich verstreut lagen, stieß mit der Schuhspitze dagegen. Sie hatten wirklich eine ordentliche Sammlung zusammengetragen. »Man sollte meinen, dass ihr die Umsicht besessen hättet, auch *The Ton's Tattler* hinzuzunehmen«, erklärte er spöttisch.

Chloe schnappte nach Luft. »Wie konnte ich nur vergessen, eine Ausgabe zu besorgen?« Sie eilte zur Tür.

»Wo willst du hin?«, rief er ihr nach.

»Einen Lakaien losschicken, um eine zu besorgen«, antwortete sie, ohne langsamer zu werden.

Mit einem reuevollen Kopfschütteln blickte er erneut nach unten. Seine Lippen zuckten, und als er den Kopf wieder hob, waren Imogens Wangen rot wie Sommerbeeren. Was wiederum köstliche Bilder in seinem Kopf heraufbeschwor von der jungen Dame auf Seidenlaken, während er Beeren in Champagner tunkte und … Mit einem stummen Fluch trat er gegen den unordentlichen Stapel. »Ganz schön viel zu lesen.«

Sie lächelte. »Das war die Idee Ihrer Schwester.«

Wieder einmal ertappte er sich dabei, dass er Imogens Lächeln bewunderte, das kleine Grübchen in ihrer rechten Wange bemerkte, das sie zu etwas ganz … Außergewöhnlichem machte.

»Wenn es eine Idee meiner Schwester ist, dann ist es ganz gewiss eine schlechte«, sagte er schließlich und begab sich zu seiner Karaffe mit Brandy.

Imogen sah ihn an und lächelte wie eine Frau, aber sie errötete wie ein junges Ding geradewegs aus dem Schulzimmer.

Wenn er begann, Lady Imogens Lächeln zu bemerken, dann musste er sofort hochprozentigen Alkohol zu sich nehmen. Er füllte sein Glas.

»Haben Sie es sich zur Gewohnheit gemacht, schon so früh am Tag zu trinken?«

Er hätte schon taub sein müssen, um den Anflug von Missbilligung in dieser Frage zu überhören. »Ja.« Er gönnte sich einen langen Schluck.

Sie schürzte die Lippen. »Auch Alkohol in Anwesenheit unverheirateter junger Damen zu sich zu nehmen?«

Himmel, die Kleine war wirklich hartnäckig. Wenn sie lächelte, gefiel sie ihm besser. »Nein«, antwortete er ernst. Dann grinste er sie langsam und verführerisch an. »Ich habe es mir zur Gewohnheit gemacht, unverheirateten jungen Damen weiträumig aus dem Weg zu gehen.«

Sie murmelte etwas halblaut vor sich hin.

Er hätte seine Apanage, die sein Bruder nun ihm gegenüber als Druckmittel benutzte, darauf verwetten mögen, dass sie »Was für ein Glück für diese jungen Damen« gesagt hatte. Und während er hier allein mit dieser spitzzüngigen Lady in der

Bibliothek stand, ging ihm auf, dass sie ihn nicht sonderlich mochte.

Hm. Das war allerdings interessant. Und natürlich überaus willkommen, da er es bestimmt nicht gebrauchen konnte, dass Unschuldslämmer etwas von ihm wollten, aber dennoch interessant.

Alex lehnte sich mit der Hüfte gegen das Sofa. »Sie schätzen mich nicht sonderlich, nicht wahr, Imogen?«

»Ich kenne Sie gar nicht, Lord Alex.« Er schaute sie ungläubig an. Schließlich waren sie und Chloe seit Jahren unzertrennlich. »Ich meine, ich kenne Sie nicht wirklich«, fügte sie rasch hinzu. Zu rasch. Hoffnungsvoll blickte Imogen zur Tür, wünschte sich vermutlich, dass seine Schwester rasch zurückkehrte.

Er hingegen wünschte Chloe jede Menge Zwischenfälle, die sie bei der Beschaffung des Skandalblättchens, zu der er sie geschickt hatte, aufhalten würden. »Kommen Sie, Imogen, wir kennen einander nun schon viele Jahre.« Sie hatte schließlich mit seiner jüngeren Schwester die Schule besucht. Er hatte sich große Mühe gegeben, den kichernden, ewig schwatzenden jungen Dingern aus dem Weg zu gehen. Abgesehen von Imogens Skandal mit Montrose wusste er nichts über sie.

»Nein.« Sie schüttelte heftig den Kopf, wodurch sich ein paar tizianrote Locken aus ihrer Frisur lösten. »Ich kenne Ihre Schwester seit Jahren, Sie hingegen überhaupt nicht.« Und sie klang auch nicht sonderlich erpicht darauf, die Bekanntschaft zu vertiefen. Der gestrenge Tadel in ihren Worten ließ sein Interesse an der liebreizenden Lady Imogen mit den feuerroten Locken nur wachsen.

Alex richtete sich auf und ging zu ihr. »Wir sind mindestens irgendwie befreundet.« Er blieb dicht vor ihr stehen, bis Imogen gezwungen war, entweder zurückzuweichen oder hochzuschauen. »Jedenfalls genug, dass wir auf den ›Lord‹ verzichten können«, erklärte er mit leiser Stimme und konnte gar nicht begreifen, warum er solches Interesse an dem missbilligenden kleinen Weibsbild hatte.

Sie zog sich hastig ein paar Schritte zurück und strich sich mit den Händen über die Vorderseite ihrer Röcke. »Ich würde nicht … Das wäre nicht anständig.« Das Wort »anständig« hatte auf Lippen wie ihren nichts zu suchen.

Das Zittern ihrer eleganten Finger erregte seine Aufmerksamkeit und verriet ihm, dass sie sich seiner bewusst war. So etwas war ihm bei den Witwen, mit denen er sich sonst vergnügte, durchaus willkommen. Bei unschuldigen jungen Damen mit geröteten Wangen und weißen Kleidern hingegen verhieß es nichts Gutes.

Er stellte sein Glas auf den Tisch und ging ihr weiter nach. »Ganz im Gegenteil, Imogen, es wäre auf jeden Fall anständig, da Sie mir die Erlaubnis gegeben haben, Ihren Vornamen zu verwenden.«

Dieses Mal blieb sie wie angewurzelt stehen. Sie reckte das Kinn. Durch die Bewegung löste sich eine weitere rote Strähne. »Ich habe Ihnen mitnichten die Erlaubnis dazu erteilt. Sie haben mich hereingelegt und sie sich erschlichen.«

Er nahm die beiden Strähnen und steckte ihr eine hinters Ohr. »Ja, ja, das habe ich wohl.« Die andere seidige Locke rieb er zwischen Daumen und Zeigefinger. Wenn man den Sonnenuntergang einfangen könnte, so würde er sich anfühlen. Heiß und seidig.

Alex blinzelte mehrmals und ließ sie dann eilig los. In seiner Hast, möglichst rasch möglichst viel Abstand zwischen sich und sie zu bringen, stolperte er beinahe über seine eigenen Füße.

»Ist alles in Ordnung, Lord Alexander?« Sorge stand in ihren Augen, was die erschütternde, wenn auch peinliche Wahrheit ans Licht brachte: Die Kleine war sich seiner deutlich weniger bewusst, als er geglaubt hatte.

»Alex«, verbesserte er sie.

Imogen zögerte. »Alex«, sagte sie schließlich, allerdings leicht gedehnt, und es klang, als müssten die beiden Silben aus ihr herausgezogen werden. Trotzdem schien ihn ihre leise, heisere Stimme zu umfangen.

Er deutete mit dem Kinn auf die Stapel Zeitungen, in denen ihr Name zu lesen stand. »Und was ist mit dem Plan, den meine Schwester vorhin erwähnt hat? Ich nehme an, er bezieht sich auf Montrose.«

In Wahrheit unterschied sie sich vermutlich doch nicht so sehr von der restlichen weiblichen Bevölkerung, die völlig fasziniert war von einem Herzog und sich nach diesem begehrten Titel sehnte.

Imogen senkte den Blick auf die Seiten hinter dem Sofa. »Es ist nicht wirklich höflich von Ihnen, davon zu …« Sie presste die Lippen aufeinander, ließ den Gedanken unbeendet.

Und dann verstand er plötzlich. »Jetzt sagen Sie nicht, Sie hätten sich eingebildet, in den Kerl verliebt zu sein«, bemerkte er spöttisch.

Sie schaute ihm ins Gesicht. Ein Anflug von Mitleid leuchtete aus den Tiefen ihrer blauen Augen. »Ich hatte nicht erwartet, dass jemand von Ihrem Ruf das verstehen würde.«

Ärger regte sich in ihm. Kein Mann mochte es, mit Mitleid betrachtet zu werden, vor allem nicht, wenn es eine rothaarige Schönheit wie Lady Imogen Moore tat. »Ich verstehe eine Menge mehr, als Sie glauben.«

»Ach ja?« Sie hob eine Hand an ihre Brust, lenkte seine Aufmerksamkeit auf die üppige Rundung in ihrem Ausschnitt. Wie war es möglich, dass er nicht schon längst diesen köstlich vollen Busen bemerkt hatte?

»Zweifelsohne«, gelang es ihm zu antworten. »Welche vornehme junge Dame erstrebt nicht den Titel einer Herzogin?«

Oder, um genauer zu sein, irgendeinen Adelstitel, nie jedoch einen zweitgeborenen Sohn.

»Glauben Sie das?«, drang ihre Frage als kaum hörbares Flüstern zu ihm.

»Gibt es irgendeinen anderen Grund, sich einen eingebildeten Gecken wie Montrose zum Ehemann zu wünschen?« Die Glitzerwelt der guten Gesellschaft hatte bewiesen, dass Frauen treulose, flatterhafte Geschöpfe waren, die die vorteilhafteste Verbindung eingingen und dann ihr Vergnügen anderswo suchten. Oft genug in seinem Bett.

Feuer blitzte in ihren Augen und drohte ihn in Brand zu setzen. »Das ist bestimmt keine Unterhaltung, die sich für eine Lady und einen Gentleman, die sich praktisch fremd sind, geziemt.«

»Irgendwie befreundet«, erinnerte er sie. »Und wenn Sie so höflich sind, dann ist es kein Wunder, dass er …«

Imogens Hand schoss vor und landete mit einem lauten Klatschen auf seiner Wange.

Unter der Kraft ihres Schlages zuckte sein Kopf zur Seite. Prüfend bewegte er den Kiefer. Nun, die junge Dame hatte eine ganz schöne Handschrift, und wenn er ehrlich sein sollte, hatte er die Ohrfeige verdient.

Entsetzen malte sich auf ihren Zügen. »Ich … Oje … Ich …«

Gewöhnlich war solches Gestammel dem Schlafzimmer hinter geschlossenen Türen vorbehalten. Allerdings vermutete Alex fast, dass es wahrscheinlicher wäre, solche Äußerungen den steifsten Matronen bei Almack's zu entlocken, als diesem missbilligenden Frauenzimmer.

Er winkte ab. »Sie müssen sich nicht entschuldigen, Mylady.« Imogen stieg in seiner Achtung durch ihr Verhalten. »Das war völlig unangebracht von mir.«

Er würde die Richtigkeit seiner Worte nicht mit ihr diskutieren. Und auch nicht die jungen Damen, die zwar den Titelerben heirateten, dann aber einem zweitgeborenen Sohn den Vorzug gaben, wenn sie ihr Vergnügen suchten.

»Das war es«, erwiderte Imogen unbeeindruckt. »Also unangebracht von Ihnen, meine ich.« Sie verschränkte ihre Hände und betrachtete sie angelegentlich. »Trotzdem gehört es sich nicht, Sie zu schlagen, Lord … Alex«, verbesserte sie sich auf seinen vorwurfsvollen Blick hin.

»Ich habe es!«

Ihrer beider Augen richteten sich gleichzeitig auf die Tür. Chloe stand auf der Schwelle und schwenkte triumphierend eine Ausgabe des Klatschblättchens. Dann gefror ihr Lächeln. Sie schaute zwischen ihrem Bruder und Imogen hin und her. »Was ist los?«

»Imogen hat gerade nur gesagt, dass sie es kaum erwarten kann, deinen Plan in die Tat umzusetzen.« Was für eine hirnverbrannte Idee sie auch immer ausgeheckt hatte.

Imogens Augenbrauen hoben sich.

»Wunderbar«, erklärte Chloe mit einem breiten Lächeln.

Alex zwinkerte Imogen zu und verabschiedete sich. Wenigstens wusste er jetzt, was noch schlimmer wäre, als die Aufgabe aufgehalst zu bekommen, Anstandsdame zu spielen.

Und zwar der Anstandswauwau dieser spitzzüngigen jungen Dame mit den tizianroten Locken sein zu müssen.

Kapitel 4

Am folgenden Nachmittag zog Alex seine Taschenuhr hervor, während er in der marmornen Eingangshalle im Haus seines Bruders wartete, und prüfte die Uhrzeit. Sie war zu spät. Fast dreißig Minuten zu spät. Das fiel ihm nicht etwa auf, weil ihm Unpünktlichkeit oder irgend so ein Unsinn wichtig wäre. Nein, gewiss nicht, aber solange er für seine Schwester verantwortlich war, konnte er seine Tage nicht so verbringen, wie es ihm beliebte – am Farotisch mit einer Schönheit an seiner Seite, der einzigen Gesellschaft, die er für den Abend begehrte.

Mit einem stummen Fluch blickte er die Treppe hinauf, ob er seine Schwester entdecken konnte, und wünschte im gleichen Atemzug zum ungefähr tausendsten Mal an diesem Tag Gabriel zum Teufel. Anstandsdame. Bei einem Ausflug in die Bond Street.

Alex schauderte. Ganz sicher forderte der Teufel seinen Tribut für all die Sünden, die Alex sich in den vergangenen Jahren hatte zuschulden kommen lassen. Ins Bett zu gehen mit Witwen und anderen frivolen Frauen. Das ausschweifende Wetten. Oh, er hatte ganz bestimmt nicht vor, seinen Lebenswandel zu ändern, aber er konnte nachvollziehen, dass sein Bruder den Versuch unternahm, ihn zu reformieren.

Hatte Gabriel nicht begriffen, dass ihr Vater das schon versucht hatte? Und dabei grandios gescheitert war. Alex schüttelte angewidert den Kopf. Er sollte im »Verbotene Früchte« sein, eine rothaarige Schöne mit üppigem Mund und blauen Augen auf dem Schoß.

Seine sich überschlagenden Gedanken kamen zu jäh zum Stillstand. »Wo zur Hölle kam das denn her?«

»Wo kam was her, Sir?«, erkundigte sich der grauhaarige Butler näselnd.

Er wirbelte herum. »Verdammt noch mal, Joseph, müssen Sie einen immer so erschrecken?«

Der Anflug eines Lächelns spielte um die Lippen des Mannes, der schon in den Diensten der Familie stand, seit Alex' Vater Marquis gewesen war. »Bitte vielmals um Verzeihung, Sir.« Er hielt Alex den Mantel hin.

Mit einem gemurmelten »Danke« schlüpfte Alex hinein. Er warf einen weiteren Blick die Treppe hoch, gerade als seine Schwester erschien. »Es freut mich, dass du es einrichten konntest, dich doch noch zu mir zu gesellen.«

Joseph grinste, hüstelte dann aber rasch, um seine Belustigung zu verbergen.

Entweder hatte sie seine Worte nicht gehört oder beschlossen, sie zu ignorieren, denn seine Schwester eilte die Treppe mit einem Mangel an damenhafter Zurückhaltung herab, der ihre Mutter sicher schockiert hätte.

»Alex«, begrüßte sie ihn mit einem Lächeln, während ein Lakai mit ihrem Umhang herbeikam. »Ich hoffe, du hast nicht zu lange warten müssen.«

»Doch.« Auf einen Einkaufsbummel, mit dem er nicht das Geringste zu tun haben wollte. Der einzige Grund, aus dem er Läden betrat, war, dass er gewisse Geschenke für Mätressen erstehen wollte, und die gab es nicht in den Geschäften zu kaufen, die Unschuldslämmer wie seine Schwester besuchten.

Joseph öffnete die Haustür.

Als hätte sie seine Kritik nicht gehört, segelte Chloe an ihm vorbei zu der wartenden Kutsche. »Ich freue mich schon so auf unseren kleinen Bummel.«

»Dir hat ein Ausflug zur Bond Street doch noch nie Spaß gemacht«, murmelte er. Nicht ihr als kleinem Mädchen wenigstens, als er geglaubt hatte, als großer Bruder ein gutes Werk zu verrichten, und mit ihr zum Bond Street Bazaar gegangen war, und auch nicht, als sie Debütantin gewesen war und er sie bei der Besorgung eines Hutes begleitet hatte. Oder war es ein Band gewesen?

Chloe strahlte und zog sich ihre Handschuhe an. »Nein, stimmt.« Nach dieser rätselhaften Bemerkung redete sie weiter, plauderte über ihre Pläne für den Nachmittag und den Abend und dann morgen Abend und … Der Himmel stehe ihm bei.

Sie waren bei der Kutsche angekommen, und Chloe gab den Bediensteten ein paar Anweisungen. Dann kehrte sie wieder zu ihrem Monolog zurück. »… Zuerst holen wir Imogen ab, und dann …«

Alex blinzelte verwirrt. »Was?« Er streckte einen Arm aus und verwehrte seiner Schwester den Einstieg in das schwarz lackierte, geschlossene Gefährt.

»Wir wollen doch zur Bond Street.« Ihre Lippen verzogen sich ärgerlich. »Hörst du denn überhaupt nicht zu, was ich dir erzähle?« Mit einem ungeduldigen Seufzen schlüpfte sie unter seinem Arm hindurch und kletterte ohne seine Hilfe in die Kutsche.

Mit einem stummen Fluch stieg er hinter ihr ein. »Das nicht, Chloe. Das andere.« Über die spitzzüngige Schönheit mit den roten Locken.

Chloe runzelte die Stirn. »Meinst du Imogen? Ja. Wir holen sie ab.« Ein gequältes Seufzen, das sie vermutlich schon als Kleinkind von ihrer Mutter gelernt hatte, entschlüpfte ihr.

»Ehrlich, Alex, ich könnte schwören, du hörst mir nie zu.«

»Ich bin mir ziemlich sicher, dass du dieses Detail bisher nicht erwähnt hast«, erwiderte er ungeduldig. Denn daran würde er sich erinnern. Vor allem nach ihrem denkwürdigen Zusammentreffen gestern Morgen.

»Habe ich nicht?«

»Nein, hast du nicht.«

Ein Lakai schloss hinter ihnen die Tür, und der Mann vorn auf dem Bock ließ die Zügel schnalzen. Die Kutsche setzte sich mit einem Ruck in Bewegung.

Chloe zuckte elegant die Schultern. »Aber das tut nichts zur Sache. Selbst du begreifst sicher, dass wir sie nicht einfach ihrer Familie überlassen können. Das würde keine Freundin tun.«

Das ist bestimmt keine Unterhaltung, die sich für eine Lady und einen Gentleman, die sich praktisch fremd sind, geziemt. Wenn er die Worte der jungen Dame bedachte und die Tatsache, dass er die Hand, mit der sie ihm die Ohrfeige versetzt hatte, immer noch an seiner Wange spüren zu können meinte, herrschte zwischen ihnen jedenfalls keine Freundschaft.

»Nein.« Ihm war die Aufgabe übertragen worden, auf seine Schwester aufzupassen. Das hieß aber nicht, dass er sich mit Lady Imogen und ihren missbilligenden Blicken oder abfällig nach unten gebogenen Mundwinkeln abgeben musste.

Sie biegen sich nicht immer nach unten. Manchmal heben sie sich auch zu einem verführerischen, ganz bezaubernden …

Chloe verschränkte aufrührerisch die Arme vor der Brust. »Doch.«

Er öffnete den Mund, um dem Kutscher Anweisung zu geben, geradewegs zur Bond Street zu fahren, aber der ungewohnt ernste Ausdruck in den Augen seiner Schwester hielt ihn davon ab.

»Bitte, Alex. Sie darf nicht allein gelassen werden. Und sie freut sich schon so auf diesen Ausflug.«

Natürlich. Die Tour zu den Läden in der berühmten Einkaufsstraße hatte nichts mit den Wünschen seiner pragmatischen Schwester, aber alles mit der jungen Frau zu tun, die sich einen Herzog geangelt, ihn dann jedoch verloren hatte.

»Sicherlich erkennst du, dass sie alle Unterstützung benötigt, die sie nur erhalten kann.«

Sie, Sir, sind kein Freund … Sie sind ein Fremder …

»Es ist alles ziemlich tragisch.« Die Unterlippe seiner Schwester zitterte, ein Zeichen dafür, wie traurig es in ihren Augen war.

Er setzte sich auf der Bank anders hin und widerstand dem Drang, die Augen zu verdrehen. »Tragisch?«

»Man hat ihr das Herz gebrochen, Alex. Sie hat ihn geliebt.«

Er schnaubte abfällig. »Sie hat seinen Titel geliebt.«

Chloe wich zurück, als hätte sie eine Ohrfeige bekommen. »Wie kannst du das sagen?«

»Ziemlich leicht«, erwiderte er mit einer Offenheit, die sie zusammenzucken ließ. In ihm regten sich Schuldgefühle, aber er drängte sie zurück. Die Naivität seiner Schwester und ihre Unschuld würden sie noch einmal ruinieren, wenn er nicht achtgab. Vielleicht war er doch die richtige Wahl als Aufpasser. Sein steifer, langweiliger Bruder würde am Ende die mannigfaltigen Gefahren gar nicht erkennen, die jemandem wie Chloe in London drohten.

»Du irrst dich, Alexander Nicolas Edgerton. Sie hat ihn geliebt und …«

»Ich dachte, du glaubst nicht an Liebe.« Noch etwas, für das ihr grausamer Vater verantwortlich war.

Sie blinzelte. »Für mich selbst nicht, aber für andere schon, und ganz besonders für meine liebe Freundin. Sicherlich ergibt das Sinn.«

Etwas in ihm verzog sich schmerzlich. Andere junge Damen ihres Alters hatten hochfliegende Träume von Liebe und einem

»Und sie lebten glücklich bis ans Ende ihrer Tage« und all dem anderen Unsinn, an den Alex nicht glaubte. Aber verdammt, er wünschte es sich für seine Schwester und hasste seinen verstorbenen Vater umso mehr, weil er Chloe in dieser Hinsicht alle Unschuld genommen hatte.

Sie lehnte sich vor und klopfte ihm auf die Hand. »Lenk nicht vom Thema ab, Alex. Sie hat ihn geliebt, und es hatte nichts mit seinem Titel zu tun.«

Er schnaubte.

Chloes Stirnrunzeln vertiefte sich. »Wann genau bist du eigentlich so zynisch geworden?«

»Das ist schon zu lange her, als dass ich mich daran erinnere«, antwortete er mit einem Lächeln für seine Schwester.

Sie verdrehte die Augen und richtete ihre Aufmerksamkeit auf das Fenster, ignorierte ihn.

Mit ihrer Missbilligung kam beseligende Stille. Die Kutsche fuhr weiter ratternd über die Kopfsteinpflasterstraßen von London. Alex lehnte sich in die bequemen roten Samtpolster.

Seine Schwester glaubte, er hätte ihr eine sarkastische Antwort gegeben, einfach um sie abzuwimmeln. Dabei war es eine der aufrichtigsten Erwiderungen, die er je ausgesprochen hatte. Die Geburt seines Zynismus, wie Chloe es bezeichnete, lag irgendwo zwischen dem Einsatz der Birkenrute auf seinem Rücken, als er sieben gewesen war, und dem Tag, an dem er von der Universität abgegangen war. Schon auf seinem ersten Ball hatte er herausgefunden, dass es eine ganze Reihe von Damen gab, die den Zweitgeborenen dem Erben vorzogen, auch wenn er als Heiratskandidat nicht infrage kam.

Die Kutsche hielt schwankend vor einem weißen, stuckverzierten Stadthaus an. Er riss den Vorhang zurück. »Na wunderbar«, stöhnte er. »Und würdest du bitte aufhören, mich zu treten?«

»Nur wenn du aufhörst, so schlecht gelaunt zu sein.«

Herr im Himmel, dieses Aufpasserdasein war seine Apanage nicht wert. Ganz bestimmt nicht.

Sie bedachte ihn mit einem finsteren Blick. »Sei nett.«

»Ich bin immer nett«, beschwerte er sich.

»Nein, bist du nicht.« Chloe richtete drohend einen Finger auf ihn. »Du bist nur zu skandalösen Frauen mit angefeuchteten Röcken charmant.«

Er hätte sich fast verschluckt. Was wusste seine Schwester denn von der Demimonde und angefeuchteten Röcken? Nein, das wollte er lieber gar nicht wissen.

Chloe sprach weiter. »Du bist unanständig, und du grinst völlig ungehörig. Ich werde es nicht dulden, dass du so zu Imogen bist.«

Na gut. Alex lehnte sich zurück, von seiner jüngeren Schwester zum Schweigen gebracht. Was eigentlich ziemlich erniedrigend …

»Und außerdem …«

Das »außerdem« blieb glücklicherweise unvollendet, weil der Kutscher den Schlag öffnete.

Imogen ergriff die Hand des Dieners, und dann trafen ihr und Alex' Blick sich. Etwas passierte zwischen ihnen, und für einen flüchtigen Moment trat alles außer ihr in den Hintergrund. Ihre unergründlichen blauen Augen wurden groß, und sie verharrte so, einen Fuß auf dem Boden der Kutsche, den anderen noch auf der Straße.

»Sie.« Schock klang aus dem einen Wort.

Hatte sie etwa den Prinzregenten persönlich erwartet? Dieses Geschöpf, das seine Schwester mit auf eine Einkaufstour schleppte? Er verschränkte die Arme. »Verraten Sie mir doch bitte, Verehrteste, planen Sie, noch länger erstarrt wie eine Salzsäule da stehen zu bleiben, oder haben Sie vor, meiner Schwester bei ihrem Schaufensterbummel Gesellschaft zu leisten?«

Er verkniff sich einen Schmerzenslaut, als Chloe ihn erneut trat.

»Ich hab gesagt, sei nett«, zischte sie ihm zu. Dann schob sie ihn aus dem Weg und bedeutete Imogen, in den Landauer einzusteigen. »Verzeih ihm bitte«, erklärte sie in entschuldigendem Ton. »Er ist ziemlich schlecht gelaunt, musst du wissen.«

»Ach wirklich?«, murmelte die Dame halblaut.

Alex machte ihr leicht gekränkt Platz.

Imogen zögerte, dann setzte sie sich auf den Platz neben Chloe. Was natürlich nur richtig und vernünftig war. Es erfüllte ihn aber trotzdem mit einer unerklärlichen Enttäuschung.

Imogen ließ ihren Blick durch die Kutsche gleiten. »Wo ist dein Bruder?«, platzte sie heraus.

»Ich bin ihr Bruder«, beschied Alex ihr knapp, bevor seine Schwester zu einer Antwort ansetzen konnte.

»Ich meinte den ältesten Bruder.«

Also Gabriel, den allseits geschätzten Marquis of Waverly. Weder der Charakter noch die Prinzipien des Mannes waren von Interesse, nur die Größe seiner Geldbörse und das Alter seines Titels. Alex' Lippen verzogen sich verächtlich. »Den Marquis?«

»Gibt es noch einen weiteren?« Sie rieb sich die Stirn.

»Nein.« Allerdings würde es Alex nicht wundern, wenn sein verachtenswerter Vater einen ganzen Stall unehelicher Kinder gezeugt hätte. *Und du mit deinem Lebenswandel bist so anders?*, plagte Alex eine lästige Stimme. Obwohl er immer darauf achtete, dass es keine Kinder geben konnte, benahm er sich im Grunde genommen ganz ähnlich. Die hässliche, unangenehme Wahrheit gab seinem Ärger neue Nahrung.

»Und Sie würden Waverly wegen seines Titels natürlich den Vorzug geben.« Er ignorierte Chloes empörtes Aufkeuchen.

»Ich würde dem Marquis den Vorzug geben, weil er respektabel ist.« Imogen warf ihm einen beredten Blick zu. »Und kein Wüstling.«

Bei diesen beleidigenden Worten kniff er die Augen zusammen. »Und Sie sind enttäuscht, dass kein Marquis anwesend ist, an dem Sie Ihre Reize ausprobieren können.«

Imogen schnaubte nur. »Wenn ich im Besitz irgendwelcher Reize wäre, die der Erwähnung wert wären, hätte ich sie bei meinem Verlobten zum Einsatz gebracht.« Ihre drollige Antwort erstickte seine Verärgerung, und er musterte sie. Das war jedenfalls bestimmt nicht die Reaktion gewesen, die er ihr hatte entlocken wollen.

Mit offenem Mund schaute Chloe zwischen ihm und ihrer Freundin hin und her.

Alex schob das Kinn vor, lehnte sich in die Polster zurück und verfluchte nicht zum ersten Mal Gabriel und seine Schnapsideen.

* * *

Die Klatschzeitungen hatten regelmäßig über Lord Alex Edgerton berichtet. In all den Artikeln, die sie mit bestenfalls oberflächlichem Interesse gelesen hatte, war er als charmanter, liebenswürdiger, aber auch zynischer Lebemann bezeichnet worden.

Letzteres traf sicher zu, aber Imogen konnte dem Gentleman weder »liebenswürdig« noch »charmant« bescheinigen.

In der unbehaglichen Stille der Kutsche betrachtete sie ihn. Mit seinem unmodisch langen schwarzen Haar und den dunkelgrünen Augen hatte er etwas Düsteres und Bedrohliches an sich. Es war allgemein bekannt, dass er zahllose Affären gehabt hatte, von skandalumwitterten Witwen bis zu unglücklich verheirateten Damen.

Egal, wie attraktiv er war, sie würde nie mehr in ihm sehen als einen schamlosen Schurken, der nicht besser war als die

Montroses dieser Welt. Sie verspürte nicht die geringste Regung von Interesse an dem Gentleman. Er hätte genauso gut … Alex richtete seine Augen auf sie, durchbohrte sie förmlich mit der Intensität seines Blickes.

Ihr Herzschlag beschleunigte sich. *Lügnerin.* Sie riss den Kopf herum und schaute aus dem Fenster. Sie hatte ihn wahrgenommen. Und zwar erheblich mehr, als sie es hätte tun sollen. Eine Menge mehr, als sicher war. *War eigentlich irgendeine Form von Interesse an Lord Alex Edgerton sicher?*

Die Kutsche kam mit einem Ruck zum Stehen. »Wir sind da«, erklärte Chloe mit einem breiten Lächeln.

Erleichterung lag mit Unbehagen im Widerstreit, als Imogen sich mit der Aussicht konfrontiert fand, sich wieder in die gute Gesellschaft zu wagen. Der Lakai öffnete die Tür und half Chloe beim Aussteigen. Alex sprang hinaus, richtete sich zu seiner ganzen Größe von über eins achtzig auf.

Dann steckte er eine Hand ins Innere. Sie betrachtete seine langen, kräftigen Finger mit der olivfarbenen Haut. Schamlos nackt, wo Handschuhe doch so viel passender und anständiger gewesen wären – und gleichzeitig wäre es eine Schande, diese elegante Kraft zu verbergen …

»Lady Imogen, haben Sie vor, den ganzen Tag lang dazustehen und meine Hand anzustarren, oder …«

Sie legte ihre Finger in seine. Alex schloss seine Hand darum. Hitze brannte sich durch ihre Handschuhe und versengte ihr die Haut. Das Herz klopfte ihr laut in den Ohren, als sie erschreckt von ihm fortstolperte.

»Wohin zuerst?«, rief Chloe ihr fröhlich zu und winkte ihr, vorauszugehen.

Imogen duckte den Kopf und schlüpfte an Alexander vorbei. Sie hatte eine angeborene Schwäche. Anders ließ sich nicht erklären, dass sie sich Lord Alex' Männlichkeit so bewusst war.

Nicht wenn die einzigen Details, die ihr an ihm auffallen sollten, seine schockierend schlechten Manieren waren, sein hartes Lächeln und seine Spötteleien.

Chloe blieb vor dem Geschäft einer Hutmacherin stehen und betrachtete es einen Moment. »Hier fangen wir an.« Mit wehenden Röcken zog sie die Tür auf und eilte hinein.

Rasch folgte Imogen ihr. Während sie den Laden betrat, prickelte ihre Haut, so deutlich meinte sie, Alex' Augen auf sich zu fühlen. Gleichzeitig verspürte sie einen nahezu unwiderstehlichen Drang, einen letzten Blick auf die Vollkommenheit seiner wie gemeißelt wirkenden Züge zu werfen.

Sie schüttelte den Kopf, wie um ihre Gedanken zu klären, und ging weiter ins Innere des Geschäftes. Nervös befeuchtete sie sich die Lippen und schaute sich nach klatschsüchtigen Damen um, die es in Entzücken versetzen würde, die Ersten zu sein, die Zeuge wurden, wie die restlos blamierte Lady Imogen Moore sich wieder in die Gesellschaft wagte.

Die Ladenbesitzerin eilte herbei, ein Lächeln auf dem rundlichen Gesicht. »Kann ich Ihnen helfen?«

Erleichterung erfüllte Imogen, als sie merkte, dass ihr das Befürchtete erspart bleiben würde. »Nein, danke«, murmelte sie. Es würde später noch eine Menge hässlicher Bemerkungen und höhnischer Blicke geben, aber für den Moment blieb sie davon dankenswerterweise verschont.

Während die Frau Chloe bediente, schlenderte Imogen durch das Geschäft. Sie umrundete den hohen Holztisch, auf dem alle möglichen Sorten Stoff lagen. Bänder hingen in einem Regenbogen der Farben von der niedrigen Decke, und sie strich mit den Fingern über den weichen, seidigen Zierrat.

Natürlich würde der Klatsch kommen. Vermutlich konnte die gute Gesellschaft es kaum erwarten, das erste Ereignis, an dem die Moore-Damen teilnehmen würden, mitzuerleben. Die eine eine geliebte Herzogin, die andere …

Imogens Magen zog sich zusammen. Sie wusste, was Chloe erreichen wollte, indem sie es ihr ersparte, bei ihrer eigenen Familie sein zu müssen, und sie war dafür dankbar. Wirklich. Aber Chloe würde nicht immer da sein, und dann …

Eine hochgewachsene Gestalt trat vor sie, und Imogen schnappte nach Luft. Lord Alex' muskulöse Gestalt versperrte ihr den Weg. »Lord Alex«, sagte sie, und wieder beschleunigte sich ihr Puls auf diese merkwürdige Weise. Seine dichten schwarzen Wimpern verbargen seine Augen, sodass sie nicht erkennen konnte, was in seinem Kopf vor sich ging.

»Ihnen macht Einkaufen Spaß.« In den Worten, die mehr eine Feststellung als etwas anderes waren, schwang ein spöttischer Unterton mit.

»Nein, ich hasse es.« Sie spielte mit einem Streifen blaugrünem Seidenstoff auf dem Tisch, rieb ihn zwischen Daumen und Zeigefinger. Alex verfolgte die Bewegung mit halb geschlossenen Lidern. Sie hätte es nicht für möglich gehalten, aber seine Augen wurden noch schmaler. Imogen ließ den Stoff fallen.

»Meine Schwester hat mir zu verstehen gegeben, dass diese Einkaufstour auf Ihren Wunsch hin stattfindet.«

Sie würde sich nicht selbst bloßstellen, indem sie ihm erklärte, was sich in Wahrheit hinter Chloes Bemühungen verbarg. »Um dieser Behauptung entgegenzutreten, müsste ich Chloe als Lügnerin bezeichnen. Was ich nicht tun werde.« Sie machte eine Bewegung, als wollte sie um ihn herumgehen.

Alex trat ihr in den Weg. Sie biss die Zähne zusammen und verrenkte sich beinahe den Hals, um ihm in die Augen zu schauen. »Gibt es noch etwas, das sie benötigen, Lord Alex?«

Er ließ seinen Blick über ihr Gesicht wandern, und das närrische Organ in ihrer Brust klopfte schon wieder in diesem lästig unregelmäßigen Rhythmus.

»Sie werden es nicht glauben, aber das gibt es«, entgegnete er mit seidenweicher Stimme.

Geh weg. Stattdessen blieb sie wie erstarrt stehen, als Alex den Kopf neigte. Sein Atem strich über ihre Lippen, ein schwacher Hauch von Minze und Brandy, und hatte eine verheerende Wirkung auf ihren Verstand.

Imogen umklammerte die Tischkante, wollte, dass ihre Worte kühl und gelassen klangen. »Ach ja?« Stattdessen kamen sie so zögernd, fragend, dass sie seinen verruchten und unerschütterlichen Charme im Geiste verfluchte.

Seine harten Lippen verzogen sich zu einem freudlosen Grinsen. »Sie mögen mich wirklich nicht, was, süße Imogen?«

Es ging nicht um Mögen oder Nichtmögen, sondern vielmehr darum, dass sie das Chaos verabscheute, das er in ihrer Welt stiftete. Sie räusperte sich und schaute sich um. Chloe und die Hutmacherin standen vorn im Laden, waren in eine Unterhaltung vertieft. Die ältere Frau hielt gelegentlich einen Stoffstreifen hoch, doch Chloe schüttelte jedes Mal den Kopf.

Alex bemächtigte sich einer losen Haarsträhne, die Imogens Zofe am Morgen kunstvoll drapiert hatte. »Ihr Schweigen ist Antwort genug«, erklärte er.

Imogen wich einen Schritt zurück, zwang ihn, die Locke loszulassen. »Ich kenne Sie nicht«, sagte sie, als sie ihrer Stimme wieder traute, »aber ich habe über Sie in den Klatschspalten gelesen.« Was seiner Beliebtheit bei einer Frau, deren Herz von einem glattzüngigen Schuft gebrochen worden war, der die gute Gesellschaft mühelos für sich eingenommen hatte, nicht unbedingt zuträglich war.

Seine Augenbrauen senkten sich. »Und Sie glauben das, was in diesen Klatschblättern steht, Mylady?«

Sie verzog das Gesicht. Touché. Aber sie würde ihm trotzdem nicht erlauben, sie ins Bockshorn zu jagen. »Entbehren denn sämtliche Gerüchte um Sie jeglicher Grundlage, Alex?« Sein Körper versteifte sich, als sie seinen Vornamen benutzte. Gut, angesichts der unseligen Freude, die es ihm offenkundig bereitete, sie aus der Ruhe zu bringen, gefiel ihr die Vorstellung, dass sie ihn schockiert hatte. »Sind Sie denn kein Lebemann? Haben Sie etwa nicht …«, ihre Haut wurde warm, aber sie zwang sich, fortzufahren, »die Herzen zahlloser Witwen und verheirateter Frauen erobert?«

Er näherte sich ihr mit träger Eleganz, machte kurzen Prozess mit der sicheren Distanz, die sie zwischen ihm und sich geschaffen hatte. »Sie irren sich, Imogen.«

»Ach ja?« Ihre flüsternde Stimme erkannte sie selbst kaum wieder. Mit der leichten Kerbe in seinem kantigen Kinn sah er so sündhaft gut aus und gleichzeitig so zugänglich, wie es eigentlich keinem Gentleman zustand.

»Zweifellos«, fuhr er halblaut fort. Er streckte langsam einen Arm aus, und ihr stockte der Atem, aber er nahm lediglich einen gelben Stoffstreifen von dem Tisch hinter ihr. »Ich habe nicht die Herzen dieser Frauen erobert.« Alex senkte seine Stimme zu einem heiseren Flüstern, das sie kaum noch verstehen konnte. »Ich erobere einen Platz in ihren Betten. Das sind zwei ganz verschiedene Dinge.«

Hitze strömte durch ihren Körper bei dem schockierenden Eingeständnis, und sie sprach ein rasches Dankgebet, als das Läuten der Glocke an der Eingangstür seine Aufmerksamkeit von ihr ablenkte. Feigling, der sie war, schlüpfte sie an ihm vorbei und schlenderte weiter den Gang entlang.

Ein Gentleman mit Alex' dunkler Stimme und seinen verführerischen Blicken bedeutete nichts als Gefahr, und nach dem Verrat des Duke of Montrose war Imogen völlig zufrieden mit einem gesetzten, langweiligen Mann, der keine anderen Gefühle in ihr weckte als milde Zuneigung.

Dem erhöhten Bewusstsein nach zu urteilen, das sie jedes Mal überkam, wenn Alex in der Nähe war, war an ihm nichts gesetzt oder langweilig … Umso mehr Grund für sie, seine Gesellschaft zu meiden.

Nicht einmal in der Zeit ihrer Verlobung hatte sie auch nur entfernt etwas Ähnliches empfunden wie das, was Alex mit einem simplen Lächeln in ihr auslösen konnte. Sie schluckte hart. Mit seinen sündhaften Augen und seinem scharfsinnigen Geist stellte der verwegene Lord Alex Edgerton eine größere Gefahr für sie dar, als Montrose es je getan hatte.

Kapitel 5

Die Damen starrten Imogen völlig schamlos und ohne jegliches Schuldbewusstsein an. So ein Detail hätte ihm gar nicht auffallen und zudem egal sein sollen. Die dunkelhaarige Frau im hellblauen Kleid sagte etwas zu ihrer Freundin, und beide brachen in wildes Gekicher aus. Sein Blick zuckte zu Imogen.

Sie stand in einer Ecke des Ladens, ihren Rücken den boshaften Klatschbasen zugewandt, und begutachtete ein Stück italienische Spitze. Sie hatte die Schultern stolz gestrafft und ließ sich nicht anmerken, ob sie das Flüstern überhaupt wahrnahm.

Die meisten Ladys wären in Tränen ausgebrochen, wenn man so unverhohlen über sie getratscht hätte, oder wären weggelaufen. Respekt erfüllte ihn angesichts des Muts der jungen Frau. Dann zitterten ihre langen, anmutigen Finger, die das elfenbeinfarbene Stoffstück hielten, ein winziges Anzeichen ihrer Betroffenheit.

Es war ihm alles andere als egal.

Er richtete sich abrupt auf und wusste nicht, wie er diese Wut einordnen sollte. Das Verhalten junger Damen, oder wie sie sich fühlten oder was sie dachten, hatte nichts mit ihm zu tun, und ganz sicher nicht das von jenen jungen Frauen, die Freundinnen seiner Schwester waren.

Eine weitere Runde lauten Flüsterns, gefolgt von Gekicher. Doch auch er war Opfer von Misshandlungen gewesen, sowohl verbal als auch körperlich. Er würde nicht zulassen, dass jemand von Imogens Stolz und Stärke sich vor diesen schrecklichen Frauen so erniedrigen musste.

Er unterdrückte einen Fluch und ging mit langen Schritten zu ihr hinüber, ignorierte die stumme Frage von ihr. Er stellte sich direkt neben sie und brachte die beiden tratschenden Frauenzimmer mit einem einzigen Blick abrupt zum Schweigen. Sie sahen schnell weg und wandten sich zur gegenüberliegenden Seite des Geschäfts.

Imogen schaute von den Frauen zurück zu ihm. Ihre Lippen öffneten sich überrascht, als ihr sein Eingreifen bewusst wurde. »Danke«, sagte sie leise. Ihre blauen Augen leuchteten, und sie war von einer strahlenden, ätherischen Schönheit, wie er sie noch nie gesehen hatte.

Es war ihm unangenehm, dass sie seine Bemühungen bemerkt hatte, und er öffnete schon den Mund, um zu widersprechen. Doch stattdessen nestelte er an seinem Halstuch, zum ersten Mal in seinem verdammten Leben sprachlos, wenn es um eine Frau ging.

Sie füllte die Stille. »Ich vermute, dass man, wenn man wie wir beide das Interesse der Klatschbasen geweckt hat, sich gegenseitig unterstützen sollte«, sagte sie und zwinkerte ihm zu.

Bei der Vorstellung, dass Imogen sich mit einem berüchtigten, skrupellosen Lebemann wie ihm selbst auf eine Stufe stellte, musste er unwillkürlich lachen. Sie fiel mit ein, und ihre schlanken Schultern bebten vor Heiterkeit.

Seine eigene Belustigung verschwand. Bei König George und seiner ganzen Armee, wenn in ihren Augen diese silbernen Flecken funkelten, wirkte sie plötzlich vollkommen verändert. Sie war wunderschön.

Faszinierend. Atemberaubend. Er fühlte, wie ihm die Farbe aus dem Gesicht wich, und er machte einen Schritt zurück. Wahnsinn. Er wurde verrückt. Es gab keine andere Erklärung für die Art und Weise, wie sich Lady Imogen plötzlich in sein Bewusstsein drängte.

»Mylord?«, fragte sie vorsichtig, und alle Heiterkeit erlosch in ihren Augen. Und Gott mochte ihm helfen, aber sie hatte immer noch dieses ätherische Strahlen, das ihm eben die Worte und jeden rationalen Gedanken geraubt hatte.

Alex setzte wieder die ausdruckslose Miene auf, die er über die Jahre perfektioniert hatte. »Selbst mit Ihrem Skandal, Imogen, könnten Sie kaum in eine Reihe mit Männern wie mir eingeordnet werden.«

»Entweder überschätzen Sie das Ausmaß Ihrer Ruchlosigkeit, oder Sie unterschätzen den Skandal, der entsteht, wenn man von seinem Verlobten sitzen gelassen wird.« Etwas in ihrer trockenen Antwort, ein darunterliegender Schmerz, drang zu ihm durch. Eine Erinnerung an die Behauptung seiner Schwester, dass Imogen diesen Idioten Montrose tatsächlich geliebt hatte. Dabei gab es außer seinen Titeln nichts an dem Mann, was ihn empfohlen hätte.

Alex verbiss sich einen Fluch. Er hatte wenig Interesse daran, sich um das Glück einer anderen Person zu scheren, wie sein Bruder ihm gestern zu Recht vorgehalten hatte. Zumal er nicht einmal für sich selbst das Glück finden konnte, geschweige denn für ebendiese manchmal spitzzüngige, häufig vorlaute, aber immer faszinierendere, unverheiratete junge Dame.

»Bist du fertig?« Chloe kam zu ihnen, enthob ihn der Notwendigkeit, eine Antwort zu formulieren, und rettete ihn vor seinen sich überschlagenden Gedanken.

Imogens Wangen färbten sich rot, und sie nickte, eilte an die Seite seiner Schwester. »Ja, bin ich.«

Chloe plauderte ohne Pause weiter, dass es für sie beide

reichte. Sie zog Imogen mit sich aus dem Geschäft. Alex folgte ihnen in deutlicher – und sicherer – Entfernung. Er brauchte diese Komplikation nicht, dass Imogen ihm alles andere als egal war. Die Dame fiel nicht in seinen Verantwortungsbereich. Es war seine Aufgabe, für Chloe den Anstandswauwau zu spielen. Wer Imogen wie behandelte, war weder sein Problem, noch sollte es ihn kümmern.

Also warum hätte er, Alex Edgerton, der nur für sein eigenes Vergnügen lebte, wie sein Bruder ihm gestern Morgen nicht ganz unberechtigt vorgeworfen hatte, am liebsten die feinen Damen in diesem Laden höchstpersönlich zurechtgestutzt, die über Imogen die Nase rümpften?

Er beobachtete sie, wie sie sich ihren Weg die geschäftige Straße hinunter suchte. Ab und an hob sie den Saum ihrer Röcke und trat vorsichtig über eine Pfütze. Der Frauenkenner in ihm freute sich auf diese kurzen, berückenden Momente, in denen er ihre schlanken Fesseln flüchtig sehen konnte.

Unwillkürlich stöhnte Alex auf. Er verzehrte sich nach einem kurzen Blick auf Imogens Knöchel. Höchste Zeit, das »Verbotene Früchte« aufzusuchen.

Jemand trat den Damen unerwartet in den Weg. Imogens erschrecktes Aufkeuchen war über den Straßenlärm hinweg zu hören, als sie durch den Zusammenstoß auf dem Hintern landete.

Mit einem Fluch drängte Alex sich an bunt gekleideten Dandys und jungen Damen vorbei und blieb stehen, bereit, den Gentleman für seine Unachtsamkeit anzufahren, blinzelte dann aber überrascht. Die harschen Worte erstarben auf seinen Lippen, als er Lord Primly erkannte. Den vielleicht freundlichsten und harmlosesten Gentleman von ganz London.

»E-Edgerton«, grüßte ihn der Mann.

Sie beide waren in Eton und Oxford im selben Jahrgang gewesen. »Primly«, erwiderte er.

Der große, schlanke Gentleman im erbsengrünen Rock sah von Imogen zu Alex, die Lippen bestürzt geöffnet.

»E-es tut mir so leid, Edgerton.« Ein mattes Rot stieg ihm in die Wangen.

Vor langer Zeit schon hatte Alex eine gewisse Sympathie für den stets leicht unbeholfenen Earl entwickelt, der auch noch heftig stotterte.

»Ist doch lediglich ein kleines Missgeschick«, erwiderte er forsch. Er griff an Primly vorbei, um Imogen aufzuhelfen. Selbst durch den Stoff ihrer Handschuhe hindurch war er sich der Berührung nur allzu bewusst.

Primly sprach weiter und brachte ihn ins Hier und Jetzt zurück. »Es schickt sich g-ganz und gar nicht, deine Sch-Schwester anzurempeln.«

Alex und Imogen sprachen gleichzeitig.

»Sie ist nicht meine Schwester.«

»Er ist nicht mein Bruder.«

Bei diesen Ausrufen kratzte sich der Gentleman an der Augenbraue, als wenn er versuchte, zu verstehen, welche andere mögliche Verbindung zwischen dem berüchtigten Lord Alex und der sittsamen jungen Dame bestehen konnte. Sein verwunderter Blick wanderte zwischen ihnen beiden hin und her.

»Ich bin das«, erklärte Chloe mit einem fröhlichen Winken. »Seine Schwester, meine ich. Nun, eine von ihnen.«

Primly war sichtlich verwirrt.

Auch wenn sie sich in völlig anderen gesellschaftlichen Kreisen bewegten, hatte Alex den Mann immer gemocht, der wegen seines Stotterns von seinen Kommilitonen an der Universität stets nur mit Hohn und Spott bedacht worden war.

»Erlaube mir, die Vorstellung zu übernehmen«, sagte er, um dem Gentleman etwas von seinem Unbehagen zu nehmen. »Primly, meine Schwester, Lady Chloe.«

Dann hielt er inne, als eine Idee in seinem Kopf Gestalt

annahm. Primly, als ein Earl von achtundzwanzig oder neunundzwanzig Jahren, hatte bestimmt vor, sich eine Ehefrau zu suchen. Er war ein grundanständiger Kerl und völlig harmlos. Er würde den perfekten Ehemann für Chloe abgeben. Zur Hölle, er würde genau genommen für *jede* junge Dame den perfekten Ehemann abgeben.

Mit einer schnellen, abrupten Bewegung verbeugte sich Primly. »Es ist mir eine Ehre, ein Familienmitglied von Lord Alex kennenzulernen.«

Natürlich! Er war der perfekte, zuverlässige junge Mann, den jeder Bruder seiner Schwester zum Gatten wünschte.

»Es ist mir ein Vergnügen, Mylord.« Doch seine Schwester warf sehnsüchtig einen schnellen Blick die Straße hinunter, zeigte unverkennbar wenig Enthusiasmus für den möglichen Verehrer.

Primly wandte seine Aufmerksamkeit Imogen zu. In seinen Augen flackerte Interesse auf, was überhaupt nicht zu Primly zu passen schien.

Alex runzelte die Stirn. Es war absolut nichts Harmloses an der unverhohlenen Bewunderung im Blick des anderen.

Der Earl sah ihn erwartungsvoll an.

Alex verzog das Gesicht. Erwartete Primly, dass er ihn mit der temperamentvollen Lady Imogen bekannt machte, deren Lippen wie zum Küssen geschaffen schienen?

Imogen, die es offensichtlich leid geworden war, auf die gesellschaftlich akzeptable Form der Vorstellung zu warten, ergriff die Initiative: »Hallo.« Dann lächelte sie. Ein Lächeln, das nach Alex' Geschmack viel zu breit war und nur dazu dienen würde, die Bewunderung des armen Primly weiter anzufachen, was wirklich nicht geschickt wäre.

Der bescheidene junge Earl bedachte Imogen mit seinem unbedarften Lächeln. Es war nicht auszuschließen, dass Sterne in den Augen des Mannes aufleuchteten.

O verdammt. Das war jetzt wirklich genug. Die Dame hatte keinerlei Anlass, auf so eine Art und Weise zu lächeln … Chloe stieß ihn mit dem Ellenbogen an, und er gab einen überraschten Laut von sich.

»Entschuldigung. Primly, erlaube mir, dir Lady Imogen Moore vorzustellen.«

Hektisches Rot schoss Primly in die bleichen Wangen, während er die junge Dame draufgängerisch musterte. Dabei war Primly nie draufgängerisch. Nicht einmal, wenn er seinen eigenen Namen nannte. »Mylady. Es ist mir eine E-Ehre, Ihre Bekanntschaft zu machen.«

Er deutete eine Verbeugung an, und das Buch, das er unter dem Arm getragen hatte, fiel zu Boden. »V-Verzeihung.« Er beugte sich vor, um es aufzuheben. »I-ich komme gerade aus dem Buchladen.«

Dann fuchtelte er mit seinem Einkauf, als wäre er ein Ritter, der sein Breitschwert im Kampf schwang. »Sh-Shakespeares Sonette. Dieser Band hat mir in meiner Sammlung noch gefehlt.« Mit seiner freien Hand nestelte er an seinem Halstuch.

»Sie lesen Shakespeare?«, fragte Imogen, offensichtlich überrascht.

War es wirklich so undenkbar, dass ein Gentleman Shakespeares Werke zu schätzen wusste?

Primly blinzelte verwirrt. »In der Tat. N-nicht dass Gentlemen viel lesen«, seine Wangen röteten sich weiter, »zumindest keine Poesie.«

Da irrte er sich. Alex selbst war schon seit jeher ein Verehrer des meisterhaften Dichters.

Chloe lachte. »Imogen ist auch eine glühende Bewunderin von Shakespeares Werken.«

Alex runzelte die Stirn. Das hatte er nicht gewusst. Warum eigentlich nicht? Und warum wollte er es wissen? Vielleicht weil er bis zu diesem Einkaufsbummel angenommen hatte, dass sie mehr an Stoffen als an Shakespeare-Sonetten interessiert sein würde.

Die Damen bedachten Primly beide mit einem Lächeln, als wäre er ein besonders niedlicher junger Hund. »Welches ist Ihr Lieblingswerk, Mylord?«, erkundigte sich Imogen interessiert.

Bei dieser Frage strahlten Primlys Augen auf. Ein weiteres Mal fuchtelte er mit seinem Buch. »›Hamlet‹«, platzte er heraus.

»Ah, ›Hamlet‹. Ein wundervolles Stück.« Sie lehnte sich vor und senkte die Stimme, schloss Alex so im Prinzip aus dem Gespräch aus. »Mein Lieblingscharakter in dem Stück ist Polonius, der von allen unterschätzt wird, obwohl er doch tatsächlich ein Mann ist, den man bewundern und respektieren muss.«

Alex hatte vielleicht wenig Glück an den Spieltischen gehabt, aber er hätte seinen gesamten Besitz darauf verwettet, dass sich Primly in diesem Moment ein wenig in Imogen verliebte. Ein dunkles Gefühl, das sich ziemlich genau wie Eifersucht anfühlte, regte sich in seiner Brust. Es war irrational und ergab wenig Sinn, und doch war es da, real und machtvoll.

»Nun«, bemerkte er mit erzwungener Freundlichkeit. »Wir müssen jetzt wirklich weiter.« Er wusste nicht, wie er sich dieses Verlangen, Imogen hier wegzubringen und für sich zu behalten, erklären sollte.

Primly zuckte zusammen. »Äh … Gut, gut.« Er lüpfte den Hut. »V-Verzeihung«, stotterte er und ergriff in einer ungewöhnlich mutigen Geste Imogens Hand. »Nun gute Nacht! So schwer ist Trennungswehe.«

Himmelherrgott noch einmal! *Süß!*

Ein kleines Seufzen kam über Imogens Lippen. Wegen Primly und einem falschen Zitat? Alex biss die Zähne zusammen. »Süß«, presste er hervor. Die drei sahen ihn an, als wäre ihm soeben ein zweiter Kopf gewachsen. *Halt doch einfach den verdammten Mund.* »Der Vers lautet: ›Nun gute Nacht! So *süß* ist Trennungswehe.‹«

Eine verlegene Pause folgte auf diese Feststellung. Hitze stieg ihm den Nacken hoch. »Es schien mir einfach wichtig, dass … Sie es wissen«, beendete er den Satz lahm.

Als wenn er sich erschreckt wieder an die Gesetze der Höflichkeit erinnerte, ließ Primly Imogens Hand los. »Äh, ah, natürlich«, sagte er und zupfte sich am Ohr. »E-Edgerton, wie immer ein Vergnügen. Lady Imogen, Lady Chloe.« Er deutete eine weitere Verbeugung an und verabschiedete sich endlich.

Die Damen knicksten und machten sich dann in die entgegengesetzte Richtung auf den Weg. »Das war ziemlich unhöflich von dir«, wies Chloe ihn zurecht.

Ja, das stimmte. Primly war tatsächlich das komplette Gegenteil der herablassenden, egoistischen Lords, die er über die Jahre hassen gelernt hatte. Aber etwas an dem Interesse des Mannes an Imogen hatte diese heftige Verärgerung in ihm geweckt. Er wollte nicht darüber nachdenken, warum er Primly am liebsten die Hand abgehackt hätte, nur weil er ihre behandschuhten Fingerspitzen berührt hatte.

Alex war normalerweise nicht eifersüchtig, und ganz sicher nicht wegen einer jungen Dame, die auf der Suche nach einem Ehemann war. Primly war in der Tat sogar der ideale Partner für sie und … Der rote Schleier legte sich ein weiteres Mal über sein Sichtfeld.

Er blinzelte mehrere Male, und als er die Augen wieder öffnete, stellte er fest, dass Imogen verschwunden war. Er hielt mitten im Schritt inne und wirbelte herum, suchte nach der feuerhaarigen Schönheit und seiner Schwester, und endlich landete sein Blick auf den beiden Damen, die vor dem Eingang des »Temple of the Muses« standen. In dem Gebäude, das mehrere Stockwerke hoch war, war vor einigen Jahren von James Lackington ein Laden eröffnet worden, in dem man alle möglichen Bücher kaufen konnte.

Alex eilte zurück über das Kopfsteinpflaster und erreichte das Gebäude genau in dem Moment, in dem Chloe den Türgriff herunterdrückte und hineinschlüpfte. »Sie lesen also gerne, Imogen?«, setzte er an, hielt sie kurz zurück.

»Ja.« Sie sah zu ihm hoch. »Überrascht Sie das?« Ihre Augen funkelten herausfordernd.

Alex bedeutete ihr mit einer Handbewegung, vor ihm das Gebäude zu betreten. »Das tut es in der Tat«, murmelte er, während sie an ihm vorbeieilte. Er blieb für einen Moment zurück, weil sein Blick unwillkürlich auf der anmutigen Rundung ihres Hinterns verweilte. »Die meisten Frauen würden ihre Tage lieber bei der Hutmacherin oder in einem Kurzwarengeschäft verbringen als in einer Buchhandlung.«

Chloe stieg die Treppe in der hinteren linken Ecke des Ladens hoch. Er hatte erwartet, dass Imogen ihr folgen würde, doch sie überraschte ihn, als sie ihre Schritte verlangsamte und ihm erlaubte, neben ihr zu gehen. »Sie haben keine besonders hohe Meinung von uns Frauen, nicht wahr?«

»Man hat mir bisher wenig Grund gegeben, den Motiven Ihrer Geschlechtsgenossinnen zu trauen. Nach meiner Erfahrung sind sie egoistisch und gierig.« Seine Worte brachten ihm ein kleines Stirnrunzeln von der jungen Dame ein. Aber es hatte Dutzende von Debütantinnen gegeben, die einem zweitgeborenen Sohn nicht einmal einen Blick gegönnt hatten. »Also haben Sie in der Tat recht. Ich habe keine besonders hohe Meinung von Ihrem Geschlecht.«

Imogen zog eine Augenbraue hoch. »Dann haben Sie vielleicht bisher die Gesellschaft der falschen Damen gesucht, Lord Alex.« Mit diesen Worten lief sie den Gang entlang, ließ ihre Finger über die Lederbände gleiten.

Alex warf einen Blick über seine Schulter. Ihm war die Aufgabe übertragen worden, auf Chloe aufzupassen. Er sollte seiner Schwester folgen, die so leicht in Schwierigkeiten geriet …

Doch mit dem anmutigen Schwung ihrer Hüften war Imogen wie eine Sirene. Die Art, wie sie beiläufig die Finger über die Ledereinbände gleiten ließ, zog ihn unwiderstehlich an. Er ging ihr nach. »Und wer sind die richtigen?«

Seine leise gesprochene Frage ließ sie innehalten. Imogen wandte sich leicht um, auch wenn ihr Blick weiter auf den Büchern vor ihr ruhte. »Sicher nicht diese skandalösen Frauen, von denen Sie zuvor geredet haben«, erwiderte sie tadelnd.

Mit Händen, die seit gestern Morgen seine Gedanken im Wachen und im Schlafen beschäftigten, zog sie eine Ausgabe von »Hamlet« aus dem Regal, was ihn an das erinnerte, was sie zu Primly gesagt hatte. Sie schlug das Buch auf. »Die haben nämlich nur wenig Interesse an Ihrem Herzen.« Dachte sie auch jetzt noch an einen anderen Mann?

Er biss die Zähne zusammen. »Ich habe kein Herz.«

Sie runzelte die Stirn. »Jeder hat ein Herz, Alex.« Sie warf ihm einen traurigen Blick zu. »Sie haben vielleicht vergessen, wozu es da ist, weil es so verletzt worden ist, aber es ist da, und eines Tages werden Sie die Person finden, die diesem Organ wieder Leben einhaucht.«

Ihre erschreckend intimen Worte trafen ihn mit solcher Macht, dass sein Puls panisch zu rasen begann. Er zwang sich zu einem lässigen Grinsen und machte einen weiteren Schritt auf sie zu. Dann noch einen. Bis nur noch eine Handbreit sie trennte, er nah genug war, dass sich der süße Zitronenduft ihrer Haut in seine Sinne schlich.

Er brachte seinen Mund dicht an ihr Ohr. »Sie wagen viel, Imogen.« Er griff nach einer kunstvoll arrangierten Locke. Die Zofe, die dafür verantwortlich war, gehörte entlassen, weil sie so ein betörend schönes Geschöpf auf die gute Gesellschaft losgelassen hatte. »Vielleicht sollten Sie den Skandalblättern, die Sie so verachten, besser doch Glauben schenken.« Unfähig, sich der Versuchung dieser Strähne zu entziehen, hob er die seidige

Locke an die Nase und atmete den Zitronenduft ein.

Das Buch entglitt ihren Händen. »Das … Das werde ich nicht tun«, stotterte sie, und ihre Wimpern flatterten wild.

Die kleine Bewegung, die ihr Verlangen verriet, erfüllte ihn mit Befriedigung. »Ich glaube nicht an Liebe. Ich glaube an Vernunft und rationales Denken. Wenn ich eine Frau begehre«, sie keuchte leise auf, »nehme ich sie mir und huldige ihr mit meinem Körper. Das ist das einzige ehrliche und echte Gefühl, das es zwischen Mann und Frau geben kann.«

Er warf ihr diese unerhörten Worte hin, offensichtlich in der Hoffnung, dass sie entsetzt das Weite suchen würde, auch wenn er sich insgeheim danach sehnte, dass sie hierblieb, dicht bei ihm.

Imogen öffnete die Augen. Mitleid und Verlangen verschmolzen in den blauen Tiefen. »Ich fürchte, wenn Sie das wirklich glauben, wird Ihre Zukunft sehr traurig und einsam sein.«

Ihre Worte kamen der Wahrheit zu nahe, die er in sich verbarg, sogar vor sich selbst – bis jetzt wenigstens. »Und was ist mit Ihnen?« Alex fasste sie am Kinn, rieb mit dem Daumen zart über ihre Unterlippe. »Sie wären jetzt mit Montrose verheiratet. Und dann?«

»Meinen Sie, nur weil ich mit einem Herzog verlobt war, dass mir der Titel wichtiger als alles andere war?« Sie wölbte eine anmutig geschwungene Augenbraue. Es gab keinerlei Anzeichen mehr, dass sie vor wenigen Minuten noch atemlos vor Verlangen gewesen war. »Glauben Sie, dass ich ihn nicht geliebt habe?«

Bei dem Gedanken an sie, Montrose und Liebe zogen sich die Muskeln in seinem Magen zusammen. »Ist das nicht immer so?«

»Nein, ist es nicht.« Sie legte ihm eine Hand an die Wange. »Aber das ist es, was Sie glauben, nicht wahr?«, fragte sie sanft.

»Dass es Frauen immer um einen Titel geht?«

An seinem Mundwinkel zuckte ein Muskel. Wegen ihrer sanften Berührung? Seiner eigenen turbulenten Gedanken? »Es ist die Wahrheit.« Er sprach mit der Überzeugung von jemandem, der für nichts anderes begehrt wurde als für das Vergnügen, das er einer Frau bereiten konnte, sobald sie verheiratet war.

»Oh, Alex, das ist nicht die Wahrheit.« Sie ließ den Arm zurück an ihre Seite sinken, und er vermisste ihre sanfte Berührung sofort. »Ich wollte William nicht wegen seines Titels zum Mann.«

William. Etwas Primitives regte sich in seiner Brust, als sie den Vornamen des Herzogs benutzte. Diese Intimität zwischen zwei Menschen, die verlobt gewesen waren und fast geheiratet hätten.

Ihr Blick senkte sich auf sein Halstuch. »Ich wollte ihn, weil ich dachte, dass ich ihn liebe. Zumindest habe ich das geglaubt«, murmelte sie, fast wie zu sich selbst.

In diesem Moment hasste Alex den Duke of Montrose. Hasste ihn aus Gründen, die er nicht verstand und gegen die er nichts tun konnte, wenn Imogen so dicht bei ihm stand. »Aber sein Titel war Ihnen wichtig«, beharrte er in dem verzweifelten Wunsch, sie in dieselbe Schublade wie all die anderen geldgierigen jungen Damen zu stecken, wo sie für ihn viel sicherer aufgehoben wäre.

Für einen Moment berührte sie den Anhänger, den sie an einer Kette um den Hals trug. »Er hat mich angezogen, weil er mich zum Lachen gebracht hat.« Ihr Blick verschleierte sich, und die bekannte Verachtung für den Mann, der ihre Erinnerungen beanspruchte, brannte in ihm. »Der Skandal war ihm egal.«

Es hatte einen Skandal gegeben? Sie hatte ihre dritte Saison hinter sich, und er hatte sie gerade jetzt erst bemerkt.

»Die schlechte Meinung der Gesellschaft über mich in der Folge meines Debüts war ihm egal.«

Und dafür hatte Imogen ihm ihr Herz geschenkt, aber der Bastard hatte ihre Schwester geheiratet. Alex verbiss sich die verächtlichen Worte.

»Sehen Sie, wir sind uns gar nicht unähnlich, Alex.« Sie waren sich in nichts ähnlich. »Sie haben aus Gründen, die ich nicht kenne, aufgehört, an die Liebe zu glauben …«

Er hatte unter der Hand seines Vaters aufgehört, daran zu glauben, der Person, die ihn ohne Vorbehalt hätte lieben sollen und die ihm stattdessen beigebracht hatte, dass Liebe tatsächlich an Bedingungen geknüpft war. Von frühester Kindheit an war Alex eingebläut worden, dass Gefühle einen nur schwächten.

Er würde nie wieder Opfer sein. Der schwache Narr, der er einmal gewesen war, war mit seinem verfluchten Vater gestorben. »Und Sie haben damit aufgehört, weil Ihr Verlobter Ihre Schwester geheiratet hat«, sagte er mit einer Direktheit, unter der sie zusammenzuckte.

Sie brachte ein abruptes Nicken zustande. »Ja.« Imogen hob den Blick zu ihm. »Nur dass ich nicht wirklich aufgehört habe, an die Liebe zu glauben.« Ihre blauen Augen strahlten gefühlvoll. »Oder für mich darauf zu hoffen.«

O Gott, das war gefährlich. Dies waren Wünsche, Verlangen und Träume, über die er nichts wusste und denen er tunlichst aus dem Weg gegangen war. Bis jetzt.

Alex legte seine Hand um ihren Nacken und kam noch näher. »Montrose war ein verdammter Narr«, flüsterte er, drückte sie gegen das Bücherregal und küsste sie – ungeachtet der Tatsache, dass jeder, der sie zufällig beobachtete, den unwiderruflichen Ruin für sie bedeuten würde.

Imogen versteifte sich überrascht, doch fast sofort sank sie gegen ihn, ihr Körper war weich und anschmiegsam in seinen

Armen. Er presste seine Lippen auf ihre, fuhr die Konturen eines Mundes nach, der wie für die Sünde geschaffen war und nach dem es ihn verlangte, seit er gestern Morgen in die Bibliothek gekommen war. Sie schlang ihm die Arme um den Hals und grub ihre Hände in sein Haar.

Mit einem kaum unterdrückten Stöhnen ließ er seine Zunge in ihren Mund gleiten. Sie schmeckte nach Honig und Minze, und er versank in der süßen, betörenden Mischung. Imogen begegnete seiner Zunge in einem kühnen Duell. Das Verlangen, sie unbekleidet vor sich liegen zu sehen, traf ihn mit atemberaubender Intensität.

Es ist nicht genug.

Er ließ seine Hände über ihren Rücken gleiten, über die Rundung ihrer Hüften, umfasste ihren Hintern. Er zog sie noch näher an sich. Sie stöhnte, und er verschluckte es, der Laut vibrierte in seinem Mund.

Ein lautes Geräusch kam von irgendwo aus einem der Gänge.

Alex riss den Kopf hoch. Sein Herz hämmerte unter der Intensität seines Verlangens. Der Nebel der Leidenschaft in Imogens Augen wich Schrecken, als sie sich umsah. Sie berührte ihre zerzausten Locken mit einer unsicheren Hand.

Schweigend drehte er sie um und machte sich daran, die Strähnen, die ihr im Nacken aus den Schmetterlingskämmen gerutscht waren, wieder aufzustecken. »Geh«, flüsterte er dicht an ihrem Ohr und atmete noch einmal ihren berauschenden Duft ein. »Oder ich werde mich in Zukunft nicht mit einem einfachen Kuss zufriedengeben, Imogen.«

Als wären ihr Höllenhunde auf den Fersen, rannte sie förmlich den Gang hinunter, an dessen Ende sie prompt mit Chloe zusammenstieß.

»Da bist du ja«, rief seine Schwester und fasste Imogen an den Schultern. »Bist du mit deinen Einkäufen fertig?«

Imogens gemurmelte Antwort konnte er nicht verstehen.

Chloe strahlte. »Wunderbar!« Mit einer Bewegung ihrer Hand winkte sie ihn zu sich. »Komm, Alex, wir kehren zur Kutsche zurück.«

Alex rieb sich mit der Hand über die Augen. Eine Fahrt in einem geschlossenen Gefährt mit Lady Imogen Moore, die in der kurzen Spanne eines verdammten Nachmittags sein gesamtes Weltbild erschüttert hatte?

Verdammt.

Kapitel 6

Imogen saß auf ihrer Bettkante und spielte mit dem albernen Anhänger, den ihr ihre Freundin vor über einer Woche um den Hals gelegt hatte. Sieben Tage waren seit Alex' kühnem, schamlosem Kuss und der unbehaglichen Kutschfahrt, die darauf gefolgt war, vergangen. In dieser Zeit waren sie und Chloe in der »Ägyptischen Halle« gewesen, zum Einkaufen in der Bond Street und zu einem Spaziergang im Hyde Park.

Bei jedem dieser Ausflüge waren sie von Lord Alex begleitet worden. Er war stets tadellos höflich und erstaunlich korrekt gewesen. Mit anderen Worten, die perfekte Anstandsdame … Es war so weit gegangen, dass sie schon angefangen hatte, sich zu fragen, ob sie sich diesen Kuss nur eingebildet hatte.

Ihre Gedanken wanderten zurück zum »Temple of the Muses«. Alex hatte sie mit seinen Worten und dem Versprechen in seinen Augen jeder Vernunft beraubt und ihre Sinne überwältigt. Und dann hatte Lord Alex Edgerton mit seinem zynischen Lächeln und seinem wohltönenden Bariton, erklärter Schuft und jemand, der nicht an die Liebe glaubte, sie voller Leidenschaft geküsst.

Sie presste die Lider zusammen. Gott mochte ihr helfen, doch sie hatte gewollt, dass er weitermachte. Hatte es sich mit solch einer Intensität gewünscht, dass ihr Körper noch immer brannte bei der Erinnerung an seine Berührungen, das Gefühl von ihm, wie er sich gegen sie drückte.

Andererseits gab wenig Hinweise darauf, dass er dabei etwas empfunden hatte. Irgendetwas. Sie schnaubte verächtlich. Was hätte er denn empfinden sollen? Selbst wenn sein Kuss sie unwiderruflich gezeichnet hatte – ein Mann, der sein Vergnügen suchte, wo er wollte, bliebe vermutlich völlig unberührt von einem solchen Austausch.

Imogen schlug die Hände vors Gesicht und unterdrückte ein Stöhnen, als sie sich erinnerte, wie sie in seinen Mund gekeucht hatte wie eine dieser … dieser … schamlosen Frauen, von denen er so ohne Reue sprach. Sie konnte die Anzahl der Male, die William, der Duke of Montrose, sie geküsst hatte, an drei Fingern abzählen.

Zwei dieser Küsse hatte er ihr auf die Wange gegeben, aber einer hatte tatsächlich aus dem Aufeinandertreffen ihrer Münder bestanden. Sein unangenehmer Atem und seine weichen Lippen hatten niemals auch nur annähernd diesen gefährlichen Aufruhr in ihr hervorgerufen, der sie dahinschmelzen ließ, bis sie innerlich wie äußerlich glühte.

Die Tür öffnete sich, und sie riss den Kopf hoch. Ihre Mutter schlüpfte ins Zimmer, und Imogen sprang auf. Konnte die Frau ihr am Gesicht ablesen, woran sie gerade gedacht hatte?

Die Countess schloss die Tür hinter sich. »Du kannst deiner Schwester und ihrem Ehemann nicht für immer aus dem Weg gehen.«

Die Erinnerung an Alex' Berührung verblasste. »Ich weiß«, erwiderte sie. Sie sah zu der Uhr in der Zimmerecke hinüber. Ihre Mutter würde nicht nachgeben, bis dieser erste öffentliche Austausch zwischen den entfremdeten Schwestern und dem Herzog, der die eine ausgesucht und die andere geheiratet hatte, vorüber war.

»Deine Schwester und Seine Gnaden werden heute Abend auf dem Ball der Willistons sein.« Sie schürzte die Lippen. »Ich hatte gehofft, du würdest ebenfalls kommen.«

Natürlich hatte sie das. Unbedarft, wie sie war, glaubte sie, dass, nachdem die Wiedervereinigung der Schwestern passiert war, die Gesellschaft ihre Aufmerksamkeit auf eine andere nichts ahnende junge Dame richten würde.

»Chloe hat mich ins Theater eingeladen.« Chloe hätte sie an diesem Abend zu einem Dinner mit dem Teufel einladen können, und Imogen hätte die Gelegenheit ergriffen, um ihrer Schwester und ihrem Schwager nicht begegnen zu müssen. Sie strich sich die Röcke glatt. »Sie wird vermutlich jeden Moment hier eintreffen, und ich sollte …«

Ihre Mutter hob eine Hand, brachte sie zum Schweigen. »Ich wünsche mir so, dass du genauso glücklich wirst wie deine Schwester mit Montrose.« Merkwürdig, Imogen hatte so viel von ihrem Glück an diese Verbindung und die gebrochene Verlobung gehängt, dass sie erwartet hatte, die Worte ihrer Mutter würden stärker schmerzen. »Ich habe die Einladung zu Lady Fergusons Ball diese Woche angenommen. Deine Schwester wird ebenfalls dort sein.« Imogen wippte auf den Fußballen und wappnete sich für die Auseinandersetzung. »Und du wirst ebenfalls gehen.« Ihre Mutter schluckte. »Es bricht mir das Herz, zu sehen, wie sehr du leidest.«

Imogen legte den Kopf zur Seite. Merkwürdig, all ihr Denken hatte so lange um das Unglück, an dem ihre Schwester die Schuld trug, gekreist. Doch erst in diesem Moment wurde ihr klar, dass sie, seit Alex sich Mühe gab, sie aufzuheitern und sie zu necken, mit ihr redete – und sie küsste –, kaum noch an Rosalind oder Montrose gedacht hatte.

»Hörst du mir zu, Imogen?«

Sie zuckte zusammen. »Äh … ja«, schwindelte sie, schob all die verwirrenden Gedanken an Alex beiseite und nickte.

»Ich weiß, du möchtest, dass ich glücklich bin, und das werde ich auch wieder sein.« Bevor ihre Mutter mehr sagen konnte, lehnte Imogen sich vor und küsste sie auf die Wange. »Wenn du mich jetzt entschuldigen würdest? Chloe sollte jeden Moment hier sein.« Ihre Freundin hätte eigentlich schon vor über zehn Minuten eintreffen sollen. Imogen hatte schon vor langer Zeit lernen müssen, dass Chloe leider kein besonders gutes Zeitgefühl besaß.

»Oh, und Imogen?«

Sie hielt inne, die Hand schon auf dem Türgriff.

»Man muss sich nicht dafür schämen, einen Marquis als Ehemann zu haben.« Imogen versteifte sich, und als wenn sie nicht verstehen würde, was dieser wenig subtile Hinweis bedeuten sollte, fügte ihre Mutter hinzu: »Der Marquis of Waverly würde sehr gut zu dir passen.«

Gut zu ihr passen. Sie könnte genauso gut von Stoffen sprechen, die man zusammen arrangierte. Imogen zog die Tür auf und ging aus dem Zimmer und durch die langen Korridore. Die Worte ihrer Mutter hallten ihr durch den Kopf, verbanden sich mit Alex' Vorwurf.

Aber sein Titel war Ihnen wichtig …

Sie runzelte die Stirn und musste insgeheim zugeben, dass seine Anschuldigung auf die meisten Damen der guten Gesellschaft zutraf. War es ein Wunder, dass er eine so schlechte Meinung von Frauen hatte? Zum ersten Mal dachte sie an Lord Alex Edgerton nicht als zynischen Lebemann, sondern vielmehr an den Mann, der er zuvor gewesen war.

Imogen erreichte das Ende des Flurs und stieg die Stufen aus weißem italienischen Marmor hinab, ließ dabei Finger über das Geländer gleiten.

Der Butler stand am Fuß der Treppe bereit und hielt ihr ihren smaragdgrünen Umhang hin.

Sie schlüpfte hinein. »Danke, Masterson.«

»Lady Imogen«, murmelte er und zog dann schnell die Tür auf. »Lady Chloes Kutsche ist vor einer kurzen Weile eingetroffen.« Er warf einen vielsagenden Blick über ihre Schulter.

»Danke«, bedeutete sie ihm lautlos, weil sie wusste, dass ihre Mutter wahrscheinlich immer noch irgendwo hinter ihr war. Sie trat nach draußen, die kühle Nachtluft strich ihr über das Gesicht, und sie genoss die momentane Freiheit ohne Gespräche über Rosalind und den Herzog oder Mutter und ihre Hoffnungen für Imogen.

Mit neuem Schwung lief sie zu der wartenden Kutsche des Marquis of Waverly. Ein livrierter Lakai stand, die Hände hinter dem Rücken verschränkt, neben der schwarz lackierten Barouche.

Aus dem eleganten Gefährt spähte Chloe hinter einem roten Samtvorhang hervor, ein breites Lächeln auf ihrem rundlichen Gesicht, und winkte ihr.

Imogen winkte zurück und eilte die verbleibenden Stufen zur Kutsche hinab.

Der Diener öffnete ihr die Tür und half ihr hinein. Ihre Augen brauchten einen Augenblick, um sich an die Dunkelheit im Inneren der Kutsche zu gewöhnen. »Dank…« Ihr Blick begegnete Alexanders. Ihr Herzschlag beschleunigte sich. »Sie«, flüsterte sie.

»In der Tat, Imogen«, erwiderte er gedehnt, und die Finger auf seinem muskulösen Oberschenkel zuckten.

Ihre Wangen wurden rot, und sie zwang sich, den Kopf zu heben. Er musterte sie unter seinen dichten, dunklen Wimpern. »L-Lord Alex. Chloe«, stammelte sie zur Begrüßung. Sein gleichgültiger Tonfall und das harte Glitzern in seinen Augen ließen vermuten, dass er deutlich weniger Zeit damit verbracht hatte, über das leidenschaftliche Intermezzo nachzudenken, als sie. Gegen die Bücherregale gedrückt. Sein Mund auf ihrem. Seine Zunge an ihrer.

Alexander schaute ihr ins Gesicht. »Sagen Sie mir nicht, dass Sie wieder den Marquis erwartet haben.«

Tatsächlich, ja. Ja, das hatte sie. Genau wie ihre Mutter. Sie biss sich innen auf die Wange, um die Worte zurückzuhalten, und beeilte sich, neben Chloe Platz zu nehmen. Sie konnte sich nicht vorstellen, dass ihre Mutter einen Besuch im Theater mit Chloes skandalösem anderen Bruder gutheißen würde.

»Achte nicht weiter auf ihn«, erklärte Chloe entschuldigend. »Ich schwöre dir, seit wir letzte Woche im ›Temple of the Muses‹ waren, hat er schlechte Laune.«

Imogens Herz setzte für einen Moment aus. »Tatsächlich?«, erkundigte sie sich leise. Wann immer sie ihn seit diesem Tag getroffen hatte, war er der charmante, tadellos höfliche Gentleman gewesen. Sie warf Alex einen weiteren raschen Blick zu, aber die harschen Linien seines Gesichtes hätten genauso gut aus Stein gemeißelt sein können.

Er schwieg weiter eisern.

»O ja«, bestätigte Chloe mit einem Nicken. »Seitdem ist er von morgens bis abends schlecht gelaunt und sauertöpfisch.«

Imogen beeilte sich, auch etwas zu der Konversation beizutragen. »Haben Sie sich an diesem Nachmittag nicht gut unterhalten, Lord Alex?«

Ein Geräusch – halb Stöhnen, halb Lachen – drang tief aus seiner Brust, und Imogens ganzer Körper wurde heiß vor Scham über diese unvorsichtige Frage. »Ich versichere Ihnen, ich habe diesen Nachmittag sehr wohl genossen, Mylady«, erwiderte er, sein Ton war dunkel und rau. »Er war in höchstem Maße erfreulich.« Er bewegte sein Bein, wodurch sich sein Knie gegen ihres presste. »Und sagen Sie mir, Imogen, haben Sie sich denn gut unterhalten gefühlt?«

Mehr als in den drei Saisons zusammengenommen, die sie schon in London war. Imogens Mund wurde trocken, als sie sich an den Kuss erinnerte, und sie gestattete es sich, ihren Blick über die harten Züge wandern zu lassen, das leichte Grübchen in seinem Kinn. Ihr stockte der Atem, als sie bei seinen Augen ankam, die Hitze darin sah.

Chloe stieß ihr einen Ellenbogen in die Seite. »Lass dich nicht von ihm bezirzen.« Sie senkte die Stimme zu einem deutlich hörbaren Flüstern. »Alex ist immer noch verärgert, weil er gezwungen ist, als Anstandswauwau für uns zu fungieren, statt eine seiner Mätressen zu besuchen.«

Die Muskeln in Imogens Magen verkrampften sich bei der unbeabsichtigten, aber dringend benötigten Erinnerung ihrer Freundin.

»Chloe«, sagte Alexander in scharfem Tonfall. »Es reicht.«

Seine Schwester war offensichtlich immun gegen den Zorn ihres älteren Bruders. »Du musst gar nicht so langweilig sein, nicht wahr, Imogen? Wir sind beide durchaus informiert über deine …«

»Chloe«, fuhr er sie an.

Die Augen ihrer Freundin weiteten sich. Wahrscheinlich war sie es nicht gewohnt, so barsch von ihrem Bruder zur Ordnung gerufen zu werden, der außer zu Imogen zu jedem so charmant war.

Imogen lehnte sich gegen die Kutschenwand. Sie fühlte seinen Blick auf sich, schob den Vorhang zurück und spähte hinaus in die dunklen Straßen Londons, die vor dem Fenster vorbeizogen. Alexander mochte vielleicht ihr Herz ins Stottern geraten lassen und eine Hitzewelle durch ihren Körper senden, aber er war ein Schuft, und sie würde nur einen Gentleman zum Mann nehmen, der beständig war, oder keinen.

Ein Mann wie er würde eine Frau im einen Moment küssen und im nächsten ihren Namen vergessen. Zu glauben, dass sie einem Mann von Lord Alex Edgertons Ruf mehr bedeuten würde oder auch nur könnte, wäre der Gipfel der Dummheit.

Und ganz besonders von ihr, die sie entschlossen war, sich nie wieder wegen der Liebe zum Narren zu machen. Nicht noch einmal. Dennoch, je mehr Zeit sie in Alex' Gegenwart verbrachte, desto mehr verwirrte er ihr die Sinne.

Unwillkürlich seufzte sie erleichtert auf, als die Kutsche des Marquis vor dem Theater zum Stehen kam.

Doch plötzlich stellte sie fest, dass es ihr bei der Aussicht, den Abend mit Alex in einer privaten Loge zu verbringen – was sie in ein wahres Chaos der Gefühle stürzen würde –, tatsächlich lieber wäre, das erste Treffen mit ihrer Schwester und ihrem Schwager hinter sich zu bringen, als mit einem unverbesserlichen Lebemann wie Lord Alex Edgerton allein zu sein.

* * *

Während Alex seiner Schwester und Imogen folgte, spürte er, wie seine Verärgerung wuchs. Chloe hatte ihn mit ihren hingeworfenen Bemerkungen vor Imogen in dem schlechtesten Licht gezeigt. Sie hielt ihn für einen Lebemann, der sich sein Vergnügen suchte, wo immer er es finden konnte, und dann zum nächsten warmen, willigen Körper weiterzog …

Er blieb vor dem Eingang des Theaters stehen und starrte Imogens Rücken an. Aber entsprach das nicht der Wahrheit? War das nicht der Mann, der er schon seit so vielen Jahren war, dass er nicht mehr daran glaubte, jemals anders sein zu können oder auch nur sein zu wollen?

Ja, er hasste es, dass Imogen ihn mit diesem zu abgeklärten, fast zynischen Glitzern in den blauen Augen anblickte. Stattdessen bevorzugte er sie, wie er sie gegen die Bücherregale gepresst gesehen hatte: hitzig, stöhnend, sich verzweifelt nach ihm verzehrend. Aber es waren immer all die anderen Gefühle gewesen, von denen er nicht wusste, wie er damit umgehen sollte. Mit Leidenschaft kam er gut klar.

Alex schüttelte den Kopf und zwang sich, weiterzugehen. Er betrat das Theater und fand die beiden jungen Damen schnell. Sie standen sich gegenüber, die Köpfe zusammengesteckt, und flüsterten miteinander. Er stöhnte, als all seine Zweifel, wie er es schaffen sollte, seiner Verantwortung für diese mutwillige, sich häufig unangemessen verhaltende junge Dame, seine Schwester, gerecht zu werden, wieder mit Macht zum Leben erwachten.

Das laute Stimmengewirr der Theaterbesucher war fast ohrenbetäubend. Er suchte sich seinen Weg durch die Menge, den Blick fest auf die leicht auszumachenden feurigen Locken gerichtet, Strähnen, die durch die Sonne zum Strahlen gebracht wurden. Er zuckte zusammen. Teufel, was war nur los mit ihm?

Eine große Gestalt trat ihm in den Weg.

Er fluchte. »Was zur …« Dann erkannte er, wer vor ihm stand. »Stanhope«, sagte er mit flacher Stimme und starrte seinen frisch verheirateten Freund und dessen Frau Lady Anne an. Seine Freundschaft mit dem Earl stammte schon aus ihrer Zeit in Eton, ein enges Band, das nur gefestigt worden war, als Alex vor vielen Jahren bei einem Duell als Sekundant für den anderen fungiert hatte.

Er schaute sich schnell nach Chloe und Imogen um. Sie waren in der Menschenmenge verschwunden. »Verdammt.«

»Ich freue mich auch, dich zu sehen.« Stanhope grinste. »Ich hätte nie geglaubt, den Tag zu erleben, an dem man dich im Theater trifft.«

Ja, sie beide hatten es sich eher angewöhnt, Spielhöllen und einige der weniger respektablen Clubs zu besuchen. Bis der andere Mann geheiratet und ihn dazu verurteilt hatte, allein zu zechen.

»Oh, sei still«, sagte Lady Anne und verdrehte die Augen. Sie wandte ihre Aufmerksamkeit Alex zu. »Es ist mir eine Freude, Sie zu sehen«, fuhr sie mit einem Lächeln fort.

Alex verbeugte sich leicht verspätet. »Lady Stanhope«, erwiderte er mit fast schmerzlichem Unbehagen. »Die Freude ist ganz auf meiner Seite.«

Als sein Freund ihm vor einigen Monaten von seinem unerwarteten Interesse an der Dame erzählt hatte, hatte Alex kein Geheimnis daraus gemacht, dass er die Frau nicht mochte, die vermeintlich wenig mehr als ein selbstverliebtes junges Ding war, das einzig auf einen Titel erpicht war.

Das ist es, was Sie glauben, nicht wahr? Dass es Frauen nur um einen Titel geht …?

Mit einem stummen Fluch blickte er sich nach Imogen um. Oder vielmehr nach seiner Schwester. Er suchte nach …

»Suchst du jemanden?«, fragte Stanhope gedehnt.

»Ja«, murmelte er, während er sich weiter nach tizianroten Locken umsah. Natürlich nur, weil es viel einfacher war, flammend rote Haare in einem Meer von hellem Blond zu entdecken, und nicht, weil er auf irgendeine Art von ihr fasziniert war.

»Und nach wem hältst du so angestrengt Ausschau?«

»Oh, hör auf, Stanhope. Es ist meine Schwester«, presste er zwischen zusammengebissenen Zähnen hervor.

Der andere Mann warf den Kopf in den Nacken und lachte. »Mein Gott, dass ich das noch erleben darf.«

Angst erfasste Alex, Angst, dass ihn dieser Freund, der ihn so gut kannte, einfach durchschauen würde.

»Du spielst die Anstandsdame?«

Einige Spannung wich aus seinem Körper, weil sein Freund seine Unruhe so falsch deutete.

»Ja«, presste er heraus. Und es war ihm gelungen, sie und Imogen aus den Augen zu verlieren. »Eine Aufgabe, die mir mein Bruder, der hochwohlgeborene Marquis, aufgehalst hat.«

Ernst ersetzte Stanhopes Erheiterung. »Ah, ich verstehe.«

Dieser Mann war der Einzige, der etwas von der Hölle wusste, die Alexander als Kind durchlebt hatte, genau wie von dem früher so engen Band zwischen ihm und Gabriel, das durch die Manipulationen ihres Vaters zerrissen war.

Sein Freund blickte sich im Foyer um. »Ich glaube, ich sehe sie, dort bei der Säule gleich rechts neben den Türen. Sie steht bei einer jungen Dame und Lord Primly …«

Der verdammte Primly.

»Wo willst du hin?«, rief ihm Stanhope hinterher, aber Alex marschierte einfach weiter. Er drängte sich durch die Menge, vorbei an Gentlemen, die ihm eine Begrüßung zuriefen. Aber im Moment interessierte ihn nur ein Gentleman.

Er kniff die Augen zu Schlitzen zusammen, während er den schlanken Mann in gedecktem Orange beobachtete, dessen Abendrock aus Seide perfekt mit der Farbe von Imogens Haar harmonierte. Immer wieder ließ Primly den Blick über ihr köstliches Dekolleté schweifen.

Etwas zog sich in Alex' Magen zusammen, unangenehm und schmerzhaft, etwas, das er bei jemand anderem als sich selbst für Eifersucht gehalten hätte. Was Wahnsinn war – auf den unattraktiven Primly eifersüchtig zu sein, dessen Blick immer noch auf der sahnig weißen Haut über dem spitzengesäumten Ausschnitt ruhte.

»Primly«, grüßte er kurz, als er bei ihnen ankam.

Der andere Mann schaute auf und errötete schuldbewusst. »Äh … E-Edgerton. Wie n-nett. Ich habe gerade …«

Alex funkelte den Mann wütend an, bis Primly mit plötzlich blassem Gesicht eine Entschuldigung murmelte und sich zurückzog. Er wusste sehr genau, was der feine junge Earl gemacht hatte.

»Armer Lord Primly«, sagte seine Schwester vorwurfsvoll. »Du bist wirklich schrecklich unhöflich zu ihm gewesen.«

Alex biss die Zähne zusammen. »Können wir uns vielleicht

auf unsere Plätze begeben?« Damit drehte er sich um und führte die beiden durch die Menge zu ihrer Loge.

Chloe ließ sich auf einem roten Samtsessel nieder und setzte sich ganz vorn auf die Kante. Sie betrachtete neugierig alle, die im Zuschauerraum Platz nahmen.

Imogen bewegte sich unruhig vor und zurück, wich seinem Blick aus, wich ihm aus, obwohl sie Primlys erwidert und dem Bastard sogar ein Lächeln geschenkt hatte und …

»Hinsetzen, Imogen.«

Sie erstarrte und sah zu ihm hoch. »Wie bitte?«

Hitze stieg ihm den Nacken empor, und er konnte sich gerade noch davon abhalten, an seinem Halstuch zu zerren.

»Ich bin keiner Ihrer Dienstboten, dem Sie einfach Befehle …«

»Würden Sie sich bitte setzen? Sie, *wir*«, verbesserte er sich, »erregen Aufsehen.«

Ihr Blick huschte durchs Theater. Eine ganze Reihe neugieriger Augenpaare war auf die skandalöse Lady Imogen Moore gerichtet, die praktisch vor dem Altar sitzen gelassen worden war. Sie wurde blass. Mit abrupten, ungeschickten Bewegungen gehorchte sie.

Er suchte nach einem Anzeichen, dass sie vor der erbarmungslosen guten Gesellschaft Schwäche zeigte. Stattdessen bewahrte Imogen Haltung wie eine Königin, das Kinn gereckt, und in den Augen lag ein herausforderndes Glitzern. Die meisten anderen Frauen hätten sich angesichts der Verachtung, die ihr entgegenschlug, jetzt schon einem Weinkrampf hingegeben. In diesem Moment stieg Imogen in seiner Achtung noch höher.

Alex setzte sich auf den Stuhl neben ihr, so nah, dass seine Beine ihre streiften. Die leichte Berührung war noch betörender, weil sie ein subtiler Zitronenduft umgab. Mischte sie Zitrone in ihr Badewasser? Tupfte sie sich hinter die Ohren? Direkt auf diese Gedanken folgten Visionen von Imogen, nackt, ihre Haut rosig von der Hitze des Bades.

Er nahm einen langsamen, beruhigenden Atemzug, als die Aufgabe, sich in die Welt der feinen Gesellschaft zu begeben, plötzlich aus Gründen zur Folter wurde, die nichts damit zu tun hatten, dass er für seine Schwester die Anstandsdame spielen musste.

* * *

Alex starrte sie an. Aber fast jeder im Theater hatte sie irgendwann an diesem Abend angesehen, die bemitleidenswerte und hoffnungslos in einen Skandal verstrickte Moore-Schwester. Nur … Alex' unbeirrt hitziger Blick enthielt kein Mitleid. Stattdessen brannte in seinen fast jadefarben wirkenden Augen eine Intensität, die in ihr gefährliche Gedanken und Erinnerungen an seinen Mund auf ihrem weckten.

Imogen schloss die Augen und versuchte, sich zu sammeln. Sie würde nicht schwach werden. Sie war schon bei einem anderen Gentleman schwach geworden und hatte auf die harte Tour gelernt, bei einem Mann, der eine Dame ansah, als wäre sie die einzige Frau auf der Welt, lieber Vorsicht walten zu lassen. Wo ein Lebemann wie Alex in Wahrheit doch nie nur *eine* Frau sehen würde. Er würde sich sein Vergnügen suchen, wo er wollte, und mit zu vielen Frauen, die gar kein Interesse an seinem Herzen hatten. Schmerz durchzuckte sie.

So wilde Freude nimmt ein wildes Ende,
Und stirbt im höchsten Sieg, wie Feur und Pulver.

Imogen berührte den kalten Anhänger an ihrem Hals, einen Talisman, der der Trägerin angeblich das Herz eines Herzogs bescheren sollte, aber für sie barg er eine andere Erinnerung: die an die Gefahr, so einen Herzog zu lieben. Dieses große Gefühl der Liebe, von dem so viele Frauen träumten, was sie jedoch niemals laut zuzugeben wagten, ein Traum, den sie sich selbst gestattet hatte.

Sie würde diesen Fehler kein zweites Mal begehen. Weder ihre Aufmerksamkeit noch ihr Herz oder überhaupt irgendeinen Teil von sich würde sie noch einmal einem unverbesserlichen Lebemann schenken. Wenn sie wieder lieben würde, dann nur einen ehrenhaften Mann, der das Geschenk ihrer Zuneigung zu schätzen wissen und sie über alles andere stellen würde.

Sie straffte die Schultern und richtete ihre Aufmerksamkeit auf die Schauspieler auf der Bühne. Ein Teil der Spannung wich aus ihr, während sie es sich erlaubte, die Aufführung zu genießen. »Ja, doch Lippen zum Gebet bestimmt«, sprach sie lautlos mit der Schauspielerin auf der Bühne mit. Die Worte der schönen Julia – eine unwillkürliche Erinnerung an Alexanders Kuss.

Sie legte sich eine Hand auf die Wange, verabscheute den Teil von sich, der noch immer diesem romantischen Ideal nachhing, von dem sie einst geträumt hatte. Die junge Dame, die das Mädchenpensionat besucht hatte, war der Faszination dieser Stücke erlegen und hatte sich heimlich nach einem Leben auf der Bühne gesehnt.

Alex beugte sich zu ihr vor. Sein Atem kitzelte sie am Ohr. »O wie sie auf die Hand die Wange lehnt! Wär' ich der Handschuh doch auf dieser Hand und küsste diese Wange!«

Ihr Herz klopfte unregelmäßig, und sie ließ die Hand in den Schoß sinken, zerknüllte den Stoff ihres Kleides. »K-koste«, korrigierte sie. »Und koste diese Wange.«

»Ja, und doch ist Küssen so viel bedeutungsvoller als Kosen, nicht wahr, Imogen?« Alex legte seine behandschuhte Hand über ihre, brachte ihre unruhig zuckenden Finger zur Ruhe.

Ja, o mein Gott, sie stimmte ihm zu. Seine Berührung, zusammen mit seinem Wissen über Shakespeare, hatte etwas gefährlich Berauschendes. »Sie lesen Shakespeare«, sagte sie, unfähig, die Überraschung aus ihrer Stimme herauszuhalten.

Er benutzte die Frage, die sie ihm letzte Woche gestellt hatte, jetzt gegen sie. »Überrascht Sie das?« Plötzlich hielt er mit seinem sanften Streicheln inne, und sie trauerte um den Verlust dieser verführerischen kleinen Liebkosung. Sie biss sich innen auf die Lippe, um sich davon abzuhalten, ihn anzuflehen, nicht aufzuhören.

»N-nein, überhaupt nicht.« Doch in Wahrheit war sie überrascht, dass er die romantischen Worte von William Shakespeare kannte. Außerdem sagte ihr diese Seite von Alex gar nicht zu. Dass sie beide den großen Barden verehrten, konnte sie wirklich nicht gebrauchen, machte es ihn doch nahbarer und irgendwie menschlicher.

»Ich stelle fest, dass Sie mich immer wieder in Erstaunen versetzen.« Er ließ seine Finger in ihre gleiten, verschränkte sie mit ihren. Seine Hand stark und kräftig, ihre feingliedrig und zart, und doch passten sie irgendwie perfekt zueinander. »Sie faszinieren mich.«

»Warum denn nur?« Bei seiner Berührung, bei seinen Worten geriet ihr Herz aus dem Takt. Außer durch ihre gebrochene Verlobung und ihr flammend rotes Haar hatte sie nie durch irgendetwas irgendjemandes Aufmerksamkeit erregt – bis auf die von Alex. »An mir gibt es nichts Ungewöhnliches.« Wie schnell William das Interesse an ihr verloren hatte, war der beste Beweis dafür.

»Alles an Ihnen ist außergewöhnlich.« Alex' Lippen berührten beinahe ihr Ohr, und als er mit diesem heiseren, samtigen Flüstern zu ihr sprach, konnte sie es fast glauben. »Sie zitieren Shakespeare, süße Imogen?« Seine starken Finger schlossen sich fester um ihre, in einer verführerisch besitzergreifenden Geste.

Hier, in einem Theater, angefüllt mit Mitgliedern der guten Gesellschaft, die begierig nach dem nächsten Klatsch Ausschau hielten, hatte er sie in seinen Bann gezogen. »In der Tat.« Nicht immer mit Absicht. Imogen schluckte und blickte zu ihrer Freundin hinüber, aber Chloe saß auf der Kante ihres Stuhls, vollkommen gefangen von dem Stück auf der Bühne. Sie sah sich um. Wie war es möglich, dass nicht jeder bemerkte, wie Alex mit jedem Streicheln seiner Hand ihre Welt in ein Chaos der Gefühle stürzte?

»Sie hassen Einkaufsbummel, lieben jedoch das Theater.« Langsam, ganz langsam rollte er ihr den langen Seidenhandschuh den Arm herunter und befreite dann jeden Finger einzeln aus der engen Umhüllung. Imogens Blick huschte besorgt umher. Ganz sicher musste doch jemand das verführerische Spiel, das Alex mit ihr trieb, bemerken. Aber selbst zwei Plätze weiter blieb ihre Freundin ganz gefangen von der Aufführung.

Ihm schien es völlig egal zu sein, ob ihn jemand dabei beobachtete. Er flüsterte: »Welche Art von Frau sind Sie?«, und legte sich ihren Handschuh auf den Schoß.

Sie atmete bei seiner intimen Berührung hastig ein. »W-was d…?«

»Sch«, flüsterte er. Mit seinem Daumen beschrieb er kleine beruhigende Kreise auf ihrer Handfläche und löste damit köstliche Schauer aus, die von der Stelle ausgingen und sich durch ihren gesamten Körper fortsetzten.

Ihre Brust hob und senkte sich in langsamen, flachen Atemzügen. Es waren lediglich eine Hand und seine Finger, und sie taten auch nichts Verwerfliches, bloß … Imogen biss sich auf die Unterlippe, als er seinen Daumen über den wild schlagenden Puls an ihrem Handgelenk rieb. Das leise, verführerische Lächeln auf seinen Lippen zeigte ihr, dass er nur zu gut wusste, was er mit ihr anstellte.

»Romeo hatte unrecht, Imogen.« Sie fühlte sein heiseres Murmeln tief in ihrem Bauch. Sie sollte sich nicht diesem verführerischen Spiel mit ihm hingeben. Es war unerhört … und bedeutete ihm nichts.

»In welcher Beziehung, meinen Sie?« Sie konnte die Frage nicht zurückhalten, genauso wenig, wie sie etwas gegen das Schlagen ihres eigenen Herzens hätte ausrichten können.

Er betrachtete sie durch seine dichten schwarzen Wimpern. »Ich möchte nicht den Stoff Ihrer Handschuhe auf mir spüren, sondern Ihre bloße Hand, die mich streichelt, mich berührt.«

Mochte Gott ihr helfen. Ihre Lider flatterten. Sie war immer noch so anfällig für Romantik, wie sie es immer gewesen war. Alex hatte ihr nur die Augen geöffnet für die Leidenschaft, die sie in sich trug, die umso gefährlicher war wegen der Hoffnung, an die sie sich klammerte – zu lieben und geliebt zu werden.

Ich habe kein Herz …

Sie begegnete seinem Blick. Er fuhr damit fort, sie auf diese eindringliche Art und Weise anzusehen. Als ob er ihre Geheimnisse kennen und es genießen würde. Es wäre viel zu leicht, zu glauben, dass sie in ihn verliebt wäre. Nur dass ein Mann wie er sich nie ein Gefühl wie Liebe erlauben würde, und es wäre klug, aus ihren Fehlern in der Vergangenheit zu lernen – der nicht sehr weit zurückliegenden Vergangenheit.

Imogen holte sich ihren Handschuh zurück. Eine Hitzewelle durchlief sie, als ihre Finger seinen Oberschenkel streiften. Mit abrupten Bewegungen zog sie sich den Handschuh wieder an, genau als Chloe ihr einen Blick zuwarf. Imogen brachte ein Lächeln für ihre Freundin zustande, die es erwiderte und sich dann wieder der Bühne zuwandte.

»Ts, ts, wo ist Ihr Mut, Imogen?«

»Begraben unter meinem Sinn für Anstand, Lord Alex«, erwiderte sie aus dem Mundwinkel.

Er legte den Arm hinten über ihren Stuhl und lehnte sich lässig zurück. »Sie haben versprochen, mich Alexander zu nennen.« Seine Pose würde jedem anderen Zuschauer, der in diesem Moment herüberschaute, entspannt vorkommen, und doch presste sich sein muskulöser Oberschenkel gegen ihren, verriet, wie es wirklich in ihm aussah.

Sie biss die Zähne zusammen, hasste es, dass sie ihn so sehr begehrte. »Ich habe niemals versprochen, Sie mit Ihrem Vornamen anzureden. Ich …«

Erwartungsvoll sah er sie an.

Er hatte sie durch einen Trick dazu verleitet, ihm ihren Vornamen zu nennen, und das dann hinterhältig ausgenutzt. »Außerdem …«

»Ihr Einwand, meine Liebe, ist noch unvollendet.«

Meine Liebe. Und welch eine Närrin war sie, dass sie diese beiden Worte so gern von seinen Lippen hörte?

Er lächelte wissend. Der Schuft. »Außerdem«, wiederholte sie flüsternd, »haben Sie praktischerweise den zweiten Teil von Shakespeares Zitat vergessen.«

Alexander hob die Augenbrauen.

»›Was ist ein Name? Was uns Rose heißt, wie es auch hieße, würde lieblich duften.‹« Dieser sehr wichtige zweite Vers, den der Lord, der stets nur sein eigenes Vergnügen gesucht und keinen Gedanken an den Herzschmerz verschwendet hatte, den er dabei vielleicht verursachte, ausgelassen hatte. Sie ließ ihren Blick über sein Gesicht schweifen. »Wichtig ist, was etwas ist, nicht, wie man es nennt.«

Er war ein Schuft. Und sie eine Frau, der das Herz gebrochen worden war. Selbst wenn sie es sich wünschte – was sie ganz sicher nicht tat –, könnte es kein weniger passendes Paar als sie beide geben.

Ein Mundwinkel hob sich zu einem weiteren verführerischen Grinsen. »Und was bin ich? Ein Schurke? Ein kaltherziger Lebemann?« Unter dem leicht neckenden Tonfall dieser Handvoll Worte verbarg sich stählerne Härte.

»Ist das nicht genau das, was Sie erst letzte Woche von sich behauptet haben, Lord Alex?«, gab sie zurück. »Kein Herz zu besitzen?«

Er zuckte zusammen, als hätte sie ihn geschlagen. »In der Tat, Mylady.« Diese vier knappen Worte verrieten ihr mehr als alle anderen, die er hätte benutzen können.

Und hier, im Theater, umgeben von einem wahren Meer von Menschen, kam Imogen zu einer erschütternden Erkenntnis: Das nonchalante Äußere, das Lord Alex Edgerton der Welt zeigte, war nur eine Show, nicht anders als die Vorstellungen des Drury-Lane-Theaters, wie genau jetzt eine vor ihnen auf der Bühne aufgeführt wurde.

Er hatte geschickt das Bild eines nichtsnutzigen Lebemannes kultiviert, doch in Wirklichkeit sehnte er sich nach mehr – selbst wenn ihm das wahrscheinlich nicht einmal selbst bewusst war.

Wie hatte sie bisher nicht hinter diese so sorgsam errichtete Fassade sehen können? Ihr Herz schmerzte vor Verlangen, das Bollwerk, mit dem er sich zum Schutz umgeben hatte, einzureißen. Imogen legte ihre Hand über seine, rechnete damit, Angst zu empfinden.

Er versteifte sich und schaute sie an, erwiderte ihren Blick.

Doch sie verspürte keine Angst.

Für einen Moment hatte sie das Gefühl, als wollte er seine Hand wegziehen, aber dann legte er seine andere wortlos auf ihre. Imogens Herz krampfte sich schmerzhaft zusammen. Es hatte sie schlimm erwischt.

Sie schluckte die in ihr aufwallenden Gefühle herunter, hob den Kopf, wünschte sich jedoch sogleich, sie hätte es nicht getan. Denn dann hätte sie nicht die berüchtigte, seit Kurzem verwitwete Viscountess Kendricks in einer Loge ihnen gegenüber erblickt, die Alexander betrachtete, als wäre er in einer Welt ohne Nahrung eine köstliche Mahlzeit. Selbst von einer Seite des Theaters zur anderen erkannte Imogen das interessierte Glitzern in den katzenhaften Augen der anderen.

Imogen sah verstohlen zu Alex, um festzustellen, ob er die verführerische Witwe bemerkt hatte. Er starrte mit unergründlicher Miene über den Zuschauerraum hinweg zu der dunkelhaarigen Schönheit.

Es fühlte sich an, als schlösse sich ein Schraubstock um Imogens Herz, als die Witwe an ihrem tief ausgeschnittenen Dekolleté zupfte. Imogen verfolgte ihr Treiben einen Moment lang wie erstarrt, dann entzog sie Alex mit hölzernen Bewegungen ihre Hand. Der Austausch zwischen der berüchtigten Lady Kendricks und dem begehrten Lord war nur eine weitere dringend benötigte Mahnung: Nichts Gutes konnte daraus entstehen, wenn man Gefühle für jemanden wie ihn hegte.

Kapitel 7

Am folgenden Morgen, in der Abgeschiedenheit ihres Zimmers, dachte Imogen an Lord Alex, den Schuft, der Shakespeare zitierte. Ob Gentleman oder Aristokrat oder Bediensteter – letztendlich waren doch alle Männer gleich. Alle fühlten sich zu einer hübschen Frau hingezogen und sahen selten mehr als ihre oberflächliche Schönheit.

Die erste Lektion hierin hatte ihr der Duke of Montrose erteilt. Und wirklich, nach so einem Verrat war keine weitere Lektion mehr nötig. Alexanders Interesse an der atemberaubend sinnlichen Lady Kendricks hatte diese nun offensichtliche Tatsache nur unterstrichen.

Imogen stand in ihrem Zimmer am Fenster und wandte ihre Aufmerksamkeit der Ausgabe von »Romeo und Julia« in ihren Händen zu. Doch alle Gedanken an Shakespeares kühne, wunderschöne Worte und die Leiden des tragischen Liebespaars verblassten bei der Erinnerung an Alexanders Berührungen gestern Abend, sein Flüstern. Mit einem Stöhnen warf sie das Buch auf einen nahe stehenden Mahagonitisch. Es rutschte über die glatte Oberfläche und landete mit einem lauten Plumps auf dem Boden.

Was für eine Närrin war sie, dass sie sich das Herz von einem Schuft brechen ließ, der ihr Vertrauen missbraucht hatte, und sich dann von einem weiteren derart betören ließ, dass sie wie ein liebeskranker Backfisch am Fenster stand und von ihm träumte, sich wünschte, dass er mehr sein könnte, dass vielleicht *sie* mehr sein könnten?

»Es reicht«, sagte sie laut. Mit entschlossenen Schritten wandte sie sich zur Tür und zog sie auf. Die beste Art, die Erinnerung an ihn hinter sich zu lassen, war ganz sicher nicht, in der Stille ihres eigenen Zimmers zu bleiben und an seine Berührung auf ihrer nackten Handfläche zurückzudenken. Oder …

Ein weiterer ärgerlicher Laut stieg ihr die Kehle hinauf, und energisch marschierte sie den Korridor entlang, bedauerte, dass die weichen Sohlen ihrer Seidenschuhe auf dem dünnen elfenbeinfarbenen Teppich nicht zu hören waren. Sie erreichte die Treppe und lief die Stufen mit undamenhafter Geschwindigkeit hinunter.

Als sie unten ankam, stieß sie beinahe mit Masterson zusammen. Sie schnappte überrascht nach Luft und presste sich eine Hand aufs Herz.

»Ich bitte um Verzeihung, Mylady.« Es lag etwas leicht Panisches darin, wie er sich gehetzt umschaute.

Dieses für den stets unerschütterlichen Butler ungewöhnliche Verhalten entlockte ihr ein Lächeln. »Es ist ganz meine …«

Er hielt einen Brief in seinen behandschuhten Händen. »Dies ist für Sie eingetroffen, Mylady.«

Sie erkannte Chloes Handschrift und nahm die Nachricht entgegen. »Vielen Dank«, erwiderte sie und wollte an ihm vorbeigehen, um den Brief ihrer Freundin gleich zu lesen.

Doch Masterson vertrat ihr den Weg. »Mylady.« Seine Stimme war ein heiseres Krächzen. Er blickte sich erneut um, und als er wieder bei ihr ankam, war seine Miene so gequält, als wäre ihm jemand schmerzhaft auf die Zehen getreten.

Dies war eine Seite an Masterson, die sie noch nicht kannte. »Ich versichere Ihnen, Sie haben mich überhaupt nicht erschreckt«, versuchte sie ihn zu beruhigen. Sie hatte bislang angenommen, er, wie auch alle anderen Bediensteten der Familie, hätte schon lange gelernt, dass sie keine der Herrinnen war, die ihre Launen an der Dienerschaft ausließen.

»Ihre Gnaden, die Duchess of Montrose, ist hier«, verkündete er hastig, und seine Schultern sanken herab, als bedrückte ihn seine Kühnheit.

Die Duchess of Montrose. Als die Worte in Imogens Gehirn vordrangen, weiteten sich ihre Augen. »Oh«, hauchte sie.

Imogen warf einen Blick zur Treppe, erwog kurz, in ihr Zimmer zu fliehen. Ihre Mutter würde verlangen, dass sie erschien, und dann würde sie ihn sehen müssen. Merkwürdig, sie hatte eigentlich erwartet, dass sie wegen seines Verrats Bitterkeit empfinden würde. Doch stattdessen war da nur eine Art entnervte Verärgerung über den arroganten, dandyhaften Gentleman, der nun mit ihrer Schwester verheiratet war.

Sie schaute Masterson an. »Ist …?«

»Sie ist allein gekommen«, erklärte er und enthob sie so der Würdelosigkeit, sich nach dem Mann erkundigen zu müssen, mit dem sie einst verlobt gewesen war. »Ich habe sie in den Blauen Salon geführt, wo sie jetzt mit Ihrer Ladyschaft den Tee einnimmt.«

Die leise Erleichterung verflog schnell. Sie wollte Rosalind immer noch nicht sehen, nicht jetzt, da sie sich noch so in ihrem Triumph sonnte. Sie gab dem panischen Bedürfnis nach, dem zu entgehen. Imogen befeuchtete sich die Lippen und blickte sich suchend nach einem Ausweg um.

Masterson räusperte sich. »Ich habe mir die Freiheit genommen, die Kutsche bereit machen zu lassen, Mylady.« Ein Lakai kam mit ihrem Umhang.

Sie runzelte die Stirn. »Bereit machen …?«, sagte sie, mehr zu sich selbst.

»Ich dachte, Sie hatten darum gebeten, die Kutsche vorfahren zu lassen, damit Sie Lady Chloe besuchen können.«

Chloe besuchen. Imogen starrte mit ausdrucksloser Miene auf den Brief in ihren Händen. Wovon sprach Masterson? Dann ruckte ihr Kopf hoch, und sie erwiderte seinen Blick. Ein Funkeln stand in den Augen des Bediensteten.

Dankbarkeit wallte in ihr auf. »Natürlich.« Ihr Lächeln wurde breiter. »Mein Besuch.« Imogen ließ sich von dem Lakaien in den Umhang helfen. Sie nestelte an der Schließe an ihrem Hals. »Wie konnte ich das nur vergessen?«

»Das konnten Sie natürlich nicht«, murmelte Masterson trocken und beeilte sich, ihr die Tür zu öffnen.

Mit einem letzten dankbaren Blick für den treuen Butler eilte Imogen nach draußen in den hellen Sonnenschein. Sie fürchtete, ihre Mutter würde ihren hastigen Aufbruch bemerken, daher lief sie die Stufen hinunter und weiter zur wartenden Kutsche, was ihr einige verwunderte Blicke von Passanten einbrachte, doch niemand hielt sie auf.

Ein Lakai zog die Tür auf und half ihr, einzusteigen. Während er die Tür hinter ihr schloss, ließ sich Imogen auf die weiche Bank sinken. Dann, bloß einen Moment später, setzte sich die Kutsche schwankend in Bewegung, und Imogen lehnte sich mit einem erleichterten Seufzen in die bequemen Polster zurück.

Es war unausweichlich, dass sie irgendwann ihrer Schwester begegnen würde, und – sie verzog das Gesicht – deren Ehemann. Doch wo der Verrat früher wie ein Messer in ihrem Herzen geschmerzt hatte, war an dessen Stelle das Verlangen getreten, sich von diesen kaltherzigen Menschen zu distanzieren.

Mit einem Aufflackern neuer Energie schob sie die Vorhänge beiseite und sah hinaus auf die vorüberziehenden Straßen Londons, während die Kutsche weiterrollte. Seit William die Verlobung gelöst und ihre Schwester geheiratet hatte, war Imogen zu jemandem geworden, den sie nicht wiedererkannte und auch nicht mochte. Bitter, melancholisch, zynisch. Es war, als hätte eine Fremde von ihrem Körper Besitz ergriffen und würde jedes Stirnrunzeln und jede spitze Bemerkung kontrollieren.

Lange Zeit hatte sie geglaubt, sie würde nie wieder lächeln können. Sie ließ den Vorhang los, der zurück an seinen Platz fiel. Aber sie hatte es wieder gelernt. Plötzlich musste sie an Alex' unverbesserliches Grinsen, an seine neckenden Worte denken.

In dem Moment, in dem er sie durch einen Trick dazu gebracht hatte, ihm ihren Vornamen zu nennen, als wollte sie, dass er sie damit ansprach, hatte er ihr die Augen für ihre eigene zerbrechliche Unnahbarkeit geöffnet. Und sie, die untröstlich gewesen war, hatte sich wieder daran erinnert, wie gerne sie gelächelt und gelacht hatte.

Imogen stöhnte und ließ den Kopf gegen das Samtpolster ihres Sitzes sinken. Wie konnte es sein, dass sie so von einem Mann fasziniert war, der mitten im Theater, nur Momente nachdem er ihre eigene Hand liebkost hatte, den Blickkontakt zu einer skandalumwitterten Schönheit gesucht hatte?

Entschlossen, alle Gedanken an ihn aus ihrem Kopf zu verbannen, konzentrierte sie sich auf den Brief, den Masterson ihr überreicht hatte. Neugierig faltete sie das elfenbeinfarbene Papier auseinander.

> Bitte komm mich besuchen. Ich bin allein mit meinen Brüdern, von denen der eine vollauf mit den Belangen des Marquisats beschäftigt ist, und der andere, der all sein Streben darauf verwendet, seinem Ruf als Lebemann gerecht zu werden … Es ist furchtbar öde hier mit niemand anderem als mir selbst zur Gesellschaft.

Imogens Lippen zuckten amüsiert, und sie faltete den Brief wieder zusammen. Chloe hatte schon immer eine Vorliebe für das Theatralische gehabt, vom Beginn in Mrs Beltons Mädchenpensionat an bis hin zu ihrem gemeinsamen Debüt.

Seit Rosalinds Verrat hatte sich Chloe auf eine gewisse Art mehr als Schwester erwiesen als die Frau, mit der Imogen blutsverwandt war. Und sie hatte ihren Bruder Alex in Imogens Welt gebracht.

Während die Kutsche weiterfuhr, konnte Imogen sich immer noch nicht entscheiden, ob das etwas Gutes oder eher zu gefährlich war.

Der eigenartig schnelle Rhythmus, in dem ihr Herz schlug, deutete jedoch auf Letzteres hin.

* * *

Alex lag auf dem Samtsofa in der Bibliothek, den Rock, den er gestern Abend getragen hatte, zusammengerollt unter seinem Kopf. Shakespeares »Romeo und Julia« lag geöffnet, aber vergessen auf seiner Brust. Er rieb sich mit der Hand über seine Bartstoppeln und starrte empor zu dem abstoßend fröhlichen Fresko, das auf der Decke prangte, voller Putten, die sich in Umarmungen wanden, bei denen die meisten Menschen zum ewigen Höllenfeuer verdammt worden wären, weil sie so skandalös waren.

Der Himmel in hellem Blau und Violett diente als spöttischer Kontrast zu dem düsteren Marquis, der dieses Kunstwerk in Auftrag gegeben hatte, und all den Schrecken, die er hier seinen Kindern angetan hatte. Doch während Alex die tanzenden Putten auf ihren weißen Schäfchenwolken betrachtete, war die letzte Person, an die er dachte, sein Vater.

Imogen mit ihrer samtweichen Haut und ihrem flammend roten Haar sollte nicht mehr als sündig erotische Fantasien hervorrufen, von ihnen beiden, miteinander verschlungen. Doch während er sich durchaus weiter danach sehnte, sie im Bett zu der Seinen zu machen, hatte sich etwas in ihm verändert.

Er, der zuvor immer nur die oberflächlichen Freuden gesucht hatte, die man in bedeutungslosen Zusammentreffen mit dem anderen Geschlecht fand, wollte plötzlich mehr. Denn wenn dieses erregende Gefühl allein sexuell wäre, hätte er, nachdem er Imogen nach dem Ende der Vorstellung verlassen hatte, eine der Schönheiten im »Verbotene Früchte« nehmen und alle Gedanken an die flammenhaarige Dame verbannen können.

Stattdessen war er nach Hause gegangen, hatte sich in der Bibliothek niedergelassen und sich mit Grübeleien über Imogen mit dem großzügigen, lächelnden Mund und den schockierend großen Augen gequält. Und er war noch hier.

Allerdings hatte er den Fehler gemacht, Shakespeares verdammte Geschichte des tragischen Liebespaars aus dem Regal zu ziehen. Wenn er mit sich ehrlich wäre, müsste er zugeben, dass diese Wahl kein Zufall gewesen war. Und er hatte den verdammten Vers gelesen.

Wär' ich der Handschuh doch auf dieser Hand und koste diese Wange …

Mit einem Stöhnen rieb er sich über die müden Augen. »Reiß dich zusammen«, murmelte er.

Er war kein Mann, der über die Farbe des Haares einer Frau oder das Lächeln auf ihren Lippen Verse dichtete. Weder verzehrte er sich nach Frauen, noch schmachtete er sie an. Sie legten es darauf an, ihn zu verführen. Doch ein subtiler und erschreckender Wandel hatte sich in ihm vollzogen. Etwas, das nicht nur rein sexuelles Interesse war und ihn zu der Lady selbst hinzog. Sie besaß eine stille Widerstandsfähigkeit und sanften Stolz, den er vor ihr bei noch keiner anderen Frau erlebt hatte.

Ein Knurren drang aus seiner Brust, und entschlossen, jegliche sehnsuchtsvolle Überlegung zu Imogen beiseitezuschieben, nahm er das Buch und legte es sich über die Augen. Er sollte in sein Zimmer gehen, und hoffentlich würde dann auch der Schlaf kommen. Alexander machte sich daran, die Beine vom Sofa zu schwingen, als er Schritte aus dem Foyer hörte.

»Lady Chloe wird sofort bei Ihnen sein, Mylady. Sie hat darum gebeten, dass ich Sie in die Bibliothek führe«, drang die Stimme des Butlers durch die Holztür.

Alex erstarrte, während er plötzlich wie elektrisiert war, als er begriff, wer jetzt gleich in die Bibliothek geführt werden würde.

»Danke, Joseph«, murmelte Imogen, und Alex konnte hören, dass sie bei diesen Worten lächelte.

Die Damen seiner Bekanntschaft behandelten Bedienstete in der Regel nicht gut. Sie jedoch schon. Sie war freundlich und liebenswürdig und stellte seine ganze Welt auf den Kopf. Der sanfte Klang ihrer Schritte hallte von den Wänden dieses stillen Zimmers wider. Eigentlich sollte er seine Anwesenheit kundtun. Er sollte aufstehen und sich entschuldigen. Nun, es gab alle möglichen Dinge, die er tun sollte.

Doch er war noch nie jemand gewesen, der das getan hatte, was er tun sollte.

Alex lag bewegungslos, stocksteif, während ihre leisen Schritte zu hören waren, als sie durch den Raum ging. Sie blieb stehen, und er musste sich zurückhalten, um sich nicht aufzusetzen und zu sehen, was sie tat.

»Er zitiert Shakespeare«, murmelte sie.

Alex erstarrte. Ah, die Dame führte ebenfalls Selbstgespräche. Eine lästige Angewohnheit, unter der auch er seit seiner Kindheit litt.

»Er zitiert Shakespeare.« Das Geräusch eines jäh zugeschlagenen Buches klang in der Stille überlaut. Seine Lippen zuckten, und er vermutete, dass sie mit dem lästigen »er«, den sie erwähnt hatte, nicht Primly, sondern ihn meinte.

»Warum hat nicht der Marquis die Rolle der Anstandsdame übernehmen können?«, beschwerte sie sich, ihre Stimme dicht vor dem Sofa, was ihm verriet, dass sie ihren ursprünglichen Platz neben dem hohen Regal verlassen haben musste.

Sein Amüsement schwand augenblicklich bei dieser Erinnerung daran, dass es Frauen einzig auf den Titel ankam. Über den Rand seines Buches schaute er zu ihr. Imogen stand da, die Fingerspitzen auf der Rückenlehne des Sofas, und ließ ihren Blick durch den Raum schweifen.

»Wenn Sie Waverly suchen, tut es mir leid, aber er ist in seinem Studierzimmer und kümmert sich um wichtige geschäftliche Angelegenheiten«, sagte er mit erzwungener Trockenheit, hasste es, dass es ihm nicht egal war, wenn sie seinen Bruder sehen wollte.

Imogen schrie vor Schreck auf und schlug sich die Hände vors Gesicht. »Was haben Sie alles …?«

Alex schwang die Beine vom Sofa und stand auf. »Alles«, unterbrach er sie mit einer gewissen Schadenfreude, genoss ihr Unbehagen. Er legte das Buch zur Seite, in das er sowieso kaum einen Blick geworfen hatte.

Ihre ohnehin schon geröteten Wangen verfärbten sich noch tiefer. »Sie hätten auf sich aufmerksam machen sollen, Sir.« Ihre Stimme klang erstickt, was jeden Versuch ruinierte, damenhafte Empörung zu heucheln.

Alex kam um das Sofa herum, und sie wich einen Schritt zurück. »Und Ihre so verräterischen Gedanken verpassen, Mylady?« Er senkte die Stimme zu einem heiseren Flüstern. »Über einen Gentleman, der …« Er zog eine Augenbraue hoch. »Was haben Sie gesagt? Der Shakespeare zitiert?«

Sie gab einen erstickten Laut von sich, und er kam weiter auf sie zu. Doch dann blieb sie stehen. Entschlossen straffte sie die Schultern und erwiderte seinen Blick.

Er strich ihr mit seinen Fingerknöcheln übers Kinn. Ach, Lady Imogen Moore, in all ihrer feurigen Schönheit, war wahrlich ein unvergesslicher Anblick. »Versuchen Sie nicht, mir einzureden, dass es Primly ist, den Sie begehren«, flüsterte er gegen ihre Wange.

Weil er so nah stand, konnte er das leichte Zittern fühlen, das ihren Körper durchlief. »Das geht Sie nichts an.« Ihre Augen, rund wie Untertassen, wanderten über das Gesicht mit dem dunklen Bartschatten, und sie bemerkte auch seinen nur halb bekleideten Zustand. »Sie sind kein Gentleman, Mylord.«

Ein leises Lachen drang tief aus seiner Brust. »Das habe ich auch nie behauptet.« Alex strich mit seinen Lippen über ihren rechten Mundwinkel. Sie atmete hörbar ein, und ein Hauch von Minze und Honig drang zu ihm, hüllte ihn in ihren unschuldig verführerischen Duft.

»Meine Erfahrung sagt, dass wir am ehrlichsten sind, wenn wir uns allein und unbeobachtet wähnen, Imogen.« Er legte ihr eine Hand um den Nacken, ließ seinen Daumen über ihre seidige Haut gleiten. »Sie begehren meinen Bruder, ja?« Trotz der unerhörten Frage zog sich sein Magen bei dem Gedanken zusammen, dass Gabriel sie für sich beanspruchen könnte.

Imogen schüttelte den Kopf, als würde sie versuchen, den Bann, den er über sie geworfen hatte, loszuwerden. »Was meinen Sie damit?« Sie befreite sich aus seinem Griff.

Alex lehnte sich mit der Hüfte gegen das Sofa und betrachtete sie. »Haben Sie nicht den Marquis gesucht?«

Sie schaute ihn verwirrt an. »Wovon reden Sie?«

Er würde sich nicht von ihr in die Irre führen lassen. »Oh, kommen Sie schon«, höhnte er. »Sie haben Ihre Gedanken laut ausgesprochen, als Sie dachten, Sie wären allein. Sie haben sich gefragt, warum Ihnen die Gesellschaft meines werten Bruders verwehrt wurde und Sie sich mit einem zweitgeborenen Sohn zufriedengeben müssen.«

»Seien Sie nicht albern.« Sie verschränkte die Arme vor der Brust. »Das habe ich nie gesagt.«

Alex kam auf die Füße. »Wollen Sie mich einen Lügner nennen?«, fragte er mit einem rauen Flüstern. Die Leute hatten ihn über die Jahre mit jeder Menge Namen bedacht – Spitzbube, Schurke, Wüstling. Aber kein Einziger von ihnen hätte es gewagt, ihn …

»Ich habe Sie keineswegs Lügner genannt«, stellte sie richtig. »Ich habe Sie albern genannt.«

Noch etwas, was ihm bisher niemand vorgeworfen hatte. »Madame, ich werde das nicht weiter mit Ihnen diskutieren«, presste er hervor. »Ich habe Sie sehr genau verstanden.«

»Ja, aber …«

»Und doch streiten Sie es ab?«

Ihre Wangen röteten sich. »Ja, und zwar weil sie mich völlig miss…«

»Und Sie haben sehr deutlich und mehr als einmal Ihr Missfallen über meine Anwesenheit bekundet, Imogen.«

»Weil ich Sie nicht sehen will!« Die Worte explodierten förmlich von ihren Lippen.

Ein Schraubstock legte sich ihm um die Brust, machte es schwierig, ruhig weiterzuatmen. Seit dem Tag, an dem er sich über das Sofa gelehnt und sie dort vorgefunden hatte, wie sie zu ihm hochblickte, hatte Imogen seine Gedanken bis in den letzten Winkel seines Verstandes hinein beherrscht. Doch trotz seiner Faszination für sie blieb er ihr egal, nicht anders als bei jeder anderen Frau, die einzig die körperlichen Freuden suchte, die sie in seinen Armen erfahren konnte. Warum tat die Wahrheit also so verdammt weh?

»Ich will Sie nicht sehen«, wiederholte sie die Worte, leise, als wenn sie sich selbst davon überzeugen müsste. Ihr Blick wich seinem aus und zuckte zur Tür. Erhoffte sie sich Rettung durch das Eintreffen seiner praktischerweise momentan noch abwesenden Schwester? Das reizte ihn nur noch weiter.

»Sie wünschen mich nicht zu sehen?« Er zog eine Augenbraue hoch. Entschlossen, dass sie nie erfahren würde, wie sehr ihn diese Worte trafen, überwand er die Entfernung zwischen ihnen, nahm ihr Kinn zwischen Daumen und Zeigefinger und zwang sie, ihn anzuschauen. »Ts, ts. Wie fürchterlich unhöflich von Ihnen«, erwiderte er in dem Versuch, die Mauer, die er um sein Herz errichtet hatte, zu schützen.

»Was wollen Sie von mir hören, Alex?« Sie schluckte krampfhaft. »Dass ich die Anwesenheit Seiner Lordschaft der Ihren vorziehe, weil er in mir nicht den Wunsch nach Dingen, nicht die Sehnsucht nach etwas weckt, was ich nicht haben darf?«

Er ließ sie los und stolperte rückwärts, spürte wieder Panik in sich aufsteigen, aber sie sprach gnadenlos weiter. »Wollen Sie, dass ich sage, dass Sie mich mit Ihrem Charme und Ihren verflixten Shakespeare-Zitaten vergessen lassen, was ich mir geschworen hatte, nachdem der Duke of Montrose mich verlassen hatte? Dass ich nie wieder so unvorsichtig sein würde, wenn ein Schuft im Spiel ist?«

Er biss die Zähne zusammen. Wut durchströmte ihn und ließ ihn beinahe seine mühsam gehütete Selbstbeherrschung verlieren. »Sie vergleichen mich mit Montrose?«, hielt er ihr vor, hasste es, dass sie ihn trotz all der Hochachtung, die er ihr entgegenbrachte, auf die gleiche Stufe stellte wie diesen dämlichen Idioten, der sie betrogen hatte.

»Kommen Sie, Alex«, spottete sie. »Ganz sicher wollen Sie kein Heuchler sein.« Verärgert öffnete er den Mund, um ihr zu widersprechen. »Sie haben mich mit voller Absicht belauscht, während ich meine privatesten Gedanken enthüllt habe.« Sie wurde immer aufgeregter. »Und glauben, dass ich einen Mann ausschließlich wegen seines Titels begehren würde. Schon wieder.«

Der Schmerz in ihren Augen ließ ihn innehalten.

Sie verschränkte die Arme vor der Brust, und er verspürte mit einem Mal Gewissensbisse. »Sehen Sie, Alex, wir sind uns ähnlicher, als Sie denken.« Sie waren sich überhaupt nicht ähnlich. Sie war unschuldig und unberührt von der wahren Hässlichkeit der Welt. »Oh, sind wir das nicht?«, ärgerte sie ihn, hatte offensichtlich seine unausgesprochenen Worte verstanden. »Für Sie unterscheide ich mich durch nichts von all den Witwen und verheirateten Frauen, die Sie in ihr Bett eingeladen haben.«

Bei ihren Worten stieg ihm die Verlegenheit heiß in den Nacken. Er wollte die Wahrheit abstreiten, doch stattdessen stand er in reuevollem Schweigen da.

»Was wollten sie von Ihnen? Einen Kuss?« Viel mehr als das. »Wahrscheinlich deutlich mehr als einen Kuss«, flüsterte sie. Eine feuerrote Locke fiel ihr in die Stirn, und seine Finger sehnten sich schmerzlich danach, sie zurückzustreichen. »Und so schockierend und beschämend es auch für mich ist, das zuzugeben: Ich will Ihren Kuss, und …«, Farbe zeigte sich ein weiteres Mal auf ihren sahneweißen Wangen, und sie atmete hörbar ein, »ich will mehr.«

Imogen senkte die Stimme. »Aber es ist das ›mehr‹, das mich von all den anderen Frauen unterscheidet. Selbst nachdem ich so hinterhältig betrogen wurde, will ich Liebe, Alexander. Ich verzehre mich förmlich danach und könnte niemals, *würde* niemals, die Liebe eines Mannes wollen, der jeder willigen Witwe lustvolle Blicke zuwirft.«

Ihre Worte vertrieben jeden rationalen Gedanken aus seinem Kopf, während er versuchte, zu durchdenken, was sie für ihn bedeuteten. Entsetzen machte sich in ihm breit, schlug sich nieder im Hämmern seines Pulses, ließ jedes Geräusch verstummen.

Imogens volle Lippen verzogen sich zu einem traurigen Lächeln. »Sie haben nichts dazu zu sagen, aber wie auch? Ein Mann wie Sie würde niemals meine Liebe wollen, mein Herz … Und das ist der Grund, warum ich mir gewünscht habe, der Marquis wäre hier, denn in seiner Gegenwart ist mein Herz nicht in Gefahr.«

»Ich hasse diesen Raum«, erklärte er, und sie hielt inne, sah ihn überrascht an. »Mit jeder Faser meines Seins hasse ich dieses ganze Haus.«

Sie schüttelte verwirrt den Kopf.

Und plötzlich war es sehr wichtig, in einer Welt, wo ihn niemand wirklich verstand, in einer Welt, in der er einzig wegen seines Könnens im Bett und wegen kaum etwas sonst begehrt wurde, dass diese mutige, wunderschöne Frau wusste, dass er nicht der kaltherzige Schuft war, für den sie ihn hielt. »Mein Vater hat Jahre damit verbracht, mir einzubläuen, wer ich bin und was nicht.« Ein dunkles, hohles Lachen entwich ihm.

Entsetzen malte sich auf ihrem Gesicht. »Alex«, flüsterte sie und berührte mit zitternden Fingern ihre Lippen.

Aufgewühlt trat er von ihr weg. Er wollte ihr Mitleid nicht. Er wollte, dass sie es verstand. »Ich bin nicht mehr als der weniger erwünschte, weniger geschätzte zweitgeborene Sohn, dessen feine Damen sich für ihr Vergnügen bedienen, aber nicht der Mann, der für irgendetwas anderes wirklich geliebt wird.« Es war so viel einfacher gewesen, all die Jahre lang in den geistlosen Amüsements Vergessen zu suchen, als zu analysieren, wer er war, was er wirklich sein wollte.

»Das stimmt doch nicht«, erwiderte sie wild. Feuer loderte in ihren Augen.

»Vielleicht«, sagte er schlicht. »Vielleicht auch nicht.« Alex war beigebracht worden, eine Sache zu glauben, und als Resultat konnte er nicht mehr unterscheiden, wer er war und wer nicht. »Wie auch immer, dieses Haus, dieses Zimmer, erinnert mich an all die Dunkelheit.«

Er strich sich mit einer Hand durch das zerzauste Haar. »Aber wenn Sie hier sind, sehe ich nichts von dieser Dunkelheit. Sie stellen alles infrage, was ich über mich und über die Frauen denke.« Alex trat zu ihr, fasste sie an den Schultern und zog sie zu sich. Er musterte sie langsam. »Bis ich nicht mehr weiß, wer ich bin oder was ich bin oder was ich sein will.« Sie ließ ihn alles in Zweifel ziehen, was er je von seinem Vater über sich gehört hatte, über seinen Wert als Mensch. Durch sie fühlte er sich wertvoll, und mehr: Für sie wollte er ein besserer Mensch sein.

Sie öffnete die Lippen, und was sie empfand, stand in ihrem Blick. Alex ließ sie jäh los und trat zurück. Ohne ein weiteres Wort griff er nach seinem mittlerweile zerknitterten Rock und zog ihn sich über, während er zur Tür ging. Er blieb auf der Schwelle stehen, sah aber nicht zurück.

»Ich habe gestern Abend für keine andere Augen gehabt, Imogen. Keine andere als Sie.« Ihr allein war es gelungen, hinter die Maske des skrupellosen Schuftes zu blicken und sie ihm herunterzureißen.

Sie atmete zitternd ein, und er war zu sehr Feigling, um zu bleiben und zu ergründen, was dieser leise Seufzer bedeutete, verließ lieber rasch den Raum.

Kapitel 8

Imogen starrte Alexander hinterher. Das Herz schlug ihr bis zum Hals, und die Macht der Empfindungen drohte ihr die Luft abzuschnüren. Sie legte sich eine Hand an die Wange, erinnerte sich an die von ihm zitierten Shakespeare-Worte und an den Mann, der den Schmerz seiner Vergangenheit mit ihr geteilt hatte, um zu versuchen, die Bitterkeit seiner Gegenwart zu erklären.

Ihr Blick fiel auf den vergessenen Lederband, den er beiseitegeworfen hatte. Unwillkürlich fühlte sie sich von dem kleinen Buch angezogen, nahm es zur Hand und las den Titel. »Romeo und Julia«.

Ich habe gestern Abend für keine andere Augen gehabt, Imogen. Keine andere als Sie.

Imogen sank auf die Kante des Sitzes, den er eben erst freigegeben hatte. Vor Momenten? Stunden? Einem ganzen Leben? Sie starrte blicklos auf das Buch in ihrem Schoß. Mit einer Unterhaltung, einer Handvoll Worte, hatte Alexander alles, was sie über ihn wusste – oder zumindest über ihn zu wissen meinte –, infrage gestellt.

Die Welt aus Schwarz und Weiß war einfacher zu verstehen gewesen als das hier, undurchdringliche Schatten von Grau, in die sie keinen Sinn bringen konnte. Sie hatte ihn der Heuchelei bezichtigt, und doch gab es in Wirklichkeit keine größere Heuchlerin als sie selbst, denn sie hatte ihn sehr schnell und einfach in die Schublade des reuelosen Schuftes eingeordnet. Sie hatte sich nie gestattet, darüber nachzudenken, wer er gewesen war, bevor er zu diesem Mann geworden war.

Nun wusste sie es. Und dieses Wissen war schmerzhaft. Sie umklammerte das in Leder gebundene Buch in ihren Fingern fester. Er hatte nur diese eine Erinnerung an seinen Vater mit ihr geteilt, und die Schrecken, die er in seinem Zuhause erlebt hatte, und das hatte ihr die Augen geöffnet für das arme, gebrochene Kind, das er gewesen war.

Tränen stiegen ihr in die Augen, und sie blinzelte sie zurück. Sie würde ihn nicht bemitleiden. Und sie bemitleidete ihn auch nicht, und doch brach ein Stück von ihrem Herzen, wenn sie daran dachte, an den kleinen, dunkelhaarigen Jungen, der diesen Raum gefürchtet hatte, dieses Haus, dieses …

»Oje, jetzt sag nicht, dass du schon wieder an ihn denkst.«

Imogen sprang auf die Füße, und das Buch glitt ihr aus den Fingern und fiel mit einem lauten Poltern zu Boden.

»Ihn?«, wiederholte sie verständnislos, während ihre Freundin in den Raum segelte.

Chloe verdrehte die Augen. »Du bist eine fürchterliche Lügnerin«, erklärte sie und blieb vor Imogen stehen. »Du hast nie aufgehört, an ihn zu denken.«

Das stimmte. Gott mochte ihr vergeben, aber es stimmte. Nicht seit dem Moment, als sie den Kopf in den Nacken gelegt und festgestellt hatte, dass Alex auf sie – und den Haufen Skandalblätter zu ihren Füßen – herabblickte.

»Woher weißt du das?«, flüsterte sie. War sie für ihre Freundin so leicht zu durchschauen? Panik schnürte ihr die Brust zu. Hatten auch andere im Theater bemerkt, wie sehnsuchtsvoll sie ihn angestarrt hatte?

»Du bist meine Freundin, du Gänschen.« Chloe nahm Imogens Hand in ihre und drückte sie leicht. »Ich weiß, dass du ihn geliebt hast.«

Geliebt hast? »Was?« Die Frage kam ihr zu schnell über die Lippen.

Ihre Freundin kicherte. »Was ist nur los mit dir, Imogen? Du bist ja ganz verwirrt.«

Und endlich ergab alles einen Sinn. Chloe dachte, dass sie noch immer dem Herzog nachtrauerte. »Nichts. Ich … Nichts ist los«, erwiderte sie hastig.

Chloe ließ sich auf dem Sofa nieder, und Imogen erlaubte ihrer Freundin, sie neben sich zu ziehen.

»Warum bist du so ernst?«, fragte Chloe. Alle Belustigung war aus ihren intelligenten, freundlichen Augen gewichen. »Ich habe gesehen, wie Alex in die entgegengesetzte Richtung fortgegangen ist.« Ihr Mund wurde hart. »Hat er etwas gesagt, was dich verstört hat?«

Aufgrund ihres angespannten Tonfalls vermutete Imogen, dass ihre Freundin ihrem älteren Bruder ordentlich den Kopf waschen würde, wenn sie das jetzt bejahte.

»Nein«, beeilte sie sich also zu versichern. Oder vielmehr hatten seine Worte sie verstört, aber nicht auf die Art, die ihre Freundin meinte.

»Er war wütend«, beharrte Chloe.

Imogen ließ den Blick über ihre rosafarbenen Satinröcke wandern. »Wie war er so?« Die Worte entwischten ihr, bevor sie sie zurückhalten konnte. Ihre Freundin sah sie fragend an. »Als Kind«, fuhr Imogen fort, bevor der Mut sie verließ. »Wie war Ale… Lord Alexander als Kind?«

Das unstillbare Verlangen, mehr über ihn zu erfahren, machte sie unvorsichtig. Sie musste wissen, wie er gewesen war, damals, als er angefangen hatte, dieses Haus als Ort der Dunkelheit zu sehen.

Chloe ließ ihre Hände los und erwiderte so lange nichts, dass Imogen schon glaubte, sie hätte gar nicht vor, überhaupt zu antworten, oder hätte vielleicht die Frage nicht gehört. Ein kleiner Teil von ihr wünschte, dass sie das tatsächlich nicht getan hätte, denn wie sollte sie ihrer besten Freundin erklären, dass Alex sie dermaßen faszinierte?

»Er war mein Beschützer.« Chloes Augen schienen voller Nostalgie zurückzublicken. »Jemand, der mich verteidigt hat.« Es lag etwas sehr Trauriges in ihren Augen, etwas, das sich nicht von dem unterschied, was Imogen in Alex' Augen entdeckt hatte. Wie merkwürdig, jemanden so gut zu kennen und andererseits doch anscheinend überhaupt nicht.

Imogens Stimme bebte, und sie verabscheute es, dass sie diese Schwäche zeigte. »Und du hast einen Beschützer gebraucht?« Sie griff nach den Händen ihrer Freundin. Sie waren steif und kalt, aber sie hielt sie fest, versuchte, ihr etwas von ihrer eigenen Wärme abzugeben.

»Tun wir das in gewisser Weise nicht alle?«, erwiderte Chloe und sagte damit nichts und doch alles. »Unser Vater war grausam«, flüsterte sie, die Worte kaum hörbar, sodass Imogen sich anstrengen musste, sie zu verstehen.

Ein Schauer lief ihr über den Rücken, während sie an Alex' schreckliche Enthüllungen zurückdachte. Naiv, nein dumm, hatte sie es nicht zugelassen, sich nicht erlaubt, zu glauben, dass so ein Schmerz auch Chloe und ihrer Schwester zugefügt worden war.

Galle stieg ihr die Kehle hoch. O Gott, er hatte auch an seine Töchter Hand gelegt. Wie hatte sie das nicht wissen können? Warum hatte Chloe ihr das nicht erzählt? »Oh, Chloe«, sagte sie sanft.

Chloe entzog ihr ihre Finger. »Alex hat so häufig den Unmut unseres Vaters auf sich gelenkt.« Ihr Blick irrte durch den Raum, ihre Augen waren groß und voller Angst, wie Imogen sie noch nie gesehen hatte. Als Chloe sie wieder anschaute, sprach sie im Flüsterton. »Manchmal glaube ich, dass er es absichtlich getan hat, um mich und Philippa zu beschützen.«

Imogens Augen ruhten auf einem Punkt über Chloes Schulter. Wie viel von Alex' Rolle als kaltherziger Lebemann war eine sorgfältig erzeugte Illusion, der gleichgültige, zweitgeborene Sohn, der nie irgendetwas anderes verdient hatte als das Missfallen eines bösartigen, brutalen Mannes? Hatte er selbst überhaupt bemerkt, dass er dazu geworden war, um seine Schwestern zu beschützen?

»Die Gesellschaft kennt den wahren Alex nicht«, fuhr Chloe fort und brachte Imogen zurück ins Hier und Jetzt. »Sie sehen den achtlosen Schuft und Lebemann, der nur sein Vergnügen sucht, aber …«, sie erwiderte Imogens Blick, »das ist nicht, wer er ist. Oder jemals war.« Sie sprach in einem harten, entschiedenen Tonfall, eine Schwester, die ihren Bruder verteidigte, schützte.

Weil sie nicht wusste, was sie antworten sollte, blieb Imogen stumm.

Chloe legte sich die Finger an die Schläfen und verzog das Gesicht.

Sorge um ihre Freundin ersetzte die Gedanken an Alex' und Chloes tragische Jugend. »Geht es dir gut?«

Ihre Freundin lächelte sie schwach an. »Nur ein wenig Kopfschmerzen.«

Schuldgefühle überwältigten Imogen. Solange sie Chloe kannte, war ihre Freundin immer wieder Migräneattacken ausgesetzt gewesen, wenn sie Sorgen oder Stress hatte. »Es tut mir so leid«, sagte Imogen, aber die Worte waren unzureichend.

»Warum?«, fragte Chloe, sehr viel großzügiger, als Imogen es verdiente. »Weil dir mein Bruder wichtig ist, der mein liebster Freund ist?« Wieder verzog sie das Gesicht.

»Weil ich dich verärgert habe.«

Chloe verengte die Augen zu Schlitzen, als würde das Sonnenlicht, das durch die Fenster ins Zimmer fiel, sie blenden, und nahm einen tiefen, langsamen Atemzug. »Es ist nicht deine Schuld. Du wusstest es nicht«, erwiderte sie, als Imogen einen protestierenden Laut ausstieß.

Imogens Schuldgefühle wurden stärker. Sie hätte es wissen müssen. Bei ihr als Chloes Freundin und Vertrauter hätte es nicht der Worte ihres älteren Bruders bedürfen sollen, um ihr für die Hölle die Augen zu öffnen, die ihre Freundin und ihre Geschwister hatten durchleiden müssen. Genau wie sie hätte wissen sollen, dass an Alex mehr war als das Bild, das er der Welt präsentierte. »Du solltest dich ausruhen«, murmelte sie und erhob sich.

Ihre Freundin stand ebenfalls langsam auf. Ihre steifen, abrupten Bewegungen verrieten, dass sie Schmerzen hatte. »Es tut mir ...«

»Wenn du es wagen solltest, dich jetzt zu entschuldigen, werde ich dir niemals verzeihen«, unterbrach Imogen sie.

Genau wie sie es im Pensionat immer getan hatte, wenn es Chloe schlecht gegangen war, nahm sie sie sanft am Ellenbogen, legte ihr den anderen Arm um die Taille und führte sie aus dem Raum.

»Du bist wirklich zu freundlich«, flüsterte Chloe mit schwacher Stimme.

»Wenn ich so freundlich wäre, hätte ich dich nicht so erschüttert, wie ich es gerade getan habe«, erwiderte Imogen voller Sorge um ihre Freundin.

Die beiden Frauen schwiegen. Imogen hatte schon vor langer Zeit gelernt, dass das kleinste Geräusch ihrer Freundin wehtat. Sie führte sie auf der Suche nach einem Bediensteten durch die Gänge.

Der Marquis of Waverly trat aus seinem Arbeitszimmer, und Imogen sandte ein stilles Dankgebet zum Himmel. Er öffnete den Mund, um sie zu begrüßen, bemerkte dann aber die Blässe seiner Schwester und ihre gebeugten Schultern.

»Sie hat wieder Migräne«, erklärte Imogen, wobei sie sich Mühe gab, nicht zu laut zu sprechen.

Das Stirnrunzeln des Marquis verstärkte sich, und dann hob er seine Schwester in einer mühelos wirkenden Bewegung auf seine Arme. »Lady Imogen«, formte er mit den Lippen seinen stummen Dank.

Imogen knickste, während der Marquis seine jüngere Schwester die Treppe hochtrug. Unterdessen stand sie in dem stillen, leeren Korridor des Hauses, in dem Alexander als Kind gelebt und das er zu hassen gelernt hatte, und ihr ging auf, wie wenig sie von ihm wusste und wie verzweifelt sie mehr über ihn erfahren wollte.

Kapitel 9

Am nächsten Nachmittag saß Alex in derselben Bibliothek, während ihm Gedanken an Imogen durch den Kopf wirbelten, und starrte in sein Glas Brandy, nahm schließlich mit einem halblauten Fluch einen langen Schluck. Seine Lippen verzogen sich unwillkürlich, als Alkohol sich seine Kehle herunterbrannte. Er genoss den leichten Schmerz, den er hinterließ. Der aufgeschlagene Lederband lag beinahe spöttisch vor ihm.

Die Dame zitierte Shakespeare. Und wie ruhig sie sich den Giftschlangen der guten Gesellschaft gestellt hatte, bewies einen Geist, so unerschrocken wie der einer Johanna von Orléans. Sie verabscheute Einkaufsbummel. Las gerne. Und sie sah in ihm wenig mehr als einen der üblichen nutzlosen Lords, die sich durchs Leben treiben ließen.

Alex schwenkte den Inhalt seines Glases. *Bist du das denn etwa nicht?*

Er hatte die Rolle des schwarzen Schafs angenommen, in die er vor vielen Jahren so mühelos geschlüpft war. Es wurde wenig von jemandem erwartet, der »herumhurte, spielte und trank«, wie sein Bruder es formuliert hatte. Ja, es war viel leichter gewesen, sich mit den niedrigen Erwartungen abzufinden, die sein Vater ihm als Kind eingebläut hatte, nur um ihn als Erwachsener dafür zu verachten. Es war eine demütigende Erkenntnis für einen Mann von neunundzwanzig Jahren, dass er ein zielloses und bedeutungsloses Leben führte, dass die Vorwürfe seines Bruders berechtigt waren. Außer seinen Schwestern war ihm niemand wichtig.

Nur, wenn das stimmte – warum war es ihm dann in dem überfüllten Theater unmöglich gewesen, auch nur einen Funken Interesse in sich zu wecken, als die kürzlich verwitwete Lady Kendricks ihn kühn angestarrt hatte, eine unmissverständliche Einladung in den Augen? Nicht das geringste Begehren hatte sich in ihm geregt. Es war einfach nichts da gewesen. Höchstens ein stummes Aufzählen der Arten und Weisen, auf die die Viscountess neben Imogens lebhafter Schönheit verblasste.

Was für ein Chaos hatte Imogen nur in ihm angerichtet?

Schwere, entschlossene Schritte erklangen in der Halle. Alex versteifte sich, hielt seine Aufmerksamkeit aber weiterhin auf den Inhalt seines Glases konzentriert.

»Sag mir nicht, dass du schon so früh am Tag betrunken bist«, sprach ihn sein Bruder von der Türschwelle an.

»Gut, dann tue ich das nicht.« Da er wusste, es würde den anderen ärgern, leerte Alex sein Brandyglas und griff nach der Flasche. Er füllte das Glas bis zum Rand. »Ist mir wie immer ein Vergnügen«, erklärte er gedehnt und stellte die Flasche ab. »Bist du gekommen, um mir weitere Aufgaben aufzuhalsen? Soll ich als Nächstes vielleicht die Ställe ausmisten?« Er lehnte sich in dem Lederohrensessel zurück, hielt das Glas zwischen beiden Händen.

Mit einem Schnauben betrat sein Bruder den Raum und schloss die Tür hinter sich. »Dann vergleichst du also die Begleitung deiner eigenen Schwester mit einer so lästigen Aufgabe?«

Alex schwieg, zog es vor, die bernsteinfarbenen Tropfen zu betrachten, die an der Seite seines Kristallglases hingen. Vor vier

Tagen hatte er es als praktisch unzumutbar empfunden, als eine Strafe, die ihm sein Bruder aufgebrummt hatte. Jetzt jedoch, nach der Zeit, die er deswegen mit Imogen hatte verbringen können, den Tagen in ihrer Gesellschaft, der einer jungen Frau, die Shakespeare zitierte und sich unerschrocken dem Spott der guten Gesellschaft stellte, deren rote, verführerisch geformte Lippen ihn seit ihrer ersten Begegnung faszinierten, war seine Aufgabe als Aufpasser keine Last mehr. Absolut nicht.

Gabriel kam herübergeschlendert und blieb stehen, den Blick auf dem aufgeschlagenen Buch. »Bei Gott, du liest Shakespeare?«

»Ja. Nein.« Er hatte es getan, aber dann hatten Imogen und das Bild ihrer bloßen Finger, verschränkt mit seinen, alle Gedanken an etwas anderes vertrieben.

Sein Bruder betrachtete ihn argwöhnisch, besaß aber genug Anstand, um die Sache auf sich beruhen zu lassen. Vielleicht war er gar kein so schlechter Kerl.

Als offensichtlich wurde, dass Gabriel vorhatte, in stoischem Schweigen über ihm aufzuragen, biss Alex die Zähne zusammen. »Was willst du?«

Gabriel nahm ihm gegenüber Platz. »Ich bin gekommen, um mit dir wegen Chloe zu sprechen.«

»Oh?« Alex hob eine Augenbraue.

Dann griff Gabriel zu Alex' Verwunderung nach der Brandyflasche und dem leeren Glas auf dem Tisch zwischen ihnen. Er schenkte sich mehrere Fingerbreit ein. »Sie ist krank.«

Alex versteifte sich und beugte sich vor, als wolle er aufstehen.

Gabriel winkte ihn zurück. »Sie hat Migräne.« Sein Gesicht verdunkelte sich. »Es ist ziemlich schlimm, denn es dauert schon den ganzen Tag lang.«

Bei den Worten seines Bruders spannte sich Alex' Magen, und er schämte sich, dass er so mit sich selbst beschäftigt gewesen war. Es war ihm überhaupt nicht aufgefallen, dass Chloe nicht da war. Seit sie ein Mädchen gewesen war, litt sie unter schweren Migräneanfällen, die, wie er vermutete, mit dem zu tun hatten, was sie als Tochter eines gewalttätigen Lords erlebt hatte.

»Wir haben unser Bestes gegeben«, bemerkte sein Bruder leise.

Sollte das irgendeine Form von Absolution bringen? »Es war nicht genug.« Alex fasste sein Glas fester, sodass es zu zerbrechen drohte. Wie viele Jahre hatten Chloe und Philippa Misshandlungen unter den Händen dieses Ungeheuers erlitten?

»Es waren nur ein paar Male«, sagte Gabriel, die Augen fest auf das Glas gerichtet.

»Von denen wir wissen«, gelang es Alex hervorzupressen. Die Furcht, die er schon so lange mit sich herumtrug, dass er ein zu großer Feigling war, um seine Schwestern einfach zu fragen, holte ihn wieder ein.

Gabriel erwiderte seinen Blick. »Es war nicht Mutters Schuld.«

Nein, die zierliche, fast zerbrechliche Marchioness trug ganz gewiss keine Schuld. Obwohl sie nie sichtbar Male am Körper gehabt hatte, die von der Misshandlung in den Händen ihres Mannes Zeugnis abgelegt hätten, hatte sie im Gegenzug auch keinen Einfluss auf das Tun des verstorbenen Marquis of Waverly gehabt. »Ich mache Mutter keinen Vorwurf.«

Als hätte er einen Hieb in die Magengrube bekommen, atmete Gabriel zischend aus. Er verzog das Gesicht wie im Schmerz. »Du warst immer der Bessere. Du hast dem Ganzen ein Ende bereitet. Als Mutter …« Er hielt inne und wich Alex' Blick aus. »Mutter und ich haben dabei versagt, seinen Misshandlungen Einhalt zu gebieten, aber du hast es getan.«

Wollte sein Bruder ihn hier als Helden hinstellen? Das war er nicht. Er war voller Fehler, gebrochen und leer. Und weil er nicht wusste, was er im Gegenzug erwidern sollte, sagte er nichts.

Leider reichte es seinem Bruder nicht, die Sache auf sich beruhen zu lassen. »Er hat dir nie vergeben.«

Alex zwang seine Lippen zu einem ironischen Lächeln. »Ich dachte mir, er hasst mich sowieso.« Als Junge von sechzehn Jahren hatte er nichts zu verlieren gehabt, als er eines Tages die Birkenrute genommen und auf ihren Vater eingedroschen hatte, weil der damit auf Chloe losgegangen war. Sie war noch ein kleines Mädchen gewesen. Der Gedanke daran schmerzte noch heute.

»Ich hätte mich darum kümmern müssen«, erklärte sein Bruder mit leiser Stimme.

»Weil du der Erbe warst?«

Gabriel erwiderte seinen Blick. »Weil ich dein älterer Bruder war.«

»Um ein Jahr«, erwiderte Alex. Von den Gefühlen unangenehm berührt, die er in den Augen seines sonst so unerschütterlichen Bruders erkannte, setzte er sich anders hin.

Sein eigenes Bedauern spiegelte sich in der Miene seines Bruders. »Und doch macht das eine Jahr einen großen Unterschied.« Das sollte es nicht. Nicht zwischen zwei Jungs, die als beste Freunde aufgewachsen waren, sich gegenseitig beschützt hatten. Diese zwölf Monate hatten aber für ihren Vater den entscheidenden Unterschied bedeutet. »*Ich* hätte ihn schlagen sollen, weil er sich mit der Birkenrute an Chloe vergriffen hat.«

»Ja, ja, das hättest du«, entgegnete Alex.

Gabriel räusperte sich, dann nahm er einen langen Schluck aus seinem Glas. »Ich bin aber nicht hergekommen, um mich mit dir zu streiten. Sondern um mit dir über deine Pflichten Chloe gegenüber zu sprechen.«

Sein Bruder hatte offensichtlich seinen Fehler erkannt, Chloe mit Alex als Aufpasser in die Welt hinauszuschicken.

»Oh?« In seinem Magen bildete sich ein Knoten, wenn er daran dachte, dieser Aufgabe enthoben zu werden – aus Gründen, die nichts zu tun hatten mit brüderlicher Zuneigung, aber alles mit einer rothaarigen Verführerin.

»Heute Abend entfallen sie.«

Heute Abend.

Etwas von der Anspannung wich aus ihm. Es war nur für einen Abend.

»Ich dachte, du würdest wesentlich mehr Begeisterung über die Gelegenheit zeigen, deine Clubs zu besuchen.« Diese Worte klangen nüchtern, enthielten keinen Tadel.

»Ich bin nicht so unfassbar selbstsüchtig, wie du zu glauben scheinst. Hast du schon einen Arzt …«

»Der Arzt hat sie bereits untersucht. Es wird ihr bald besser gehen. Sie muss sich nur ausruhen.«

Wenn sie unter Migräne litt, ertrug Chloe nicht mal die Andeutung von Licht. Die Vorhänge in ihrem Zimmer wurden zugezogen, sodass Dunkelheit herrschte. Er ballte die Hände zu Fäusten, wünschte sich, er könnte seinen Vater noch einmal dafür verprügeln, dass er Chloe und Philippa angerührt hatte.

Gabriel trank aus und stellte das Glas auf den niedrigen Mahagonitisch mit den Rosenholz-Intarsien. Er starrte eine lange Weile auf die glatte Holzfläche. »Egal, was du glaubst, ich hasse dich nicht.« Das war schon mal was. »Ich …« Er biss die Zähne aufeinander, und seine Kiefermuskeln spannten und entspannten sich. »Es gibt viele Dinge, von denen ich wünschte, ich hätte sie anders gehandhabt, als wir noch jünger waren, und das tut mir leid, auch wenn ich die Vergangenheit nicht ändern kann. Die Aufgabe, die ich dir übertragen habe, dich um Chloe zu kümmern, war keine Strafe.«

»Was war es denn?«, hielt Alex dagegen. Gabriels Vorgehen wies unverkennbar Ähnlichkeiten mit den Versuchen ihres Vaters auf, über die zu bestimmen, die unter seiner Fuchtel standen.

Gabriel starrte ihn an. »Vergleich mich nicht mit ihm. Ich bin nicht wie dieser Mann. Ich bin nicht er.« Er legte die Hände in den Schoß und lehnte sich vor. »Wenn ich wie er wäre, dann wäre es mir egal, wie du dein Leben lebst. Ich würde zulassen, dass du der Trunkenbold und Schürzenjäger wirst, zu dem du dich machst.«

Alex' Inneres zog sich bei den Worten seines Bruders zusammen.

Gabriel stand auf. »Werde nicht der Mann, für den er dich gehalten hat. Sei der Mann, von dem ich immer wusste, dass du es bist. Gut, ehrenhaft, wertvoll.« Er öffnete den Mund, als wollte er noch etwas hinzufügen, aber dann drehte er sich mit einem leichten Neigen des Kopfes um und ging. Er schloss die Tür mit einem leisen Klicken hinter sich.

Alex schluckte krampfhaft und hob das Glas an seine Lippen, um die Wärme des Brandys, die er so verzweifelt brauchte, in seiner Kehle zu spüren. Die Worte seines Bruders hallten in seinem Kopf nach. Mit einem Fluch stellte er das Glas so fest wieder auf den Tisch, dass etwas von der Flüssigkeit über den Rand schwappte.

Er wischte sich mit einer Hand über das Gesicht, erkannte diese auf den Kopf gestellte Welt nicht mehr wieder, in der er nun gelandet war. Eine Welt, in der sein Bruder nicht der herrschsüchtige, anmaßende Fremde war, als der er ihm jahrelang erschienen war. Eine Welt, in der eine junge, unschuldige Dame ihm faszinierender erschien als die erfahrenste Kurtisane.

Panik baute sich in seiner Brust auf, plötzlich und schnell. Gabriel irrte. Er war der gefühllose Schuft, für den ihn alle hielten. Das war keine Maske. Und dies, diese Besessenheit von der stolzen Imogen, die sich von den wertlosen Mitgliedern der guten Gesellschaft nicht einschüchtern ließ, basierte allein auf Lust. Er begehrte ihren Körper. Verzehrte sich nach dem

Geschmack ihrer Lippen. Sehnte sich danach, den Saum ihres Kleides anzuheben, um die sahnigen Schenkel zu entblößen und zu erkunden, bis zu …

Oh, sie nur lehrt die Kerzen, hell zu glühn!
So hängt der Holden Schönheit an den Wangen
Der Nacht; zu hoch, zu himmlisch dem Verlangen.

Ein Stöhnen entrang sich seiner Brust, und er drängte das Verlangen nach einer Frau, die einer Heirat bedurfte, energisch zurück. Die Panik in ihm loderte wieder auf.

Was ist ein Name? Was uns Rose heißt, wie es auch hieße, würde lieblich duften … Sie hatte recht gehabt. Was für ein Mann er war, darauf kam es an. Sein Bruder irrte. An ihm war nichts gut, ehrenhaft oder wertvoll.

Alex verließ das Zimmer, entschlossen, sich in seinen Club zu begeben.

Kapitel 10

Imogen saß auf der Bank am Fenster und schaute auf die ruhige Straße unten, malte mit dem Finger einen kleinen Kreis in ihre Hand. Ihre Zofe hockte währenddessen still in einer Ecke des Salons. Da heute Nacht bei dem Ball von Lord und Lady Ferguson die große Wiedervereinigung der beiden Moore-Schwestern stattfinden würde, hatte Imogen eigentlich damit gerechnet, dass sie angesichts der öffentlichen Zurschaustellung irgendeine Form von Nervosität oder Angst verspüren würde. Allerdings konnte sie keinen Funken von Sorge, Furcht oder irgendeiner anderen Empfindung dazwischen bei dem Gedanken daran in sich finden.

Alex beanspruchte seit gestern Abend jeden Winkel ihres Verstandes. Sie betrachtete die Linien auf ihrer Hand, die er mit der Fingerspitze nachgefahren hatte. Ihr war eine Welt lieber, in der sie ihn mit dem treulosen Duke of Montrose und seinesgleichen in eine Reihe stellen konnte. Ein Müßiggänger, der nur an seinem eigenen Vergnügen interessiert war und sich keinen Deut darum scherte, wenn er einer Frau das Herz brach.

Weil sie nicht wusste, was für einen Reim sie sich auf diesen Gentleman machen sollte, der der Welt eine harte Schale zeigte, während er sich insgeheim danach sehnte, mehr zu sein als ein gefühlloser Schurke. Alles, was sie mit jedem Tag klarer wusste, den sie in seiner Gegenwart verbrachte, war, dass er nach und nach die Mauern einriss, die sie so sorgfältig um ihr Herz errichtet hatte.

Mit seinem Kuss und einigen geflüsterten Shakespeare-Versen schien er ihre Bemühungen der Lächerlichkeit preiszugeben. Sie hatte sich eingebildet, in William verliebt gewesen zu sein. Doch seit Alex in ihr Leben getreten war, hatte sie kaum einen Gedanken an den Herzog verschwendet, und wenn, dann mit Gleichgültigkeit. Stattdessen hatte sie begonnen, sich auf Alex' Neckereien zu freuen, seine kühnen Herausforderungen und … seine Gesellschaft.

Imogen stöhnte und schlug mit dem Hinterkopf gegen die Wand. »Wie dumm, dumm, dumm.«

Jemand räusperte sich im vorderen Teil des Zimmers, und sie richtete sich so rasch auf, dass sie sich fast den Hals verrenkte. »Masterson«, sagte sie mit brennenden Wangen.

Seine Augen funkelten. »Sie haben eine Nachricht, Mylady«, erklärte er und kam mit einem Silberteller in der Hand zu ihr.

Sie stellte die Füße auf den Boden und griff nach dem kleinen Papiermesser und dem Brief mit Chloes vertrauter Schrift, nahm erfreut zur Kenntnis, dass dies ein Zeichen sein musste, dass ihre Freundin auf dem Weg der Besserung war.

Aufregung machte sich in ihrem Magen breit bei der Aussicht, in Begleitung ihrer ungewöhnlichen Anstandsdame … irgendwohin zu gehen. Imogen fuhr mit der Spitze des Papiermessers unter das Siegel, trennte es auf und legte die Klinge dann zurück auf das Tablett. »Danke, Masterson«, entließ sie den alten Dienstboten.

»Mylady«, erwiderte er mit einer abschließenden Verbeugung und entfernte sich.

Sie wandte ihre Aufmerksamkeit dem Brief zu. Rasch überflog sie die flüchtig hingekritzelten Zeilen, und ihre Vorfreude verblasste. Ihre Freundin war unpässlich. Nach einem Anfall der heftigen Kopfschmerzen, unter denen Chloe schon seit Jahren immer wieder litt, konnte sie sich oft noch einen Tag später nicht mehr rühren. Manchmal länger.

Imogen faltete den Brief zusammen und legte ihn beiseite. Schuldgefühle wegen ihrer selbstsüchtigen Gedanken von vorhin regten sich in ihrer Brust. Sie hatte nur an Alex gedacht und an die Zeit, die sie mit ihm verbringen konnte.

Es klopfte wieder an der Tür.

Sie schaute hoch zu Masterson. »Mylady, Sie haben einen Besucher.«

Ihr Herzschlag beschleunigte sich. Außer Chloe würde niemand kommen, um sie zu sehen, und es gab nur einen Gentleman, den sie kannte und den sie dringend besser kennenlernen wollte.

»Lord Primly«, verkündete der Butler.

Der große, schlanke Herr, der jetzt auf der Türschwelle stand, war nicht der, den sie ersehnt hatte. »Oh«, entschlüpfte es ihr.

Primlys Lippen verzogen sich zu einem schüchternen Lächeln. »Mylady«, murmelte er und verneigte sich tief.

Imogen bekämpfte die alberne Enttäuschung darüber, dass statt Lord Primly nicht ein anderer gekommen war. »Mylord«, erwiderte sie und sank in einen tiefen Knicks. Dann standen sie einen Moment lang da, musterten einander unbehaglich. In der Ecke des Zimmers hüstelte ihre Zofe Lucy.

Imogen trat zu dem roten Sessel und ließ sich darauf nieder. »Äh … Möchten Sie nicht Platz nehmen?« Sie deutete auf das elfenbeinfarbene Sofa ihr gegenüber.

»In der Tat.« Steifes Schweigen folgte, nachdem er sich hingesetzt hatte.

Imogen spielte nervös mit ihren Röcken. »Hätten Sie gerne Tee und Erfrischungen?«

Er winkte ab. »Nein, danke. Ich brauche nichts.«

Ihr fiel auf, dass er nicht stotterte. Merkwürdig, der junge Earl schien nicht immer darunter zu leiden.

Ein leicht ironisches Lächeln spielte um seine Lippen. »Es ist eine überaus lästige Angewohnheit.«

Sie runzelte verständnislos die Stirn. »Mylord?«

Lord Primly trommelte mit den Fingerspitzen auf seine blauen Seidenhosen. »Mein Stottern«, antwortete er mit einer Direktheit, die sie mochte. »Es passiert mir, wenn ich nervös bin.« Er lehnte sich vor, verringerte den Abstand zwischen ihnen. »Und es ist ganz merkwürdig, Mylady.« Er ließ seinen Blick über ihr Gesicht wandern.

Bevor sie ihn um eine Erklärung bitten konnte, fuhr er fort: »Ich stottere nicht, wenn ich in Ihrer Nähe bin. Genau genommen fühle ich mich bei Ihnen überaus wohl.« Seine Wangen wurden rot bei diesem unverblümten Eingeständnis.

Imogen fand seine erfrischende Ehrlichkeit und Schüchternheit liebenswert. Sie lächelte. »Nun, es ist vermutlich, weil Sie gekommen sind, um einer der skandalösesten Damen der Gesellschaft Ihre Aufwartung zu machen.« Irgendwann würden diese Worte bitter geklungen haben. Jetzt jedoch enthielten sie lediglich einen Anflug von selbstironischer Belustigung.

Der junge Lord schüttelte den Kopf, seine Miene war wieder ernst. »Oh, überhaupt nicht, Mylady.« Dann lächelte er, und ein Grübchen erschien in seiner rechten Wange. »Ich kann mir vorstellen, dass es eine Reihe wesentlich skandalöserer Damen als Sie gibt.«

Darüber musste sie lachen. Lord Primly kratzte sich am Kopf, und ihr fiel auf, dass seine Worte als Kompliment gedacht gewesen waren und weniger als Scherz. Sie bemühte sich um eine ernste Miene und setzte sich aufrechter hin. Lord Primly verschränkte die Hände vor sich und rieb seine Daumen in einem schnellen, nervösen Rhythmus aneinander, schwieg unbehaglich.

Sie nutzte den Moment, um ihn zu mustern. Er war größer als die meisten anderen Männer und überaus schlank, mit einem dichten Schopf goldblonder Locken, für die sie als kleines Mädchen ihre rechte Hand gegeben hätte. Er war beileibe kein schlecht aussehender Mann, aber trotzdem weckte nichts an ihm die Gefühle, die Alex so mühelos mit nicht mehr als einem Blick aus seinen dunklen, verhangenen Augen mit den dichten schwarzen Wimpern in ihr auslöste.

Lord Primly begann zu reden, unterbrach ihre Gedanken. »Ich m-möchte um die Erlaubnis bitten, Ihnen den Hof machen zu dürfen.«

Imogen legte den Kopf schief, war sich sicher, dass sie ihn falsch verstanden hatte, aber irgendwie hatte es geklungen, als hätte er gesagt …

»W-wenn es Ihnen recht w-wäre, n-natürlich nur.«

Eine Frau mit ihrem Ruf sollte sein überaus freundliches, großzügiges Angebot voll dankbarer Freude annehmen. »Ich … Das ist mir recht«, erwiderte sie leise, hoffte, dass er die Unaufrichtigkeit darin nicht hören würde.

Er strahlte sie an.

Warum drückte ihr Bedauern das Herz ab, dass es nicht ein anderer Gentleman war, der der Verachtung der Gesellschaft die Stirn bot und ihr mit den ehrenhaftesten Absichten den Hof machte?

Imogen wurde durch das plötzliche Eintreffen ihrer Mutter einer Antwort enthoben. Die Countess segelte ins Zimmer, breitete die Arme aus. »Lord Primly, was für eine Ehre.«

Imogen wand sich innerlich unter der Verzweiflung, die aus diesen paar Worten so deutlich herauszuhören war.

Lord Primly sprang sofort auf die Füße und verneigte sich tief. »M-Mylady.«

Und obwohl es ihr unangenehm war, wie skrupellos ihre Mutter versuchte, sie unter die Haube zu bringen, verspürte sie dennoch Erleichterung, weil das Unbehagen, das ihr das Alleinsein mit dem jungen Earl bereitete, ein Ende hatte.

Ihre Mutter kam mit wehenden Seidenröcken herbei und setzte sich aufs Sofa. »Kommen Sie heute Abend zu Lady Fergusons Ball, Mylord? Meine Imogen wird dort sein.«

Imogen zuckte einmal mehr zusammen. Vielleicht erginge es ihr ohne Mutters Gesellschaft doch besser.

Lord Primly fing Imogens Blick auf und zwinkerte ihr kaum merklich zu, schien zu ahnen, was sie empfand. »Dann gibt es keinen Ort, an dem ich lieber wäre, Mylady.«

Imogen erschrak, nicht über Lord Primlys Worte, sondern wegen des unverfrorenen Zwinkerns. Sie hatte ihn nicht für einen Mann gehalten, der …

Als er sah, dass sie ihn anschaute, zwinkerte er ihr erneut zu.

Sie nahm wieder Platz, genau wie Primly, und lehnte sich zurück, war damit zufrieden, es ihrer Mutter zu überlassen, die Stille mit ihrem Geplauder zu füllen. Einiges von ihrer früheren Anspannung und Zurückhaltung verließ sie, und sie begann Dankbarkeit zu empfinden für einen Gentleman, der bereit war, über das skandalöse Ende ihrer Verlobung hinwegzusehen und ihr den Hof zu machen. Es verriet viel über das Wesen und die Charakterstärke des Betreffenden. Er stieg in ihrer Achtung.

»Ich h-habe Ihrer Tochter von meiner Absicht erzählt, ihr den Hof zu machen«, erklärte Lord Primly plötzlich.

Die Augen ihrer Mutter leuchteten auf. »O wie wunderbar! Wirklich wunderbar, Mylord. Meine Imogen wird Ihnen eine ganz aus…«

»Mutter«, unterbrach Imogen scharf die peinlichen Worte.

Wieder breitete sich Stille aus.

Der Earl tastete seine Weste ab und holte eine goldene Taschenuhr hervor. Er schaute auf das Zifferblatt. Dann stand er auf. »W-wenn S-Sie mich entschuldigen w-wollen. Ich habe noch etwas G-Geschäftliches zu erledigen.«

Ihre Mutter machte aus ihrer Enttäuschung keinen Hehl. »Aber Sie sind doch gerade erst gekommen, Mylord.«

Imogen krümmte vor Verlegenheit die Zehen in den Schuhen.

»Ich w-weiß. B-bedauerlicherweise m-muss ich a-aber g-gehen.« Er wandte sich an Imogen und verneigte sich. »Mylady, ich freue mich darauf, Sie heute Abend wiederzusehen.« Damit verließ er hastig den Raum.

Nun, das war kein Gentleman, der auf Freiersfüßen wandelte. Erleichtert ließ sie die Schultern sinken. Vermutlich war seine Absichtserklärung einfach das Ergebnis der schamlosen und wenig subtilen Bemühungen ihrer Mutter als Ehestifterin.

Doch bedauerlicherweise sah die das in einem völlig anderen Licht. »Wie konntest du nur so kühl und desinteressiert sein, Imogen? Mit deinem schlechten Benehmen hast du den Earl vertrieben«, rief ihre Mutter, sobald sich die Tür hinter ihm geschlossen hatte.

»Ich habe niemanden vertrieben«, widersprach Imogen mit ruhiger Stimme. »Lord Primly musste sich um geschäftliche Angelegenheiten …«

»Das ist wirklich eine Katastrophe«, beschwerte ihre Mutter sich und begann erregt auf dem Aubusson-Teppich auf und ab zu laufen. »Und du«, sie blieb stehen und deutete mit einem Finger auf Imogen, »du kannst es dir kaum leisten, einen Verehrer wie den Earl of Primly abzuweisen. Nicht angesichts deines Skandals.«

Imogen biss die Zähne zusammen, um es sich zu verkneifen, ihre Mutter darauf aufmerksam zu machen, dass es ja vielmehr ihre Schwester gewesen war, die sie in diese missliche Lage gebracht hatte, und daher auch deren Skandal, der sie zum Objekt von Klatsch und böser Nachrede gemacht hatte.

Ihre Mutter richtete sich mit den Fingern ihre Frisur. »Ich weiß, dass dein Herz gebrochen wurde.« War das so? Früher einmal hatte sie das selbst geglaubt. »Aber du musst an deine Zukunft denken. Lord Primly hat mit der Erklärung, dir den Hof machen zu wollen, echtes Interesse daran bekundet, Teil deiner Zukunft zu sein. Verstehst du, was ich zu sagen versuche?«

»Ja«, antwortete sie ruhig. Eine Heirat, in der Gefühle keinen Platz hatten, einfach den nehmen, der bereit war, sich mit ihr zu begnügen. Und so leicht, wie Alex ihr dummes Herz manipuliert hatte, hatte ihre Mutter mit dem Wunsch nach einem ehrenwerten, angesehenen Gentleman, der sie nehmen würde, nur recht. Also warum sehnte sie sich nach mehr, wo Lord Primly ihr doch die Möglichkeit bot, bei ihm Stabilität und Sicherheit zu finden?

Die leise gesprochenen Worte ihrer Mutter drangen in ihre Überlegungen: »Sei heute Abend freundlich zu Lord Primly.«

»Heute Abend?« Imogen schaute sie verständnislos an.

Ihre Mutter warf die Hände in die Luft. »Lord und Lady Fergusons Ball«, sagte sie, zog die Worte aufgebracht in die Länge.

O Gott. Lord und Lady Fergusons Ball. Und Chloe krank. Imogen würde gezwungen sein, vor aller Augen ihre Schwester zu treffen, ohne die Unterstützung ihrer besten Freundin oder von irgendjemand anderem als ihrer wenig loyalen Familie. Ihr Magen rumorte. »Ich kann nicht gehen.«

Sie hatte sich eingeredet, sie wäre bereit, sich dem Skandal und dem Klatsch zu stellen. Aber jetzt musste sie sich ihre eigene Feigheit eingestehen. Sie konnte es nicht tun, nicht allein, nicht ohne Chloe an ihrer Seite. Alex schoss ihr durch den Sinn. Oder mit ihm. Sie konnte dem Teufel die Stirn bieten, solange Alex, stark und unversöhnlich, an ihrer Seite stand.

»Sei nicht albern, Imogen«, beschied ihr ihre Mutter knapp, die Brauen streng zusammengezogen. »Ich habe dir bereits gesagt, dass du dich irgendwann dem Klatsch wirst stellen müssen.«

»Das habe ich«, wandte Imogen heiser ein. »Im Theater und beim Einkaufen und …« Und alle hatten sie angestarrt und geflüstert. Ein ganzer Ballsaal voll dieser Blicke und des Geflüsters? Das konnte sie nicht. Nicht allein. »Heute ist nicht der richtige Abend, Mutter.« Nicht ohne die Unterstützung eines Freundes. Alex …

»Heute ist ganz bestimmt der richtige Abend«, verkündete ihre Mutter und nahm ihr Gesicht auf diese Art und Weise zwischen die Hände, die Imogen hasste, seit sie ein Kind gewesen war. »Du wirst dich nachher besser fühlen. Und da Lord Primly an dir Interesse hat, wirst auch du heiraten.«

Aber ich will nicht Lord Primly. Selbst wenn er für Sicherheit stand und sie sich in seiner Nähe nicht unwohl fühlte, sehnte sie sich nach einem anderen als Ehemann.

Ihre Mutter ließ sie los und verließ mit einem Nicken so schwungvoll das Zimmer, wie sie es betreten hatte.

Wenn der liebe Gott Lord Fergusons Stadthaus nicht in ein Inferno verwandelte, würde die gute Gesellschaft Zeuge der Wiedervereinigung der Moore-Schwestern werden, und Imogen wäre wieder einmal, was sie schon so lange gewesen war: allein.

Kapitel 11

Alex starrte die Flasche Brandy an. Er müsste eigentlich betrunken sein. Zumindest, wenn er die ganze verdammte Flasche ausgetrunken hätte. Nur dass er, obwohl er fast den gesamten Nachmittag und frühen Abend im »Verbotene Früchte« verbracht hatte, immer noch beim zweiten Glas war.

Er verzog die Lippen zu einem höhnischen Grinsen, weil er so ein Narr geworden war. Als sein Freund Stanhope einer vermeintlich flatterhaften Frau sein Herz geschenkt hatte, hatte er sich über den anderen Mann lustig gemacht, weil er sein unbeschwertes Leben für eine anständige junge Dame aufgab. Was konnte schon an so einem Unschuldslamm faszinierend sein?

Alex nahm einen Schluck von seinem Drink. Jetzt, da er Lady Imogen kannte, stellte sich heraus, dass es jede Menge Faszinierendes an Unschuldslämmern gab. Nein, nicht an allen. Nur an einem. Er fuhr sich mit der Hand über das Gesicht.

»Hätten Sie gerne Gesellschaft, Mylord?«, schnurrte eine heisere Stimme an seiner Schulter.

Er versteifte sich und sah hoch. Die knapp bekleidete Schönheit mit Haar von so hellem Goldblond, dass es fast weiß wirkte, strich sich mit einem Finger über die Lippen. Lippen, die weder voll genug waren noch die Farbe von scharlachroten

Beeren besaßen und vermutlich zu einem Mund gehörten, der nicht nach Unschuld schmeckte.

Alex schüttelte abrupt den Kopf und wandte sich wortlos wieder seinem Drink zu. Er wurde wahnsinnig. Es gab keine andere Erklärung für die Tatsache, dass er, statt sich darüber zu freuen, dass er die verhasste Rolle des Anstandswauwaus im Moment nicht ausüben musste, die Minuten zählte und sich wünschte, der Tag wäre vorbei, damit er seine Schwester wieder mit Lady Imogen Moore irgendwohin begleiten müsste.

An diesem Abend würde sie bei Lady Fergusons Ball sein, wo sie und ihre Schwester und der Idiot, der Duke of Montrose, zum ersten Mal nach dem Verrat vor den Augen der guten Gesellschaft aufeinandertreffen würden. Er hatte ein Gutteil des Tages damit verbracht, sich davon zu überzeugen, dass es ihm egal war, wenn sie sich der guten Gesellschaft und den versammelten Klatschbasen allein stellen musste. Er hatte es versucht, aber es war ihm nicht gelungen.

Es war ihm *nicht* egal. Gott mochte ihm helfen, er, der sich um niemandes Glück außer seinem eigenen scherte, sorgte sich um Imogen. Bei dem Gedanken daran, wie sie sich dem bösartigen Geflüster und den neugierigen Blicken aussetzte, zog sich ihm der Magen zusammen. Er verengte die Augen. Er sollte dort sein. Alex schob den Stuhl zurück. Er hätte schon vor zwei Stunden dort sein sollen.

»Sieh an, Edgerton«, erklang neben ihm eine harte, eiskalte Stimme.

Er sah auf und verbiss sich einen Fluch. Der Marquis of Rutland, einer der boshaftesten Aristokraten überhaupt, stand neben seinem Tisch, ein höhnisches Glitzern in den braunen Augen. »Sind Sie heute Ihrer verantwortungsvollen Aufgabe enthoben?«

Bei dieser Bemerkung richtete sich Alex halb auf, auch wenn es wenig Sinn ergab. Rutland konnte nichts von seinem

Gespräch mit Gabriel wissen. Er schüttelte den Kopf. »Was zur Hölle wollen Sie, Rutland?«, fuhr er ihn an.

Rutland hatte sich vor einigen Jahren mit Alex' Freund Stanhope duelliert. Alex war Stanhopes Sekundant gewesen, und dieser Moment hatte für immer den brennenden Hass zementiert, den Rutland für ihn empfand.

Der andere Mann zog einen Stuhl gegenüber von Alex heraus und setzte sich uneingeladen. »Ich habe Sie gar nicht mehr im ›Verbotene Früchte‹ gesehen, seit Sie Kindermädchen spielen müssen.« Rutland legte seine gespreizten Finger an den Spitzen aneinander.

»Anstandsdame.« Er hatte die Rolle der Anstandsdame übernommen. Ein Bild von Imogen, in all ihrer flammenden Schönheit, erschien vor seinem geistigen Auge. Und Verführer von Unschuldigen. Das war er auch gewesen.

Ein humorloses Lachen drang bei Alex' Richtigstellung aus der Kehle des anderen Mannes.

»In den sechs Stunden, die sie hier sind, in denen sich Ihnen vier wunderschöne Frauen genähert haben, haben Sie die Einladung keiner einzigen angenommen. Warum wohl?« Dieses dunkle Flüstern war vermutlich dasselbe, das Satan benutzte, wenn er seine finsteren Taten plante.

Alarmglocken schrillten in Alex' Kopf, als ihm klar wurde, dass der Mann ihn an diesem Tag genau beobachtet hatte. So skrupellos und boshaft, wie Rutland war, hatte es nie auch nur ansatzweise Freundschaft zwischen ihnen gegeben. Er würde eine nicht unbeträchtliche Summe darauf verwetten, dass Rutland überhaupt noch nie mit irgendjemandem befreundet gewesen war.

Alex zwang sich zu einem nonchalanten Grinsen. »Ist Ihnen langweilig, Rutland? Langweilig genug, um zu verfolgen, was ich tue und was ich lasse?«

»Ich langweile mich nie.«

Nein, der berechnende Bastard besaß den Ruf, andere nach Belieben zu manipulieren. Jemand wie er war gar nicht fähig zu Schwäche und hatte vermutlich noch nie irgendetwas empfunden. Sorge, Bedauern, Schmerz. Liebe. Alex zuckte zusammen. Wo war das denn hergekommen?

»Warum sagen Sie nicht, was Sie wollen, und verschwinden wieder?«, presste er zwischen zusammengebissenen Zähnen hervor.

»Man trifft Sie jetzt beim Einkaufsbummel in der Bond Street und im Theater.«

Woher wusste Rutland, was er getan hatte? Alex unterdrückte das Bedürfnis, an seinem Halstuch zu zerren. Wenn Rutland herausgefunden hatte, wo er gewesen war, hatte er dann auch beobachtet, wie er mit Imogen gesprochen hatte? Mit einem Mal verspürte er den Drang, den anderen Mann über den Tisch zu ziehen und ihm einen Kinnhaken zu verpassen.

»Keine Antwort?«, höhnte Rutland.

Gespielt lässig zuckte Alex die Schultern. »Was soll ich sagen?« Mit vorgetäuschter Zwanglosigkeit griff er nach seinem Glas und nahm einen Schluck Brandy, den er allerdings kaum schmeckte. »Ich weiß, dass Sie gerne mit Ihrer Beute spielen.« Nach außen entspannt schwenkte er den Alkohol in seinem Glas. »Doch ich habe nie Angst vor Ihnen gehabt.«

Rutland stützte sich mit den Ellenbogen auf den Tisch und lehnte sich vor. »Ich mag Sie nicht, Edgerton.«

»Sie mögen niemanden, Rutland«, antwortete Alex gedehnt. »Und umgekehrt hat auch kein Mitglied der guten Gesellschaft irgendwelche positiven Gefühle für Sie.« Mit einer Grimasse leerte er sein Glas.

»Da haben Sie recht.« Rutlands harte Lippen verzogen sich zu einem spöttischen Grinsen. »Doch darin unterscheiden wir uns. Mir war es immer egal, was die Menschen von mir denken, aber Ihnen …«, er entfernte eine unsichtbare Staubfluse von seinem makellosen schwarzen Ärmel, »Ihnen ist es immer sehr wichtig gewesen, nicht wahr?«

Alex wusste es besser, als darauf hereinzufallen. Er gähnte hinter vorgehaltener Hand.

Zorn flackerte in den Augen des anderen Mannes auf. Mit ärgerlicher Miene sah er sich im Club um. Einen Moment lang blieb sein Blick an dem fetten, lüsternen Viscount Waters hängen, der eine Schönheit auf dem Schoß hatte, während er beim Whist ein Vermögen verlor. Das leichte Verengen von Rutlands Augen ließ erkennen, dass er ein mögliches Opfer identifiziert hatte, das sich als befriedigender für die Spielchen erweisen würde, die er heute Nacht im Sinn hatte.

Doch dann wandte er seine Aufmerksamkeit erneut Alex zu, war offenbar noch nicht fertig mit ihm. »Also ist es die teure Lady Imogen, die arme, für ihre Schwester sitzen gelassene Imogen, deren Zauber Sie erlegen sind?«

Alle seine Bemühungen, uninteressiert zu erscheinen, lösten sich in Luft auf, und Alex umklammerte die Tischkante so fest, dass er sich fragte, wieso er auf der glatten Mahagonioberfläche keine Kratzer hinterließ. Das Verlangen, dem anderen seine Faust in das arrogante, höhnische Gesicht zu schlagen, war kaum zu unterdrücken. »Halten Sie Ihren verdammten Mund.«

Das war unbedacht gewesen, denn durch diese fünf Worte wirkte er in den Augen des Bastards nur noch schwächer. »Ich bin niemandes Zauber erlegen«, stieß er als verspätete Antwort hervor. Wenn ein Mann wie Rutland wusste, wie wichtig Imogen Alex war, würde sie das nur zur Zielscheibe machen. »Sie bedeutet mir nichts.« Es war eine Lüge. Auch wenn er sie erst seit Kurzem besser kannte, bedeutete sie ihm schon alles.

Ein kaltes, hässliches Lächeln verzog die Lippen des anderen Mannes zu einem unangenehmen Grinsen. »Sie überraschen mich, Edgerton.«

»Oh?« Seine vorherigen Erfahrungen mit dem eiskalten Lord hätten Alex lehren sollen, sich nicht leichtfertig dem bösartigen Spott des niederträchtigen Mistkerls auszusetzen.

Rutland schob seinen Stuhl zurück und stand auf. »Ich hatte immer gedacht, dass Sie echte Schönheiten zu schätzen wissen.« Alex versteifte sich. »Doch dass Sie sich nach der langweiligen, sitzen gelassenen Lady Imogen verzehren …«

Wut ließ einen schwarzer Schleier vor Alex' Blickfeld erscheinen, der ihm für einen Moment die Sicht nahm.

»Es passt gar nicht zu Ihnen, sich mit dem zufriedenzugeben, was ein anderer Mann übrig gelassen hat, wo Sie doch ganz bestimmt auch die hübschere Moore-Schwester in Ihrem …«

Zorn explodierte in Alex, und er sprang auf, schlug Rutland ins Gesicht. Der andere Mann keuchte, stolperte rückwärts gegen einen Tisch und landete schließlich auf dem Boden. Brennende Wut durchströmte Alex, während er um den umgefallenen Tisch herumging und sich über Rutland aufbaute.

»Wenn Sie Lady Imogen Moores Namen auch nur noch einmal in den Mund nehmen, das schwöre ich bei Gott, werde ich Sie fordern. Sie sind es nicht wert, ihren Namen auszusprechen. Die Lady ist schöner als jede …« Er biss die Zähne so heftig zusammen, dass ihm Schmerz durch den Kiefer schoss. Hier hatte er schon viel zu viel verraten. Ein Raunen ging durch den Raum.

Rutland kam wieder auf die Füße. »Wie … leidenschaftlich Sie in Bezug auf eine Frau sind, an der Sie, wie Sie beteuern, kein Interesse haben.« Er zog ein weißes Taschentuch aus seinem blauen Abendrock und schüttelte es aus. Mit einem triumphierenden Grinsen hielt er es sich an die blutende Nase.

Alex verspürte Übelkeit. Der andere Mann hatte ihn nur provozieren wollen. Natürlich war ihm Imogen wichtig. Sie war die beste Freundin seiner Schwester. »Ich habe keinerlei persönliches Interesse an der Dame.« Lügner. Die Pause war zu lang gewesen, der andere zu aufmerksam.

»Natürlich nicht.« Rutlands Stimme klang herablassend. »Ein Mann, der nur auf sein Vergnügen aus ist, könnte seinen Namen nicht einer Dame antragen, die auf der Suche nach einem Ehemann ist.« Er verzog spöttisch das Gesicht, und obwohl sie nahezu gleich groß waren, gelang es ihm, auf Alex hinabzustarren. »Was haben Sie, ein bloßer zweitgeborener Sohn, der zu viel trinkt und sich mit zahllosen liederlichen Weibsbildern vergnügt, ihr schon zu bieten?«

Die Worte trafen Alex wie gut gezielte Pfeile mitten ins Herz. Der kalte, höhnische Ton seines Vaters vermischte sich mit dem von Rutland. *Nichts. Ich habe ihr nichts zu bieten.* All die hässlichen Anschuldigungen, mit denen ihn sein Vater überhäuft hatte, kamen zurück, und, Gott mochte ihm helfen, er wollte Imogen trotzdem für sich. Wollte sie auf jede denkbare Art. In seinem Bett, in seinem Herzen. Für immer und noch darüber hinaus.

Ein lautes Summen füllte seine Ohren, und seine Welt schwankte unter der Ungeheuerlichkeit dieser Erkenntnis. Er schloss für einen Moment die Augen, und als er sie wieder öffnete, wurde Rutlands kaltes Lächeln breiter. Alex' Zunge fühlte sich in seinem Mund schwer an, und ihm wollte einfach keine passende Erwiderung einfallen. Es gab auch keine. Er wollte Lady Imogen Moore. Er, Alexander Edgerton, der wertlose, nichtsnutzige Lebemann, dem, genau wie sein Bruder ihn beschuldigt hatte, niemand wichtig war außer er selbst, hatte sich Hals über Kopf in sie verliebt.

Rutland verzog die Lippen zu einem triumphierenden Grinsen und bedrängte Alex weiter. »Ich vermute, wie Sie Lady Imogen verteidigt haben, wird sich wie ein Lauffeuer durch die Stadt verbreiten.«

Alex fiel auf, dass im ganzen Raum geflüstert wurde, während aller Augen die Auseinandersetzung verfolgten. Rutland hatte recht mit seiner Behauptung. Alex machte einige Schritte zurück, als ihm aufging, was Rutland den neugierigen Gentlemen hier enthüllt hatte – und schlimmer, auch Alex selbst. Er fühlte sich nackt, vor allen bloßgestellt. Er kämpfte darum, seine wilden Emotionen zu kontrollieren. Ohne Erfolg. Er fühlte sich, als wenn er ertrinken würde, und schnappte nach Luft.

»Auch wenn ich zu sagen wage«, fuhr Rutland fort und zog wieder seine Aufmerksamkeit auf sich, »man wird Sie hauptsächlich bemitleiden, weil Ihnen die Lady so ans Herz gewachsen ist. Denn welche Dame würde Sie schon nehmen, den Zweitgeborenen, wenn sie mal mit einem Herzog verlobt war und ihr jetzt ein Earl den Hof macht?«

Primly. Alex konnte keinen Gedanken mehr fassen. »Gehen Sie zur Hölle«, brachte er heraus, seine Stimme klang selbst in seinen eigenen Ohren fremd.

Rutland entfernte einen weiteren imaginären Fussel von seinem Ärmel. Offensichtlich war es ihm egal, dass er gerade Alex' Welt auf den Kopf gestellt hatte. »Dort befinde ich mich nun schon seit einigen Jahren.« Sein Tonfall ließ keinen Zweifel daran, dass es ihm durchaus gefiel, mit dem Teufel auf Du und Du zu sein.

Rutland schaute hoch und durchbohrte ihn fast mit seinem harten Blick. »Sehen Sie, ich habe schon vor langer Zeit geschworen, mich von niemandem demütigen zu lassen. Unweigerlich bekomme ich meine Rache, Edgerton.« Er reckte das Kinn. »An dem Tag, an dem Sie Stanhope beim Duell als Sekundant gedient haben, haben Sie sich einen mächtigen Feind gemacht.« Er verbeugte sich und zeigte zum vorderen Teil des Clubs. »Ich vermute, Sie müssen jetzt irgendwohin?«

Imogen. Montrose. Ihre Schwester. Alex' Herz raste. Er hätte schon längst fort sein sollen, statt sich mit diesem Wahnsinnigen abzugeben. Alex wandte sich zum Gehen.

»Oh, und Edgerton.«

Er hielt inne und schaute über die Schulter zurück zu Rutland.

»Ich hatte vor zwei Tagen die Gelegenheit, ein Theaterstück anzusehen.« Rutland zeigte wieder dieses kalte, leere Lächeln. »Faszinierendes Stück, ›Romeo und Julia‹. Mir hat die Vorstellung außerordentlich gut gefallen.«

Alex drehte sich abrupt herum und verließ wortlos den Club.

* * *

Merkwürdig, wie man sich inmitten eines Meeres von Damen und Herren, die miteinander tanzten und fröhlich lachten, so völlig allein fühlen konnte.

Imogen stand neben einer breiten Säule, unweit des Eingangs zum Ballsaal. Dort unterhielt sich ihre Mutter mit Lady Ferguson, inzwischen schon fast eine ganze Stunde lang, was allerdings, wie Imogen annahm, mehr damit zu tun hatte, dass die Gastgeberin hoffte, in der Nähe zu sein, wenn der Duke und die Duchess of Montrose die geheiligten Hallen ihres Ballsaals betraten, als mit irgendeiner tatsächlichen Vorliebe für die Gesellschaft der Dowager Countess Grisham.

Sie seufzte. Seit heute Nachmittag Chloes Nachricht eingetroffen war, hatte sie den Rest des Tages damit verbracht, sich vor diesem unausweichlichen Treffen und der Aufmerksamkeit, die damit zusammenhing, zu fürchten. Jetzt wünschte sie, dass ihre verflixte Schwester mitsamt Ehemann endlich kommen würde, damit sie das Treffen hinter sich hatte.

Irgendwo in ihrem Rücken ertönte Geflüster, gefolgt von überlautem Kichern. Imogen biss die Zähne zusammen. Sie war es schon lange leid, dass sie immer wieder Grund für Amüsement bot. Die arme, bemitleidenswerte Moore-Schwester.

»… hat sich definitiv die hübschere Schwester ausgesucht …«

Imogen zuckte zusammen, als die absichtlich laut gezischten Worte an ihr Ohr drangen, hasste es, dass sie allein war, und sehnte sich verzweifelt nach jemandem, der sich zu ihr stellen würde. Nicht auf die distanzierte Art, wie ihre Mutter das für den Großteil des Abends getan hatte, sondern jemand, der den Klatschbasen kühn die Stirn bieten und sie mit einem Blick herausfordern würde, es zu wagen, auch nur ein hässliches Wort über sie zu sagen …

Sein Blick …

Imogen schloss die Lider. Und warum hatte dieser namenlose Jemand wohl jadegrüne Augen und ein verführerisches Lächeln? Als sie die Augen wieder öffnete, stand Lord Primly vor ihr.

Er schenkte ihr ein breites und entschieden nicht verführerisches Lächeln. »Lady Imogen.«

Aber er war da, wo kein anderer Gentleman den Skandal hatte riskieren wollen, die verschmähte Braut des Duke of Montrose auch nur um einen Tanz zu bitten. Sie lächelte zurück. »Lord Primly, es ist mir eine Freude, Sie zu sehen.« Und das war es. Zum ersten Mal an diesem Abend war sie nicht allein.

»Da wir einander schon vorgestellt wurden, glaube ich nicht, dass es vermessen wäre, Sie um einen Tanz zu bitten.« Er räusperte sich nervös. Alex würde sich nicht um irgendwelche Anstandsregeln scheren. »Darf ich Sie um einen der Walzer bitten, Mylady?« Sie hasste es, dass sie im Geiste die beiden Gentlemen verglich.

Imogen schaute fassungslos den großen, schlaksigen Mann an und blinzelte verwirrt. »Einen Walzer?« Kein Gentleman hatte sich ihr heute Abend auch nur nähern, geschweige denn mit ihr tanzen wollen. Ihre Mutter hielt mitten in der Unterhaltung mit Lady Langley inne, die inzwischen Lady Fergusons

Platz eingenommen hatte, und stieß sie mit dem Ellbogen in die Seite. »Ja. Natürlich«, erwiderte sie hastig.

Lord Primly betrachtete ihre ansonsten leere Tanzkarte und kritzelte seinen Namen hinein. »Ich freue mich schon darauf, Mylady.« Mit einem weiteren Lächeln verbeugte er sich und entfernte sich.

Imogen spähte nach unten. Er hatte sich tatsächlich einen Walzer gesichert. Sie blinzelte erneut. Nein. Er hatte sich bei zwei Walzern eingetragen.

Am Eingang des Ballsaals kam Unruhe auf. Flüstern wie das Summen von Tausenden Bienen, die ihren Stock verlassen hatten. Ihr Magen verkrampfte sich, als sie sich für das unmittelbar bevorstehende Treffen mit ihrer Schwester wappnete, das die nächste Welle von bösartigem Geschwätz nach sich ziehen würde. Sie straffte die Schultern und sah zum Eingang des Saales. Und erblickte …

Alex.

Sie blinzelte einmal. Zweimal. Und noch ein drittes Mal. Was machte der denn hier? Lord Alex Edgerton besuchte ganz sicher nicht gewohnheitsmäßig vornehme Bälle. Außer wenn eine schöne Witwe dort anwesend war, die sein Interesse geweckt hatte. Die Viscountess Kendricks. Natürlich. Sie erinnerte sich an die schamlos-sinnliche Einladung der üppigen Schönen in dem Blick, den sie ihm quer durchs Theater zugeworfen hatte. Imogen sank das Herz.

Unglaublich elegant anzusehen in seinem schwarzen Abendanzug mit dem blendend weißen Halstuch, überragte Alex die meisten Gäste und lenkte so die Aufmerksamkeit aller auf sich. Seine Augen wanderten suchend über die Menge.

Imogens Magen zog sich schmerzhaft zusammen. Es war egal, dass er nach einer anderen Ausschau hielt. Es war egal. Wenn sie sich das nur häufig genug im Geiste vorsagte, würde sie es vielleicht irgendwann glauben.

Imogen sah auf die Tanzkarte, die an ihrem Handgelenk hing, las den Namen des Gentlemans dort, eine Erinnerung an die Sicherheit, die sie erwartete, würde sie einen Mann wie den Earl of Primly heiraten. Sie vermutete, dass der sanfte Lord Primly ein verlässlicher Partner sein würde – auch wenn er in ihr niemals die Leidenschaft hervorrufen würde, die sie für Alex empfand.

Ihre Haut prickelte, und sie hob den Kopf. Über die zu Walzermusik über die Tanzfläche wirbelnden Menschen hinweg traf ihr Blick den von Alexander. Mit seinen grünen Augen fixierte er sie. Dann hoben sich seine Mundwinkel zu einem langsamen, verführerischen Grinsen. Ihr Herz setzte einen Schlag aus, und sie sah sich nach dem Empfänger dieses verführerischen Lächelns um. Als sie wieder zu ihm zurückblickte, war er verschwunden. Imogen schaute sich im Ballsaal um. Wohin war er …?

»Suchen Sie jemanden, Mylady?«

Sie presste sich eine Hand auf die Brust und wandte sich ihm zu, hasste es, dass ihr dummes Herz plötzlich schneller schlug. »Sie haben mich erschreckt.«

Alex stand vor ihr, ein Champagnerglas in der Hand, den Schatten eines Lächelns auf den Lippen – ein Hinweis darauf, dass er sehr genau wusste, nach wem sie Ausschau gehalten hatte. Er leerte das Glas in einem langen, langsamen Schluck.

Imogen verengte die Augen zu Schlitzen, als ihr Verlangen ein wenig nachließ. Er war so arrogant. »Ich habe tatsächlich nach jemandem gesucht«, murmelte sie.

Plötzlich war sein Körper angespannt, und jeder Hauch von Neckerei war verschwunden, sein Gesicht eine kalte, harte Maske. »Ach ja? Und wer ist der glückliche Gentleman, der Ihre Aufmerksamkeit erregt hat, Teuerste?«

Sie befeuchtete sich die Lippen und zog instinktiv ihre Tanzkarte an sich.

Seine dunklen Augen bemerkten die kaum wahrnehmbare Bewegung. Er stellte sein Glas auf das Tablett eines vorbeigehenden Bediensteten und griff nach ihrem Handgelenk.

Imogen zuckte zurück. »Was …?«

Mühelos umfing er es mit einer Hand und betrachtete die fast leere Karte. »Primly«, bemerkte er, seine Stimme war merkwürdig ausdruckslos. Er ließ die Karte los. »Primly«, wiederholte er.

»Äh … Ja, genau«, schwindelte sie.

Er senkte seine Stimme zu einem leisen Flüstern. »Sie haben nicht Primly gesucht, Imogen. Ein Mann wie Primly würde von einer Frau von ihrem Feuer und ihrer Leidenschaft verbrannt werden.«

Wärme breitete sich in ihr aus. Niemand hatte je etwas anderes in ihr gesehen als die sittsame, stets korrekte ältere und weniger hübsche Moore-Schwester. Doch bei Alex fühlte sie sich als so viel mehr als das. »Warum machen Sie den Earl schlecht? Er war stets freundlich und respektvoll.« Und er schien sich keinen Deut darum zu scheren, dass sie in einen Skandal verwickelt war.

»Sie sehnen sich nach mehr als Freundlichkeit und Respekt«, erwiderte er, und seine Worte kamen der Wahrheit gefährlich nahe. »Sie wollen Leidenschaft und Verlangen erfahren.«

Und Liebe. Ich will Liebe erfahren. »Sie haben unrecht. Freundlichkeit und Respekt haben auch ihr Gutes.«

An seinem einen Auge zuckte ein Muskel. Verstand er ihre Worte als Zurechtweisung?

»Freundlichkeit und Respekt würden für jemanden wie Sie schnell langweilig werden.«

»Keineswegs.« Sie hob das Kinn. »Und Sie glauben, mich so gut zu kennen, Alex?« Sie senkte ihre Stimme zu einem Flüstern und sagte dort, am Rande der Gesellschaft: »Wenn Sie mich wirklich kennen würden, wüssten Sie, dass ich mich nach diesen beiden Dingen mehr als nach allem anderen sehne.«

»Selbst nach Montrose?«, fragte er direkt.

Vor allem nach Montrose. Imogen nickte knapp. Dass dieser Schuft sie verlassen hatte, hatte nur bewiesen, dass sie mehr verdiente, mehr wollte – sie wollte geliebt werden und respektiert und geehrt. Und sie wollte, dass Alex zu dem Mann wurde, der er, wie sie wusste, sein konnte, sodass er all diese großen Wünsche, die sie in ihrem Herzen trug, erfüllen könnte.

Alex griff ein weiteres Mal nach ihrem Handgelenk. »Ich kenne Sie gut genug, um zu wissen, dass Sie sich nach mehr sehnen und dass Sie nie glücklich wären in einer reinen Vernunftehe mit jemandem wie Primly.«

»Und mit wem würde ich in einer Ehe glücklich sein, Alex?« Sie biss sich innen auf die Wange und wünschte sich, sie könnte die Worte zurücknehmen.

Alex versteifte sich und hielt den Stift, der an ihrem Handgelenk hing, wie erstarrt in seinen Fingern. Er hob die Augen für einen Moment von der Karte, um sie anzusehen. »Nicht mit Primly«, erwiderte er schließlich. Ihre Haut brannte, so sehr war sie sich seiner Nähe bewusst. Er kritzelte seinen Namen auf die Karte und richtete sich auf.

Imogen wusste nicht, wie sie sich die Enttäuschung erklären sollte, die sie durchfuhr. *Hast du ernsthaft erwartet, dass seine Antwort »Mit mir« lauten würde, du dummes Gänschen?*

Das Orchester beendete den lebhaften Ländler, und die Tänzer blieben stehen, klatschten höflich und verließen die Tanzfläche. Die fließenden, eleganten Töne eines Walzers erklangen. »Darf ich bitten?« Er hielt ihr den Arm hin.

Sie legte die Fingerspitzen auf seinen Ärmel und erlaubte ihm, sie in die Mitte des Ballsaals zu führen. Er platzierte eine Hand an ihrer Taille und zog ihre auf seine Schulter. »Warum sind Sie hier?« *Bitte lass ihn sagen, wegen mir.*

Sie verfolgte, wie er seine Kiefermuskeln arbeiteten. »Weil ich es gerne wollte.« Seine Antwort war souverän und ohne Reue.

»Das ist keine Antwort«, hielt sie dagegen. »Vor dieser Saison habe ich Sie nur bei einer Handvoll Veranstaltungen der guten Gesellschaft gesehen.«

Alex grinste. »Haben Sie nach mir Ausschau gehalten, meine Liebe?«

Jetzt, wo sie ihn besser kannte, wusste sie, dass seine freche Art nur ein Schutzmechanismus war, den er sich zugelegt hatte, um Intimität zu unterbinden. »Nein«, erwiderte sie leise. »Ich habe nicht nach Ihnen Ausschau gehalten.« Die Wahrheit war, dass sie in einer versteckten Ecke ihres Wesens von dem schneidigen Bruder ihrer Freundin, der sich um keine Regeln scherte, fasziniert gewesen war. »Versuchen Sie nicht, mich abzulenken.«

Er starrte sie durch seine dichten, dunklen Wimpern an, jegliche Belustigung war verschwunden. »Ich bin wegen Ihnen gekommen.«

Sie stolperte, als er endlich die Worte aussprach, die sie schon so lange von ihm hören wollte. »Wa…?«

Mit sicheren Bewegungen half er ihr, die Balance zu halten. »Ich bin Ihretwegen gekommen.«

Dann, direkt nach dieser unfassbaren Enthüllung, verstand sie die atemberaubende Wahrheit. »Sie wollen, dass ich an diesem Abend nicht allein bin.«

Er presste die Lippen aufeinander, und seine Wangen röteten sich.

Imogens Augen wurden groß. »Werden Sie etwa rot?«

Alex murmelte einen Fluch, bei dem die meisten anständigen Ladys die Flucht ergriffen hätten. »Selbstverständlich nicht«, erwiderte er so hochfahrend, dass sie sich ein Lächeln kaum verkneifen konnte.

»Doch, tun Sie.« Sie deutete mit dem Kinn auf sein Gesicht. »Ihre Wangen bis hinunter zu Ihrem …«

»Himmel, Imogen, legen Sie die Hand wieder auf meine Schulter.«

Eilig gehorchte sie, und sie tanzten schweigend weiter. Sie lächelte hoch zu ihm und brach das Schweigen. »Es tut mir leid, dass ich mich über Sie lustig gemacht habe. Vielen Dank, dass Sie mir helfen wollen.« Bis zu diesem Moment hatte sie sich, von Primly einmal abgesehen, heute Abend der guten Gesellschaft allein gestellt.

»Danken Sie mir nicht«, presste er heraus.

»Sie sind mir ein Freund gewesen, als …«

Der Druck seiner Hand an ihrer Taille verstärkte sich. »Ist es das, was Sie glauben?« Sie zuckte unter seinem festen Griff zusammen, und er lockerte ihn. »Dass ich hier bin, weil wir Freunde sind?«

Wenn er es mit diesem heiseren Flüstern sagte, musste sie zugeben, dass es närrisch war, zu glauben, dass es irgendeine Art von Freundschaft zwischen ihnen beiden geben könnte. Nicht, wenn all ihre Sinne schon allein durch seine Anwesenheit in Aufruhr gerieten.

»Dass ich hier bin, hat absolut nichts mit Freundschaft zu tun, Imogen. Ich bin hier, weil ich Sie begehre«, verkündete er mit einer Direktheit, die sie schockieren sollte.

Imogen drückte ihm sanft den Arm. »Ich glaube nicht, dass das der einzige Grund für Ihre Anwesenheit ist.« Sie erwartete, dass er widersprechen würde.

Eine Unruhe am Eingang des Ballsaals unterbrach, was auch immer er erwidern wollte. Sie blickte abgelenkt in die Richtung. Alexander hielt sie fest, als sie strauchelte.

Ihre Schwester Rosalind stand in einem schimmernden goldenen Seidenkleid in der weit geöffneten Tür. Die Kronleuchter tauchten sie in ein fast ätherisches Licht. An ihrer Seite war der

Duke of Montrose. Sie gaben ein atemberaubendes Bild englischer Perfektion ab: er ein goldener Adonis, sie eine zerbrechlich wirkende blonde Schönheit und damit all das, was Imogen mit ihrem flammend roten Haar nie gewesen war.

Sie wappnete sich für die vertrauten Gefühle, Sehnsucht, Bedauern und Schmerz über Williams Verrat. Stattdessen musste sie hier, an Alexanders Arm, zum ersten Mal zugeben, wie vollkommen unzureichend der andere Mann war, in jeder Beziehung: Aussehen, Charakter und Wert. Merkwürdig, dass die gute Gesellschaft jemanden so bewunderte, nur weil er ein Herzog war, und unverzeihliches Verhalten erlaubte, während Alex, trotz des Rufs, den er sich erarbeitet hatte, so treu zu ihr stand.

Alex' harter Blick auf ihr lenkte ihre Aufmerksamkeit zu ihm zurück und weg von den Ballbesuchern, die zwischen ihr und ihrer frisch verheirateten Schwester hin- und herschauten. Sie lächelte. »Danke«, formte sie mit den Lippen.

Er lächelte sanft, vollkommen frei von all dem kalten Zynismus, den sie von ihm zu erwarten gelernt hatte.

O Gott. Wenn er es sicher bewahren würde, würde sie ihm ihr Herz für immer schenken.

Während alles in ihr langsam vor Schreck erstarrte, verklang die Musik. Alex, der vollkommen gelassen wirkte, brachte sie zurück an ihren Platz an der Säule. Aber statt sich dann einfach abzuwenden, blieb er an ihrer Seite.

Und sie wusste, dass ihr Herz ihm bis in alle Ewigkeit gehören würde, egal, ob er es sicher bewahrte oder nicht.

Kapitel 12

Alex hatte bei diesem intimen, wenn auch öffentlichen Zusammentreffen einer zerbrochenen Familie eigentlich nichts an Imogens Seite verloren. Der Lord Alex Edgerton, der er gewesen war, als er die verdammte Aufgabe übertragen bekommen hatte, ein Auge auf seine Schwester zu haben oder mittellos dazustehen, wäre so schnell und so weit wie möglich vor der jungen Frau neben ihm weggelaufen. Teufel, er hätte sie überhaupt gar nicht erst aufgesucht. Nein, er wäre vollauf damit beschäftigt gewesen, sich den Vergnügungen im »Verbotene Früchte« hinzugeben.

Doch alles hatte sich geändert. Binnen ein paar weniger kurzer Tage. Ihretwegen, und mehr noch wegen seiner Liebe zu ihr.

Imogens Mutter, die verwitwete Countess of Grisham, kam zu ihnen geeilt, ein Lächeln auf dem Gesicht. »Im…« Sie blinzelte wie eine Eule, als sie Alex neben ihrer Tochter stehen sah, dann schenkte sie ihm ein geübtes Lächeln. »Lord Alexander, ich hoffe, Ihrem Bruder geht es gut.«

Habgier glomm in den Augen der Frau auf. *Was haben Sie, ein bloßer zweitgeborener Sohn, der zu viel trinkt und sich mit zahllosen liederlichen Weibsbildern vergnügt, ihr schon zu bieten?*

Rutlands Worte schmerzten noch. Natürlich wollte die Countess einen Marquis für ihre Tochter. Andererseits würde vermutlich jeder Gentleman mit Titel einem zweiten Sohn vorgezogen werden. »Meiner gesamten Familie geht es gut, Mylady. Der Marquis ist … ganz der Marquis.« Aus dem Augenwinkel konnte er sehen, dass Imogens Lippen zuckten.

Die Countess verzog verwirrt das Gesicht, dann lächelte sie erfreut. »Ganz ausgezeichnet. Bitte richten Sie ihm aus, dass ich mich nach ihm erkundigt habe.« Sie senkte die Stimme zu einem verschwörerischen Flüstern. »Ich glaube wirklich, meine Imogen würde eine ganz ausgezeichnete Marchio…«

»Mutter«, unterbrach Imogen sie scharf.

Die ältere Frau schüttelte den Kopf. »Ach, ja, ja. Natürlich.« Sie fasste Imogen an der Hand. »Deine Schwester und ihr Ehemann sind hier, Imogen.« Sie machte eine ausholende Geste hin zu dem Gesichtermeer, das sich ihnen zugewandt hatte.

Die Menge teilte sich, um dem Duke und der Duchess of Montrose Platz zu machen, damit sie weiter zu Imogen gehen konnten.

Angesichts des völligen Fehlens von Rücksichtnahme auf Imogen, das die Countess bewies, sammelte sich unselige Wut in Alex' Magen. Imogen fing seinen Blick über die Schulter ihrer Mutter hinweg auf und schenkte ihm ein sanftes Lächeln. Er schüttelte den Kopf. Nie zuvor hatte er eine tapferere junge Frau kennengelernt. Wie unerschrocken sie sich dieser unerfreulichen Szene stellte.

Er wollte seine Finger mit ihren verschränken und ihr seine Stärke leihen, doch dazu besaß er kein Recht. Also trat er stattdessen zurück, wünschte sich jedoch so sehr, ihm stünde der Platz an ihrer Seite zu. Imogen verdiente alles. Sie verdiente den Respekt und die Güte, die sie suchte … und so viel mehr.

Der Herzog und seine Herzogin blieben vor ihnen stehen. Imogens Schwester musterte sie von oben herab. »Guten Abend,

Imogen.« Ein triumphierendes Lächeln spielte um ihre Lippen.

Imogens Gesicht blieb ausdruckslos. »Rosalind«, erwiderte sie mit steifer Höflichkeit. Dann fügte sie, als sei es ihr erst nachträglich eingefallen, »Euer Gnaden« hinzu und versank in einen kurzen und nach Alex' Meinung durchaus aufsässigen Knicks. Ihm schwoll vor Stolz das Herz. Himmel, sie war wirklich brillant.

Der harte Blick des Duke of Montrose verweilte einen Moment zu lang auf Imogen. Etwas Besitzergreifendes und Urtümliches erwachte bei dem Aufflackern von Interesse in den Augen des anderen in Alex brüllend zum Leben. »Imogen, du hast mi…« Die Herzogin warf Montrose einen brennenden Blick zu. Er hüstelte in seine Hand. »Du hast uns gefehlt«, verbesserte er sich.

»Ach ja?«, erwiderte Imogen, ihr Tonfall war so trocken wie welke Blätter im Herbst. Ihre Mutter stieß sie mit dem Ellbogen in die Seite. »Hmpf. Ich bin mir sicher, das habe ich.«

Das nervöse Gelächter der Countess klang schrill, während die Umstehenden sich anstrengten, zu verstehen, was gesprochen wurde, und den Anlass für diese angespannte Erheiterung zu ergründen.

Interesse leuchtete in Montrose' Augen auf, und weil ein Schurke einen anderen Schurken noch Meilen gegen den Wind witterte, begriff Alex, dass der andere Imogen immer noch begehrte. Eine weitere Welle des besitzergreifenden Gefühls baute sich in ihm auf, während er gegen das unselige Verlangen ankämpfte, den Herzog in Stücke zu reißen.

Die Herzogin legte ihrem Mann klugerweise eine Hand auf den Arm. »Bitte entschuldige. Imogen, es ist so nett, dich zu sehen. Und es wäre unnatürlich, wenn Schwestern nicht freundlich zueinander wären.« Montrose zuckte die Achseln, sodass die Hand seiner Gattin von seinem Ärmel abrutschte. Imogens Schwester errötete heftig.

»Allerdings ist es das«, bemerkte die Countess, nahm die Hand der frischgebackenen Herzogin und drückte sie. Mutter und Tochter standen da, lächelten einander an. Imogen jedoch betrachtete die beiden Frauen, als führten sie ein ihr unbekanntes Stück auf.

Und dann plötzlich war die Wiedervereinigung, der so entgegengefiebert worden war, vorüber. Ein Seufzen ging durch die Menge, nachdem die Spannung gebrochen war, und der Ball nahm seinen Fortgang.

»Oh, es ist so wunderbar, meine Kinder wieder vereint beieinanderzuhaben«, verkündete die Countess freudestrahlend.

Alex ballte die Hände an seinen Seiten zu Fäusten. Montrose warf einen Blick über seine Schulter, fing den von Alex auf. Der andere verengte die Augen, sah besitzergreifend in Imogens Richtung.

Alex erstarrte. Bei Gott, Montrose wollte ihn nicht in der Nähe von Imogen haben. Er wollte niemanden in ihrer Nähe haben. Der dreckige Lüstling wollte seine Schwägerin für sich selbst.

Ein vertrautes Gestammel unterbrach diese skandalöse Erkenntnis. »G-guten Abend, Mylady.« Lord Primly trat nervös von einem Fuß auf den anderen. »Ich hatte g-gehofft, meinen T-Tanz beanspruchen zu können.«

Welche Dame würde Sie schon nehmen, den Zweitgeborenen, wenn sie mal mit einem Herzog verlobt war und ihr jetzt ein Earl den Hof macht …?

Imogen zögerte einen Moment. »Lord Alex.« Sie nickte ihm zu, legte dann die Fingerspitzen auf den Ärmel des anderen Mannes und ließ sich von ihm auf die Tanzfläche führen. Zu einem Walzer.

Primly hatte sich einen Walzer gesichert. *Natürlich hat er das getan*, spottete die Stimme in Alex' Kopf. Der junge Earl machte ganz bewusst, aber stets im Rahmen des gesellschaftlich

Akzeptablen, klar, dass er an der jungen Dame interessiert war.

Alex biss die Zähne so fest aufeinander, dass seine Kiefermuskeln schmerzten. Es konnte natürlich kein Ländler und keine Quadrille sein, sondern musste ausgerechnet der Tanz sein, bei dem seine verfluchten Finger auf Imogens schlanker Taille ruhten und …

»Bitte überbringen Sie Ihrer Schwester meine Grüße, Lord Alex«, erklärte die verwitwete Countess of Grisham höflich. »Lady Imogen hat eine Bemerkung gemacht, dass es Lady Chloe nicht gut geht.«

Alex versteifte sich bei der Unterbrechung durch die ältere Frau. »Ich werde es ihr selbstverständlich ausrichten, Mylady.« Er machte eine angedeutete Verneigung. »Wenn Sie mich bitte entschuldigen wollen?«

Ohne ihre Antwort abzuwarten, ging er am Rand des Ballsaales entlang, ließ dabei Imogen nicht aus den Augen, während sie von dem ach so ehrbaren, ständig errötenden Primly leicht unbeholfen über die Tanzfläche gewirbelt wurde. Der junge Earl trat ihr dauernd auf die Füße. Die meisten Damen würden die Stirn runzeln, ihn finster anschauen. Doch Imogen lächelte ihn einfach weiter an, was ihr einen liebeskranken Blick von ihrem Tanzpartner eintrug.

Sie würde dem unbeholfenen Tölpel eine makellose Ehefrau sein. Ihr Lächeln würde das Vertrauen des Mannes in sich selbst festigen, und gemeinsam würden sie ein weiteres Ehepaar werden, das verdammte Bälle gab, und irgendwann ihre eigenen verdammten Töchter in die gute Gesellschaft einführen und …

Alex nahm einen langen Schluck aus seinem Champagnerglas. Himmel, er brauchte etwas wesentlich Stärkeres. Er brauchte das scharfe Brennen eines Whiskys, und mehr noch, er musste sich gründlich betrinken, weil nämlich dann der Schmerz davon, zusehen zu müssen, wie ein anderer ihr den Hof machte, nicht so unerträglich sein würde.

Es hatte wirklich keinen Zweck, wenn er hierblieb. Er war nur als moralische Unterstützung für Imogen gekommen. Jetzt jedoch sollte er in seinen Club zurückkehren und danach zu einer der vier Schönheiten, die ihm vorhin im »Verbotene Früchte« Avancen gemacht hatten.

Rutlands boshafte Bemerkung hatte ihm die Augen geöffnet und ihn die Wahrheit erkennen lassen: Er liebte Imogen. Doch sie war mit einem anderen besser dran, und er sollte alles einfach vergessen – Montrose' unnatürliches Interesse an seiner Schwägerin, den völlig vernarrten Primly und Imogen selbst.

Jemand trat neben ihn. »Lord Alexander«, schnurrte die Viscountess Kendricks.

Er versteifte sich, verlagerte vorübergehend seine Aufmerksamkeit von der Sirene auf der Tanzfläche zu der berüchtigten Witwe. »Mylady«, erwiderte er gedehnt. Er ließ seinen Blick über ihre angefeuchteten goldfarbenen Seidenröcke wandern.

Sie fuhr sich mit der Zungenspitze über den Rand ihrer geschminkten roten Lippen, bemerkte, wohin er schaute. »Nicht die gewöhnliche Art und Weise für Sie, sich die Zeit zu vertreiben, nicht wahr, Lord Alexander?« Ihre Frage weckte eine Erinnerung an Rutlands Unterstellung von vorhin und seine eigene heftige Reaktion auf die absichtliche Reizung durch den anderen Mann.

Die üppige Witwe strich mit einem Finger über den Rand ihres tiefen Dekolletés. »Ich muss feststellen, dass ich mich ebenfalls langweile.«

Er hatte überhaupt nie gesagt, dass er sich langweilte. Genau genommen war er alles andere als gelangweilt gewesen, seit er den Ballsaal betreten und sein Blick Imogen gefunden hatte.

Lady Kendricks senkte ihre Stimme zu einem heiseren Flüstern. »Ich möchte wetten, wir würden uns in Lord Fergusons Bibliothek weit besser amüsieren.«

Doch seine Gedanken drehten sich einzig um eine Frau mit tizianroten Haaren, wie von einem Sonnenuntergang im Sommer vergoldet. *Sie lesen also gerne, Imogen?* »Lesen Sie, Mylady?« *Ja. Überrascht Sie das?*

Die saphirblauen Augen der Witwe weiteten sich, dann warf sie den Kopf in den Nacken und begann zu lachen, tief aus der Kehle und sinnlich. »Sie haben einen wirklich absurden Sinn für Humor, Lord Alex.«

Sie trat näher zu ihm. Ihr Busen drückte sich gegen seinen Rockärmel. »Sie und ich wissen genau, dass man sich in einer Bibliothek auf viel anregendere Art unterhalten kann, nicht wahr?«

In jedem anderen Moment hätte er die Einladung der üppigen Schönen angenommen, hätte sie aus dem Ballsaal geleitet und dann in einem der anderen Räume ihres Gastgebers hart und schnell genommen. *Geh, mach es. Sei der Mann, der du in Wahrheit bist. Nicht das Trugbild, das Imogen und Gabriel von dir haben.*

»Mylord?«, flüsterte sie noch einmal, mit einem siegesgewissen Glitzern in ihren zynischen Augen.

Er konnte es einfach nicht. Denn selbst wenn er mit ihr ginge, gäbe es keine Linderung für ihn. Alex würde sich dennoch nach einer anderen verzehren, sich nach etwas sehnen, das zu ersehnen er kein Recht hatte. Ohne es wirklich zu wollen, suchte sein Blick die junge Dame, die ihn so verzaubert hatte.

Was hast du nur mit mir gemacht, Imogen?

* * *

Alex musterte sie über den Rand seines Champagnerglases, so wie er es schon den Großteil des Abends über getan hatte. Unter der hitzigen Intensität seines Blickes wurde Imogen ganz warm. Sie zwang sich, wegzuschauen, und wandte sich wieder dem höflichen, anständigen Gentleman zu, der so freundlich gewesen war, ihr den Hof zu machen, als kein anderer das wollte.

»Sie wirken abgelenkt, Mylady«, bemerkte Lord Primly.

Imogen verzog das Gesicht vor Schmerz, als er ihr ein weiteres Mal auf die Füße trat. Ihr gelang mit Mühe ein Lächeln. Ihre armen Zehen würden sich wahrscheinlich nie von diesem Tanz erholen. »Ach, wirklich? Bitte vergeben Sie mir.«

Sie war nie eine dieser redegewandten jungen Damen gewesen, die mühelos geistreiche Konversation machen konnten. Vermutlich einer der Gründe, warum ihr Verlobter sie für ihre Schwester hatte sitzen lassen. Sie seufzte. »Ich fürchte, ich bin in Gedanken anderswo gewesen«, räumte sie ein.

»Bei Ihrer Schwester und dem Duke of Montrose, könnte ich mir denken.«

Imogen kam aus dem Takt, und dieses Mal stützte Lord Primly sie. Und da sie keine angemessene Antwort darauf hatte, schwieg sie.

»Darf ich sagen, dass Sie sich bewundernswert verhalten haben? Mir würde es vermutlich nie gelingen, so etwas mit Fassung zu tragen«, erklärte er leise.

Sie schenkte ihm ein sanftes Lächeln. »Ich würde meinen, Ihre Bereitschaft, mir dem Spott der guten Gesellschaft zum Trotz den Hof zu machen, spricht Bände davon, wie Sie sich in jeder Situation behaupten, Mylord.«

Seine Wangen wurden unter diesem Lob ganz rot. Er schaute sich um, und die leichte Bewegung führte dazu, dass er wieder aus dem Takt geriet. »Darf ich offen mit Ihnen sprechen?«

Das konnte sie ihm unmöglich abschlagen. »Natürlich.«

»Seit unserer ersten Begegnung habe ich oft an Sie und all unsere Gespräche gedacht, Mylady.«

Ihre Gedanken überschlugen sich. Sie hatten doch nur ein- oder zwei… dreimal miteinander gesprochen, oder?

Als folgte er der unausgesprochenen Richtung ihrer Überlegungen, sagte er: »Viermal.« Sie runzelte die Stirn. »Wir haben uns in der North Bond Street getroffen, in Ihrem Salon, dem Theater und jetzt hier.«

Wie süß. Er war so sanftmütig und tief innerlich ein Romantiker. Warum also konnte er nicht genug sein? Weil das Herz wusste, was das Herz wollte. Es ließ sich nicht kontrollieren oder sich diktieren oder sich mit Logik oder Vernunft zu etwas überreden.

Als sie weiter schwieg, fuhr er fort: »Ich würde mich freuen, wenn Sie darüber nach…« Die Röte in seinem Gesicht vertiefte sich, und er räusperte sich. »Ich würde Sie gerne morgen aufsuchen. Ich möchte Sie fragen, ob Ihnen mein Antrag genehm wäre.« Er zögerte, dann sprach er hastig weiter. »Ich würde auch sagen, dass Ehen jeden Tag mit weitaus weniger geschlossen werden als dem, was uns verbindet.«

Weitaus weniger als was? Sie drängte die Frage zurück, konzentrierte sich stattdessen auf die Bedeutung dieser Bitte. »Ich kenne Sie nicht wirklich, Mylord.« Nicht auf die Art und Weise, wie sie Alex kannte.

»Ich esse gerne Zuckerkekse und kalten Schinken. Ich hasse Brandy.« Nun, das jedenfalls sprach für den Gentleman. Er räusperte sich erneut. »Lady Imogen, ich fühle mich in Ihrer Gegenwart wohl, und ich glaube, Ihnen geht es mit mir genauso. Es lässt sich viel Gutes über Wohlfühlen sagen.«

Ja, das stimmte. Und unmittelbar nach dem Verrat durch den Duke of Montrose hatte sie geglaubt, sie würde sich genau so eine angenehm lauwarme, respektable Verbindung wünschen. Jetzt hingegen wollte sie viel mehr als Wohlbefinden – sie sehnte sich nach Liebe, Leidenschaft und Verlangen.

Unwillkürlich suchte ihr Blick den Gentleman, der völlig

ohne schlechtes Gewissen Brandy in der Gegenwart von Damen trank. Sie stolperte über Lord Primlys Füße, und ein dumpfes Summen dröhnte in ihren Ohren. Es gelang ihr, den Kopf herumzureißen, sie konnte aber den Blick nicht von dem skandalösen Bild abwenden, wie die dunkelhaarige, üppige Lady Kendricks sich an den sündig attraktiven Lord Alex schmiegte.

»Ist alles in Ordnung, Lady Imogen?«, erkundigte sich Lord Primly, und seine Stimme klang, als käme sie von weit weg.

Sie erinnerte sich an ihre Unterhaltung von gestern Nachmittag in der Bibliothek des Marquis, wusste, dass er sich mit der sinnlichen Witwe sehen ließ, war nur zum Schein, ein Bild, das er der Gesellschaft zeigte. Ihr zeigte. Und doch …

Ihr Herz brach und blutete, hier auf der Tanzfläche, vor aller Augen.

»Und ich wäre Ihnen ein treuer Ehemann.« Lord Primly bewies beachtlichen Scharfsinn für jemanden, der glaubte, Ehen bestünden aus Keksen und Schinken.

Die Musik endete. »Ich …« In ihrem Kopf drehte sich alles, während sie verzweifelt versuchte, die Worte, die er zu ihr gesagt hatte, in einen Sinnzusammenhang zu bringen. Schinken. Kekse. Brandy. Heiraten. »Ich werde Ihren Antrag in Erwägung ziehen.« Er geleitete sie von der Tanzfläche.

Imogen lehnte sich Halt suchend an eine Säule, verachtete sich dafür, dass sie sich etwas aus Lord Alexander machte, so viel, dass sie sich schamlos auf die Suche nach ihm machen würde, auch jetzt noch. Sie hatte immer geglaubt, nichts könnte schmerzhafter sein als Williams Verrat. In diesem Moment erkannte sie, wie falsch sie in ihrer Naivität mit dieser Einschätzung gelegen hatte.

Das hier war schlimmer. Sie hasste es, dass Alex sie so tief treffen konnte, indem er sich mit der verführerischen Lady Kendricks zeigte – selbst wenn sie wusste, dass es nur zum Schein geschah. Lästige Tränen ließen ihre Sicht verschwimmen, und bevor sie sich vor der versammelten Gesellschaft lächerlich machte, eilte sie am Rand des Ballsaals entlang.

Sie schlüpfte aus dem Raum und lief den langen, dunklen Korridor hinunter, rannte irgendwohin – solange es nur weg von hier war. Mit einem abgehackten Keuchen öffnete sie die nächste Tür und stolperte in die Bibliothek. Leise schloss sie sie hinter sich. Ein Schluchzer entrang sich ihrer Brust.

»Imogen?«

Sie riss die Augen auf. »Alex?«, keuchte sie, und dann ging ihr mit wachsendem Entsetzen auf, was seine Anwesenheit hier bedeutete. O Gott. Sie schaute sich verzweifelt um, und überschäumende Freude erfüllte sie, als sie erkannte, dass ihr Verdacht unbegründet gewesen war. Er war nicht hergekommen, um sich mit Lady Kendricks zu treffen.

Er schlenderte zu ihr. »Suchen Sie nach jemandem?«

»Ja. Nein. Ja.« Eine Träne rann ihr über die Wange.

»Montrose?« Dieses eine hervorgestoßene Wort klang tödlich, obwohl er flüsterte.

Imogen fuhr herum, dann begriff sie … »Sie glauben, ich wäre hier, um mich mit dem Herzog zu treffen?«

Sein Schweigen war Bestätigung genug. Hatte er weiterhin eine so geringe Meinung von ihr, dass er sie in eine Schublade mit den Lady Kendricks dieser Welt steckte? Eine weitere Träne lief ihr über die Wange.

»Ich bin ganz gewiss nicht hier, um mich mit dem Duke of Montrose zu treffen. Und nicht einfach nur, weil er der Ehemann meiner Schwester ist, sondern weil ich zu viel Ehrgefühl dafür habe.« Sie wischte die lästigen Tränen weg. Ihre Schwester hatte ihr den Verlobten ausgespannt, aber sie selbst war unfähig zu Betrug, wenn es um Rosalind oder irgendjemand anders ging.

Alex fing den Tropfen mit seinem Daumen auf, und die Sorge in seinem Blick war nahezu unerträglich. Sie konnte ihn nicht hassen, wenn er dieser sanfte, zärtliche Fremde war. Er schnalzte mit der Zunge. »Die Frau, die ich kennengelernt habe und die sich unerschrocken und hoch erhobenen Hauptes den Klatschbasen stellt, würde sich nicht verstecken.«

Zu hören, wie er diese Meinung über sie aussprach, ließ ihr ganz warm ums Herz werden, und sie vergaß für den Moment, dass er nur hier war, weil er die Gesellschaft einer anderen gesucht hatte.

»Früher einmal hätte ich mich versteckt.« Sie legte eine Hand auf seine und verschränkte ihre Finger mit seinen, betrachtete ihre ineinander verwobenen Hände. »Ich wundere mich manchmal selbst, was für ein ängstliches und schüchternes junges Ding ich einmal war.« Imogen wagte einen Blick nach oben. »Doch das bin ich nicht länger, Alex. Ich bin eine Frau, die Verrat und Liebeskummer kennengelernt hat.«

»Und das Leben ändert uns, nicht wahr?« Seine Miene verfinsterte sich. »Die Menschen, die wir einmal waren, werden zu jemandem, den wir nicht mehr wiedererkennen.«

Diese Worte ließen sie tief in seine Vergangenheit sehen. »O Alex. Was hat man dir angetan?« Sie sehnte sich schmerzlich danach, alles zu erfahren über den Mann, der er gewesen war, und darüber, was geschehen war, um aus ihm den Mann zu machen, der er geworden war.

Eine Ader pochte an seiner Schläfe. Natürlich würde ein derart berüchtigt hartherziger Schurke eine so intime Frage von einer jungen Frau nicht willkommen heißen. »Mein Vater war ein Monster.«

Einen langen Augenblick glaubte sie, sie hätte sich diese geflüsterte Antwort nur eingebildet. Sein Gesicht war eine unergründliche Maske, und er wich einen Schritt zurück. Sie sehnte sich danach, ihn zurückzurufen, aber statt zu gehen, trat er ans Fenster in der Ecke von Lord Fergusons Bibliothek.

Imogen machte einen Schritt auf ihn zu, dann noch einen, und ehe sie wusste, wie ihr geschah, stand sie neben ihm, direkt hinter seiner Schulter. Sie zögerte. Sein Schweigen verriet beredter als alles andere, wie wenig ihm danach war, diese Unterhaltung zu führen.

»Ich kann dir gar nicht sagen, was für ein schrecklicher, gewalttätiger Bastard er war.«

Seine Worte trafen sie, und sie richtete sich auf. Nach der kurzen Anspielung in der Bibliothek seines Bruders musste sie den Rest von ihm hören, und sie vermutete, er musste es einfach aussprechen.

Sie überwand den geringen Abstand zwischen ihnen, stellte sich neben ihn, so dicht, dass ihre Arme sich berührten, spürte, ihr Schweigen wurde dringender gebraucht als irgendetwas sonst in diesem Moment. Denn sie wusste intuitiv, dass Alex nie zuvor die Qualen seiner Vergangenheit mit irgendjemandem geteilt hatte und es jetzt aus der Notwendigkeit heraus tat – um sich endlich von seinen Dämonen zu befreien.

Er zog den Vorhang zurück und starrte hinaus auf die dunkle Straße. »Ein echter Marquis, der etwas so Gewöhnliches tat, wie seine Kinder zu misshandeln.« Alex verzog die Lippen. Dieser kühle, leere Abklatsch eines Lächelns zerrte an ihrem Herzen. »Das würde man kaum von einem angesehenen Aristokraten erwarten.« Die Worte trieften vor Bitterkeit. »Es hat ihm von Anfang an am meisten Spaß gemacht, mir mitzuteilen, was für ein Versager ich war.« Ein unfrohes Lachen entrang sich ihm. »Die Birkenrute nahm er am liebsten.« Übelkeit erfasste sie bei dem Gedanken daran, was er hatte erdulden müssen. »Die Striemen sollten mir als Erinnerung an dieses Versagen dienen. Mich dagegen stark machen«, spie er förmlich aus.

Imogen schlang die Arme um ihre Mitte. »O Alexander«, flüsterte sie. Es drückte ihr das Herz ab. »Es tut mir so …«

Er hob eine Augenbraue. »Leid?«

Ja, das tat es. Es tat ihr leid, dass er als Junge so gelitten hatte, Schmerzen erduldet hatte, die ihn zu einem zynischen, distanzierten Mann gemacht hatten, der Gefühle mied und sich sein Vergnügen suchte, wo er wollte.

»Lass dir versichern, ich möchte kein Mitleid von dir.«

Imogen hob das Kinn, unbeeindruckt von der offensichtlich gespielten Verachtung auf seinen Lippen. Sie hatte auch einmal versucht, sich um jeden Preis zu schützen. »Ich würde nie Mitleid mit dir haben, Alex. Ich bewundere dich dafür, dass du stark genug warst, der Gentleman zu werden, der ...«

»Der was? Ein berüchtigter Glücksspieler geworden ist?« Er sprach mit harscher Stimme, war gnadenlos mit sich selbst. »Ein Trinker? Ein Wüstling?«

Imogen wich zurück, dann holte sie tief Luft, wusste, er versuchte sie nur zu schockieren. »Dieser Mann bist du doch gar nicht wirklich«, erwiderte sie, wusste das mit Gewissheit. Vielleicht hatte sie das tief innerlich schon die ganze Zeit getan. »Du kannst der guten Gesellschaft den rücksichtslosen Schurken vorspielen, aber du bist keiner dieser Männer, Alex.«

In Wahrheit besaß er viel mehr Ehrgefühl und Mut als irgendeiner der Gentlemen, die ihr in ihren zwanzig, beinahe einundzwanzig Jahren begegnet waren. Sie dachte an seine Fürsorge für Chloe, erinnerte sich an die Worte ihrer Freundin. »Du bist ein liebevoller Bruder ...«

»Der sich mit Händen und Füßen dagegen gesträubt hat, mit der Aufgabe betraut zu werden, ein Auge auf seine eigene Schwester zu haben.«

»Aber dennoch bist du hier«, wandte sie leise ein. »Du bist heute Abend hergekommen, damit ich meiner Schwester und dem Herzog nicht allein gegenübertreten muss.« Die kurze Pause verriet ihr, dass sie mit ihrer Annahme richtiglag.

Sie machte einen Schritt zur Seite. »Es tut mir leid, dass ich dein Rendezvous gestört habe.«

»Ist es das, was du glaubst?« Alex richtete seinen verärgerten Blick auf sie. »Dass ich hier bin, um mich mit jemandem zu treffen?«

»Mit Lady Kendricks.« Sie hob eine Augenbraue. »Stimmt das nicht?« Sie war sich so sicher gewesen, dass sein Interesse an der Frau nur vorgespielt war. »Was tust du hier, Alexander?«, wollte sie leise wissen.

»Ich habe dir doch bereits gesagt, ich …«

»Nicht hier in der Bibliothek, sondern auf dem Ball.« Imogen machte eine umfassende Geste. »Du behauptest, du wärst nicht verabredet. Also warum …?«

»Du hättest die Begegnung mit deiner Schwester und Montrose allein überstehen müssen.« Die Worte brachen aus ihm hervor.

Wärme breitete sich in ihrem Herzen aus und setzte das Organ beinahe in Flammen. Ihm lag etwas an ihr. »Und das ist der Grund, warum dein Vater sich geirrt hat und warum du nicht wie der Duke of Montrose bist und auch ganz bestimmt nicht der herzlose Schurke, den du der Gesellschaft vorspielst.« Sie wappnete sich für seinen Protest.

Stattdessen sanken seine Schultern leicht nach unten. Er schluckte krampfhaft. »Du hast mich in deinen Gedanken zu etwas gemacht, das ich nicht bin«, erklärte er hölzern.

Imogen kehrte an seine Seite zurück. »Nein, Alexander.« Sie nahm sein Gesicht zwischen ihre Hände, fuhr ihm mit den Daumen über die harten, wie gemeißelt wirkenden Züge. »Ich sehe dich als der Mann, der du in Wahrheit bist. O Alex, du begreifst es immer noch nicht, oder?« Es drückte ihr das Herz ab. »Nur weil jemand als Edelmann geboren ist, heißt das nicht, dass er auch mehr Ehre und Integrität besitzt als …« Ein zweitgeborener Sohn. »Irgendjemand sonst, oder?«

Seine Kiefermuskeln arbeiteten. »Nein, das ist wahr.«

Die gute Gesellschaft beurteilte ihre Mitglieder vor allem

und zuerst nach ihrem Rang, schaute oft genug nicht auf die dunklen Wahrheiten und Sünden, die sich diese zuschulden kommen ließen. Imogen berührte ihn am Unterarm. »Du bist mit mir einer Meinung, aber warum habe ich den Eindruck, als ob du diese Worte gar nicht wirklich glaubst?«

Auf ihre gemurmelte Antwort hin verspannte er sich, die Muskeln arbeiteten unter dem eng sitzenden schwarzen Rock. Seine Augen verdunkelten sich.

»Was, wenn ich dir sage, dass ich heute Abend hergekommen bin, weil ich dich begehre?«, erklärte er mit einem heiseren Flüstern, bei dem es sie wohlig durchrieselte. Wollte er sie schockieren? Von dem Augenblick an, als sie in der Bibliothek des Marquis of Waverly den Blick gehoben hatte und ihn über sich gesehen hatte, wie er sie anlächelte, hatte er sie der Fähigkeit beraubt, von seinen Taten oder Worten schockiert zu sein. Er schlang einen Arm um ihre Mitte und zog sie an sich.

In ihrem Magen flatterte es, aber sie drängte das natürliche Sehnen ihres Körpers nach seinem zurück. »Weißt du, was ich glaube?« Sie wartete nicht auf seine Antwort. »Ich glaube, dein Leben unterscheidet sich nicht so sehr von dem Stück in der Drury Lane, das wir uns vor zwei Abenden angesehen haben. Du bist kein Schurke.«

Sie war in dem Theater zu der Erkenntnis gekommen, und seine Anwesenheit jetzt, hier an ihrer Seite heute Abend bewies, dass er mehr war als der leichtsinnige Schwerenöter, den er gewöhnlich spielte. *»Dein Gesicht enthält den Abriß aller Ehr‹ und Biederkeit.«*

Er setzte zu einer Antwort an, verzog seine Lippen dann jedoch wieder zu dem falschen Schurkenlächeln – geübt und berechnend. Gespielt. »Das bin ich ganz gewiss.« Alex überwand den Abstand zwischen ihnen und umfasste ihren Nacken, drehte ihr Gesicht zu sich. »Genau genommen kann ich dir sogar zeigen, wie sehr …«

Imogen duckte sich unter seinen Armen hervor. Zu jedem anderen Zeitpunkt würde ihr Herz jetzt rasen, und sie wäre atemlos angesichts seines geübten Charmes. Doch nicht jetzt. Nicht im Lichte dessen, was sie einander anvertraut hatten.

Alex ließ sie so plötzlich los, dass sie kurz das Gleichgewicht verlor, aber sie fing sich praktisch sofort wieder. »Du zitierst Shakespeare und träumst die Worte romantischer Dichter.«

Sein Blick glitt vom Scheitel ihrer roten Haare bis zu den Spitzen ihrer Tanzschuhe und dann wieder aufwärts. »Trotzdem erginge es dir besser, wenn du dich einfach von mir fernhieltest, Imogen. Heirate Primly.«

Schmerz durchfuhr sie. »Das meinst du nicht ernst.«

»Doch«, erwiderte er, und der erbarmungslose Unterton in seiner Stimme war schärfer als jede Klinge. »Montrose hat dir bereits das Herz gebrochen. Alles an dieser Heldenverehrung von dir für mich ist unverdient. Der einzige Grund, weswegen ich heute gekommen bin, ist die Bitte meiner Schwester.«

O Gott. Sie schüttelte ihren Kopf, unfähig, Worte an den Gefühlen vorbeizuzwängen, die ihr die Kehle zuschnürten.

»Ja«, sagte er mit einer Direktheit, die sie zusammenzucken ließ. »Der einzige Grund, weswegen ich über meine … Vergangenheit …«, er stolperte über diese Worte, »mit dir gesprochen habe, war, dass du erkennen solltest, warum ich der Mann geworden bin, der ich bin.« Er kam zu ihr. »Weißt du, warum ich so ein … wie hast du es noch genannt? … Fürsorglicher Bruder bin?«

Er legte ihr die Hände auf die Schultern, zwang sie, ihm in die Augen zu sehen. »Weil mein Bruder, der zurückhaltende Marquis, mein Glücksspiel, meine Frauengeschichten und mein Saufen leid ist. Er hat mir gedroht, mir keinen Cent mehr zu geben, wenn ich nicht meinen Bruderpflichten nachkomme. Ich habe immer nur an mich selbst gedacht.« Er ließ sie so plötzlich los, dass sie einen Schritt nach hinten stolperte.

»Das glaube ich nicht«, erwiderte sie leise. Aber versuchte sie hier, sich selbst oder ihn zu überzeugen?

»Dann bist du eine Närrin, und es ist kein Wunder, dass du so naiv warst, Montrose' wahres Wesen nicht zu erkennen.«

Imogen zuckte zurück. Seine Worte taten ihr mehr weh, als wenn er sie geschlagen hätte. Aber sie hatte ihn inzwischen zu gut kennengelernt, um nicht zu sehen, dass das nichts war als ein Mechanismus, um sie von sich zu stoßen, ein verzweifelter Versuch, sich selbst vor weiterem Schmerz zu schützen. »Tu das nicht«, bat sie.

»Ich tue nichts anderes, als die Wahrheit zu sagen.« Mit einer knappen Verbeugung machte er auf dem Absatz kehrt und ging.

Eine Träne rann ihr über die Wange. Bei Gott, sie hatte sich in Lord Alex Edgerton verliebt, einen Mann, der so entschlossen war, die Wälle um sein Herz zu erhalten, dass er sie im Gegenzug niemals lieben konnte, lieben würde.

Kapitel 13

Alex saß auf dem Sofa in der Bibliothek im Stadthaus seines Bruders, eingehüllt in die dichte, dunkle Stille der frühen Morgenstunden, den Kopf in die Hände gestützt. Obwohl sein abrupter Aufbruch von Lady Fergusons Ball bereits fünf Stunden her war, brodelte in ihm noch ein wahres Gefühlschaos.

Er liebte sie.

Er stieß hörbar die Luft aus, und der leise Laut war das einzige Geräusch in der Nacht.

Warum tust du das …?

Eine Lady, die einmal mit einem Herzog verlobt gewesen war, jetzt von einem Earl umworben wurde, verdiente viel mehr als Lord Alex Edgerton, den mittellosen zweiten Sohn, dem man mit erbarmungsloser Regelmäßigkeit immer wieder gesagt hatte, wie wertlos er sei. Erst sein eigener Vater und dann all die zahllosen Frauen, die ihn in ihr Bett eingeladen hatten, aber von ihm nur die Lust gewollt hatten, die sein Körper ihnen bereiten konnte. Und diese bedeutungslosen Affären hatten gereicht.

Bis ich Imogen begegnet bin.

»Darf ich reinkommen?«

Er riss den Kopf hoch. »Ich hab dich gar nicht gehört«, erwiderte er, seine Stimme war heiser von dem Tumult der

Gefühle in ihm und der Verlegenheit darüber, von seinem ach so perfekten älteren Bruder überrascht zu werden.

Gabriel schloss die Tür hinter sich und kam ins Zimmer. Dann blieb er auf eine Weise, die fatal an den Austausch erinnerte, der vor nicht allzu langer Zeit in genau diesem Raum stattgefunden hatte, an seinem Sessel stehen. Alex griff nach der vollen Flasche Brandy und dem leeren Glas daneben.

Sein Bruder legte eine Hand über seine, hinderte ihn an der Bewegung. »Das willst du nicht.«

Doch. Verzweifelt. »Was, zum Teufel, verstehst du denn davon?« Eine Frage, in der unzählige andere mitschwangen. Früher einmal hätte Gabriel das gewusst. Mit dem Verstreichen der Zeit hatte er vergessen, was sie früher geteilt hatten.

»Wenn du es wirklich wolltest, hättest du die Hälfte der Flasche bereits geleert. Aber sie steht hier praktisch unangerührt.«

Alex klammerte seine Finger um den Rand des Glases, beinahe fest genug, um es zu zerbrechen. Er lockerte den Griff, verdammte seinen Bruder für seinen Scharfsinn, mit dem er alles bemerkte, und zur selben Zeit überhaupt nichts. »Was zum Teufel willst du?«

»Darf ich?« Er deutete auf den Platz neben Alex.

»Sicherlich muss der mächtige Marquis nicht um Erlaubnis fragen, wenn er in seiner eigenen Bibliothek Platz nehmen möchte.« Bildete er sich den Schmerz nur ein, der sich flüchtig auf Gabriels Zügen zeigte? Alex verzog verächtlich den Mund. Trotz seines Protests bei ihrem Gespräch neulich hatte Gabriel in dem Moment aufgehört, menschlich zu sein, in dem ihn der Teufel unter seine Fittiche genommen und den hochgeschätzten Erben zu seinem Schüler gemacht hatte.

Wortlos zog sein älterer Bruder die Rockschöße beiseite und nahm Platz. Dann, in dem ersten schockierenden Akt, bei dem Alex den stets anständigen, unerbittlichen Marquis erwischte, schnappte sich Gabriel die Flasche. Er nahm Alex' unberührtes

Glas und schenkte sich ein. »Du hast der guten Gesellschaft jedenfalls eine Menge Gesprächsstoff geliefert, mit deinem Auftritt im ›Verbotene Früchte‹«, sagte er ohne Vorrede.

Alex' öffentliche Verteidigung von Imogen würde natürlich nicht unbemerkt bleiben und bald schon dem Klatsch neue Nahrung liefern. Allerdings hätte er nicht geglaubt, dass sein Wortwechsel mit Rutland so schnell die Runde machen würde. Eigentlich hatte er gehofft, das würde gar nicht passieren. »Die betreffende Dame ist eine Freundin unserer Schwester«, erklärte er in dem Versuch, die Wahrheit – dass er sie liebte – geheim zu halten. »Andererseits erwarte ich nicht, dass du das Konzept von Loyalität wirklich durchdrungen hast.«

Gabriel zuckte zusammen, hatte sich aber in den vergangenen Jahren ein dickes Fell zugelegt. »Ich kann kaum glauben, dass es dich interessiert, was jemand wie Rutland über die Dame sagt.«

»Das tut es auch nicht.« Die Lüge kam automatisch.

»Aber dennoch verteidigst du sie.« Sein Bruder nahm einen langsamen Schluck aus seinem Glas. »Wegen der Freundschaft zwischen Chloe und ihr?« Die Skepsis in dieser Frage war unüberhörbar.

Ein Aufwallen von Gefühlen brachte Alex auf die Füße. »Soll das eine Frage sein?«

Sein Bruder hob eine Augenbraue.

»Rutland ist ein Meister darin, andere zu manipulieren«, erklärte Alex. »Er will, dass die gute Gesellschaft glaubt, dahinter stecke mehr, als es tatsächlich der Fall ist.« *Lügner.*

Stets beherrscht und unbeeindruckt, lehnte sich Gabriel zurück. »Vielleicht.« Er legte einen Arm über die Lehne des Ledersofas. Natürlich konnte er die Sache nicht auf sich beruhen lassen. »Ich bin sicher, es sind lediglich Klatsch und Lügen, dass man sich erzählt, du hättest die Schönheit der betreffenden jungen Dame verteidigt.« Ein ironisches Lächeln spielte um seine

Lippen. »Der Gentleman, wie mich dünkt, gelobt zu viel.«

Alex hatte sich an eine Welt gewöhnt, in der Gabriel nichts von seinen Wünschen, seinen Sorgen oder seinen Hoffnungen wusste. Und doch, nach allem, was inzwischen geschehen war, erinnerte sich Gabriel noch an Alex' Faible für Shakespeare. Röte kroch Alex den Nacken hoch. »Dir bereitet es die gleiche kranke Freude wie unserem großartigen Erzeuger, die Schwächen deines Gegenübers herauszubekommen, aber in diesem Punkt irrst du. Ich interessiere mich nicht für Imogen Moore.« *Ich liebe sie.* Zwei völlig verschiedene Empfindungen.

Gabriel wurde ganz still, und Schmerz glomm in seinen Augen auf. »Siehst du mich wirklich so? Als ein verlängerter Arm unseres Vaters?«

Verdammt, er wollte nicht schon wieder diese Diskussion mit seinem Bruder führen. Die Vergangenheit heraufzubeschwören nützte nichts. Keine Worte konnten den Riss zwischen ihnen kitten. »Wir haben schon alles gesagt, was es zu unserem … *Vater*«, Alex' Lippen verzogen sich bei dem Wort höhnisch, »anzumerken gibt.«

Gabriel sprang auf. Wütend marschierte er zu Alex und baute sich vor ihm auf. Da sie beinah gleich groß waren, war sein Gesicht dicht vor dem von Alex. »Denkst du, du bist der Einzige, der zu leiden hatte? Glaubst du, dass mir, nachdem er mich unter seine Fittiche genommen hatte, seine Brutalität erspart geblieben ist?«

Zum ersten Mal, seit er ein kleiner, zorniger Junge gewesen war, vergessen von seinem älteren Bruder, seinem Helden und Beschützer, regte sich nagender Zweifel in Alex.

»Das ist sie nicht«, fuhr Gabriel fort. »Ich war trotzdem Opfer seiner Misshandlungen. Ich habe trotzdem seine Faust zu spüren bekommen, seine Hand oder die verfluchte Birkenrute, wann immer ich seinen Erwartungen nicht gerecht geworden bin.«

Wenn das stimmte, hieß das, alles, was Alex in den vergangenen beiden Jahrzehnten geglaubt hatte, war falsch gewesen. Er schüttelte benommen den Kopf. Nein. Die Welt würde aufhören, Sinn zu ergeben, wenn sein Bruder die Wahrheit sprach.

Mit quälender Langsamkeit ging Alex die Jahre seiner Kindheit durch, sah hinter die Bitterkeit, Abneigung und das Leid, die der vermeintliche Treuebruch seines Bruders nach sich gezogen hatte.

»Ich konnte ihn nicht völlig aufhalten, Alex.« Gabriel rieb sich die Brust, als hätte er Schmerzen. »Ich war nie so stark, und weil ich unfähig war, etwas zu bewirken, wurde ich der Versager, als den du mich betrachtest.« Er erwiderte Alex' Blick direkt. »Aber du warst nie der Einzige, der diesen Schmerz gekannt hat. Ich möchte nicht, dass du glaubst, du wärst anders oder weniger wert, lediglich wegen des Umstandes, dass du der Zweitgeborene bist. Chloe, Philippa«, Gabriel atmete scharf ein, dann verhärteten sich seine Züge. Er schüttelte den Kopf, als wäre es ihm unmöglich, sich der Schrecken zu erinnern, die sogar die jungen Edgerton-Töchter kennengelernt hatten. »Er hätte sich immer sein Stück von dir geholt, denn das ist es, was Monster tun.«

Die Welt neigte sich zur Seite, schwankte, und Alex fand Halt an der Lehne eines Ohrensessels. »Du hast mich beschützt.« Er erkannte die heisere Stimme, die das aussprach, nicht wieder.

Das Gesicht seines Bruders verzog sich wie im Schmerz. »Mach mich nicht zu einem Helden. Das bin ich nicht. Wenn ich es wäre, hätte ich ihn aufgehalten, unsere Freundschaft gerettet und mich um Chloe und Philippa und …«

Er brach ab und fuhr sich mit einer Hand übers Gesicht. »Ich bin nicht hergekommen, um Erinnerungen aus unserer Vergangenheit heraufzubeschwören. An dem Tag, an dem er gestorben ist, habe ich geschworen, seinen Namen nie wieder zu erwähnen.«

Er warf einen Blick auf die Flasche mit Brandy auf dem

Tisch, und Alex begriff zum ersten Mal, wie groß die Dämonen waren, mit denen Gabriel rang.

Alex streckte eine Hand aus, holte die Aufmerksamkeit seines Bruders zurück von den Geistern der Vergangenheit, von denen es kein Entkommen gab. Er wusste das nur zu gut, da er es selbst versucht hatte. »Ich …« Er räusperte sich, sein Hals war eng von Gefühlen, die er zu lange unterdrückt hatte.

Gabriel ergriff seine Hand und drückte sie. »Ich weiß, Alex. Ich liebe dich auch.« Sein Bruder starrte auf ihre verschränkten Hände, ehe er sie mit der leichten Verlegenheit von jemandem losließ, dem beigebracht worden war, keine Empfindungen zu zeigen. »Deine Lady Imogen«, begann er.

Ein leichtes Grinsen spielte um Alex' Lippen. »Du bist wirklich unnachgiebig.«

»Du magst glauben, sie wäre mit einem Gentleman besser dran, der einen Titel trägt, aber sie hatte beinahe den Duke of Montrose. Und was hat ihr das gebracht?« Die Worte glichen auf unheimliche Weise denen, die Imogen in Fergusons Bibliothek zu ihm gesagt hatte. Sein Bruder hüstelte in eine Hand. »Ich überlasse dich dann mal deinen Überlegungen.«

Alex nickte. »Gabriel, ich bin …«

»Nicht«, verlangte sein Bruder, erstickte eine zwecklose Entschuldigung im Keim, die niemals das Unrecht wiedergutmachen konnte, das Alex ihm angetan hatte, die Lügen, die Alex sich gestattet hatte zu glauben, und schlimmer noch, dass er seinen Bruder in die gleiche Schublade gesteckt hatte wie ihren Vater.

Gabriel tätschelte ihm etwas unbeholfen die Schulter, dann ging er mit steifen Bewegungen zur Tür. Auf der Schwelle blieb er stehen und drehte sich noch einmal um. »Es gäbe viel schlimmere Dinge, als dein Herz einer charakterstarken jungen Dame zu schenken, die mit diesem Geschenk sorgsam umgehen würde.«

Und damit trat er aus der Tür.

Alex ließ die Schultern sinken. Er hatte Jahre damit verbracht, seinen Bruder zu hassen, weil er ihn im Stich gelassen hatte, obwohl Gabriel in Wahrheit versucht hatte, ihn zu schützen, die Aufmerksamkeit des Marquis auf sich selbst zu ziehen und so den Zorn des Wahnsinnigen von seinen jüngeren Geschwistern abzulenken. Seine Selbstsüchtigkeit beschämte ihn, er machte sich Vorwürfe, dass er so lange die Wahrheit nicht bemerkt hatte, obwohl er nur einmal über seine egoistische Gekränktheit hätte hinwegsehen müssen, um das zu erkennen, was sich direkt vor seiner Nase befand.

Erneut klopfte es an der Tür. Mit hölzernen Bewegungen hob er den Kopf.

»Kann ich reinkommen?« Ohne auf seine Antwort zu warten, schlüpfte Chloe in die Bibliothek.

Ihm gelang ein Lächeln für seine jüngste Schwester. »Das tust du doch sowieso.«

Sie lächelte. »Allerdings.« Dann zuckte sie zusammen, berührte mit zwei Fingern ihre Schläfe. Alarmiert eilte er zu ihr, aber sie winkte ab. »Es wird mehr nötig sein als eine Migräne, um mich ernsthaft zu schwächen.« Das glaubte er gerne. Angesichts all dessen, was sie erlitten und überwunden hatte, war sie stärker als jeder Gentleman, den er kannte.

Er lud sie mit einer Handbewegung ein, auf dem Sofa Platz zu nehmen. »Setz dich.«

Mit einem Seufzen kam sie zu ihm und ließ sich dann auf das breite Ledermöbel sinken, auf dem er vorhin noch gesessen hatte. Das weiche Polster verschluckte ihre zierliche Gestalt nahezu. In diesem Augenblick hätte sie genauso gut das Mädchen sein können, das ihm früher auf Schritt und Tritt gefolgt war und es sich zur verhängnisvollen Gewohnheit gemacht hatte, ihren älteren, unverbesserlichen Bruder und sein beschämendes Verhalten nachzuahmen.

Sie zog unter dem dicken Baumwollumhang ihre Knie an und stützte ihr Kinn darauf. »Ich habe dein Gespräch mit Gabriel mit angehört.«

Offenbar hatte sie die lästige Angewohnheit immer noch nicht abgelegt, an Schlüssellöchern zu lauschen. »Ach ja?«, erkundigte er sich trocken, war sich bewusst, dass sie mitbekommen hatte, wie er eine bestimmte rothaarige Schönheit erwähnt hatte, der es gelungen war, in sein kaltes Herz zu schlüpfen und dem zuvor nutzlosen Organ neues Leben einzuhauchen.

Sie nickte. »Über Imogen.« Chloe nagte an ihrer Unterlippe. »Nun, eigentlich alles. Aber besonders den Teil, bei dem es um Imogen ging.« Unbehagen spiegelte sich in ihren blauen Augen, die auf ihre Knie gerichtet waren. »Von ihm möchte ich nicht sprechen.«

Er schaute auf ihre Arme, die sie um die Knie geschlungen hatte. »Ich weiß.«

Mit einer raschen Kopfbewegung, bei der ihre Locken wippten, schüttelte sie die dunklen Erinnerungen an ihren bösen Vater ab. »Imogen.«

Ungebeten spielte ein weiteres Lächeln um seine Lippen. Allein der Klang ihres Namens füllte ihn mit einer Leichtigkeit, von der nie gedacht hätte, er wäre fähig dazu.

»O wie schön, du bist wirklich verliebt.« Chloe stellte in einem Wirbel ihrer weißen Röcke die Füße auf den Boden. »Ich wette, du hast es ihr noch nicht gesagt.«

»Nein, habe ich nicht«, gestand er. Genau genommen hatte er exakt das Gegenteil davon getan. Druck schnürte ihm wie mit Eisenbändern die Lungen ab. Als sie zu ihm gekommen war mit Worten über den Mann, für den sie ihn hielt, hatte er sie von sich gestoßen, sie praktisch aufgefordert, Primlys Antrag anzunehmen.

»Hmpf.«

Alex war verzweifelt genug, um mit seiner unverbesserlichen Schwester über Romantik und Herzensangelegenheiten zu sprechen. »Hmpf, was?«

Mit einer ausholenden Handbewegung erklärte sie: »Ich würde erwarten, ein legendärer Lebemann wie der berüchtigte Lord Alex würde in Herzensangelegenheiten über mehr Raffinesse verfügen.«

Er runzelte die Stirn. Wenn sie glaubte, die Wörter »Lebemann« und »Herzensangelegenheiten« könnten in einem Atemzug ausgesprochen werden, dann hatten er und Gabriel jeden Grund, sich um ihre romantisch veranlagte jüngste Schwester Sorgen zu machen.

Chloe legte ihm die Hand aufs Knie. »Du musst es ihr sagen, Alex. Du musst es ihr erzählen, oder du wirst es auf ewig bereuen, dass du's nicht getan hast.«

Er biss die Zähne zusammen, lockerte seine Kiefermuskeln wieder. »Mit Primly ist sie besser dran.«

Sie ließ ein völlig undamenhaftes Schnauben hören. »Der arme, hoffnungslos schüchterne Primly?« Sie schüttelte ihren blonden Lockenschopf. »Bloß weil er ein Earl ist?«

Weil er im Gegensatz zu Alex ein ehrenwerter, moralisch integrer Mann war, und trotzdem …

»Das zählt nicht«, erwiderte sie leise, wie ein Echo der Gedanken, die ihm durch den Kopf schossen. »Es ist egal, ob du der zweitgeborene Sohn bist und er ein Earl oder ein Herzog oder der Prinzregent selbst. Sie will geliebt werden. Wie wir alle«, murmelte sie, die letzten Worte mehr an sie selbst gerichtet. Dann schüttelte sie wieder den Kopf, als wollte sie alle Gedanken an Liebe, die mit ihrem eigenen Glück zu tun hatten, vertreiben. »Du liebst sie«, wiederholte sie.

Der eisenharte Druck um seine Brust ließ nach, und er konnte endlich wieder atmen. Zum ersten Mal seit einer Ewigkeit. Er liebte Imogen, und in der kurzen Zeit hatte sie ihm die Augen geöffnet für den Mann, der er in Wahrheit war, und – was noch wichtiger war – für den Mann, der er zu sein wünschte: ein Mann, der ihre Liebe verdiente.

Chloe sprang auf die Füße, fasste sich wegen der abrupten Bewegung aber sogleich an die Schläfen. »Ausgezeichnet.« Sie tätschelte ihm den Kopf, als wäre er ein Schoßhündchen, das ein Kunststück vollbracht hatte. »Ich hatte mir doch gedacht, dass alles, was ihr beide noch brauchtet, ein kleiner Schubs in die richtige Richtung war.« Mit uncharakteristischer Langsamkeit ging sie zur Tür.

Dann drang die Bedeutung ihrer Worte zu ihm durch. »Was?«

Auf der Türschwelle blieb sie stehen. »Du glaubst doch nicht allen Ernstes, dass es Zufall war, dass ihr beide gezwungen wart, Zeit miteinander zu verbringen, oder?« Mit einem frechen Zwinkern schlüpfte sie aus dem Raum. »Wirklich, und so was will ein Lebemann …« Der Rest ihrer Worte verhallte auf dem Flur.

Himmel, seine Schwester hatte sich als Ehestifterin versucht? Ein echtes Lachen, nicht der geübte zynische Laut, den er über die Jahre entwickelt hatte, drang aus seiner Brust. »Und so was will ein Lebemann sein, allerdings«, sagte er in die Stille des Zimmers.

»Oh, und noch was, Alex.«

»Zur Hölle«, rief er, überrascht von der unerwarteten Rückkehr seiner Schwester. »Solltest du nicht im Bett sein? Dein Kopf …«

»Ist viel besser.« Sie grinste. »Ich dachte nur, ich sollte erwähnen, dass ich eine Reihe von Klatschblättern gelesen habe und von meiner Zofe Lucy, die mit dem Lakaien Terrance ausgeht, dessen Schwester beim Earl of …«

»Chloe«, sagte er, unfähig, die Ungeduld aus seiner Stimme herauszuhalten.

»Äh, richtig, ja. Nun, Dienstboten reden, und die des Earl of Primly behaupten, dass der Gentleman vorhätte, Imogen einen Antrag zu machen.« Mit einem leicht spöttischen Knicks machte sie auf dem Absatz kehrt und verschwand wieder.

Sein Herz klopfte vor Schreck schneller in seiner Brust. Primly wollte um Imogens Hand anhalten. Und warum auch nicht? Aber der andere Mann durfte ihr nicht einfach einen Antrag machen. Jedenfalls nicht, bevor Alex mit ihr gesprochen hatte.

Sein Blick fiel auf die Uhr auf dem Kaminsims. Er bemühte sich, in dem schwach erleuchteten Zimmer die Stellung der Zeiger zu erkennen. Seit er Primly kannte, war der Mann durch tadellose Manieren aufgefallen, als jemand, der sich an Anstand und Konventionen hielt, weswegen er vermutlich zu ebendieser Stunde bei Imogen war.

Mit energisch gerecktem Kinn begab sich Alex zur Tür. Sie konnte Primlys Antrag nicht annehmen. Nicht bevor Alex ihr die Worte gesagt hatte, die er im Herzen trug.

Er liebte sie.

Kapitel 14

Imogen ließ ihre Fingerspitzen über den grünen Ledereinband von Shakespeares »Romeo und Julia« gleiten und erinnerte sich an ihren Theaterbesuch mit Alex an ihrer Seite, wie er ihr die Worte des Barden ins Ohr geflüstert und ihre Hand gestreichelt hatte. Die Handlungen eines Lebemanns, und doch auch nicht.

Ihr Blick blieb an einem Vers hängen, und sie las die so passenden Worte.

Ist Lieb ein zartes Ding? Sie ist zu rau,
Zu wild, zu tobend; und sie sticht wie Dorn.

Gestern Abend hatte er sich neben sie gestellt, hatte mit ihr das Getuschel durchgestanden, während sie, ihre Schwester und ihr früherer Verlobter beglotzt wurden wie Exponate im Royal Museum. Das war nicht das Tun eines Mannes, dem alle anderen egal waren.

Und auch seiner Behauptung, dass er nur gekommen sei, weil Chloe ihn dazu gedrängt habe, schenkte sie keinen Glauben. Vielleicht noch in dem Moment, in dem er gegangen war, aber jetzt nicht mehr.

Sie legte das Buch beiseite und griff nach dem Lesestoff, den sie am meisten verabscheute. Sie überflog die Skandalblättchen, die sie die herzlosen Worte anzweifeln ließen, die Alex ihr am vorigen Abend an den Kopf geworfen hatte.

Ein gewisser Lord A. E. hat gestern vor einer Gruppe von Gästen in einem berüchtigten Club seine Zuneigung zu einer gewissen Lady I. M. geäußert. Nicht nur erwähnte er die Schönheit und Intelligenz der Dame, sondern der betreffende Gentleman verteidigte auch ehrenvoll … etc. etc. etc. …

Ein sehnsüchtiges Lächeln umspielte ihre Lippen. Ganz sicher waren das nicht die Worte oder Handlungen eines gleichgültigen Gentlemans, der sich nur um sie gekümmert hatte, weil es seiner Schwester wichtig war.

»Dass dieser Mann es wagt«, rief ihre Mutter von der Tür aus und zog damit Imogens Aufmerksamkeit auf sich. Sie seufzte beim unerwarteten – und unerwünschten – Auftauchen ihrer stets theatralischen Mama. »Mutter«, begann sie, da sie wusste, dass diese Frau, die Skandalgeschichten liebte – vielleicht mehr als ihre eigenen Kinder –, ganz sicher die gemeinsame Erwähnung von Alex' und ihrem Namen gesehen hatte.

Die Countess wedelte mit der Ausgabe eines Klatschblättchens. »Lord Alex Edgerton!«

»Was ist mit ihm?«, fragte Imogen geduldig.

Gänzlich undamenhaft machte ihre Mutter fast einen Satz zu Imogen und hielt ihr die Seite vors Gesicht. »Er … Er … hat sich deinetwegen gestritten. Deinetwegen, Liebes.«

»Was?« Imogen sah ihre Mutter fragend an.

Die Augenbrauen ihrer Mutter schossen bis zu ihrem Haaransatz hoch. »Ganz sicher hast du doch die Klatschseiten gelesen.« Dann blickte sie mit einem gequälten Stöhnen auf Imogens Lesestoff. »Shakespeare? Meine Liebe, ich weiß nicht, was ich getan habe, um damit gestraft zu werden, dass du dich so für solche Sachen interessierst, obwohl es doch so viel wichtigere Angelegenheiten gibt, um die wir uns kümmern müssen.«

»Und mit ›Angelegenheiten‹ meinst du Klatsch?«

»Genau.« Ihre Mutter schlug mit der Zeitungsseite auf ihre offene Handfläche. Ihr Stirnrunzeln wurde tiefer, als ihr bewusst wurde, was sie da eben gesagt hatte. Hastig schüttelte sie den Kopf. »Die Angelegenheiten der guten Gesellschaft sind kein Klatsch. Es ist das, was unsere Welt definiert.«

»Klatsch«, beharrte Imogen. Nachdem sie so häufig Opfer der Gerüchte in den Skandalblättchen geworden war, wäre sie sehr zufrieden damit, jeden einzelnen Verfasser dieser Artikel, die von der guten Gesellschaft so geliebt wurden, zum Teufel zu schicken, damit er im Höllenfeuer schmorte.

»Ich werde nicht über Bedeutungen mit dir diskutieren, Imogen.«

»Bezeichnungen«, korrigierte Imogen sie leise.

Mutter warf die Zeitung aufs Imogens Ausgabe von »Romeo und Julia«. Der arme Mr Shakespeare würde vermutlich noch aus dem Grab einen schurkischen Charakter entwerfen, um sich für diese Behandlung zu rächen. »Lord. Alex. Edgerton.«

Oje, wenn ihre Mutter die Worte derart aussprach, sagte das sehr viel über ihren Zustand. Imogen nestelte am Stoff ihrer Röcke. »Ist das eine Frage?« Eine Behauptung?

»Er hat sein Interesse an dir bekundet.«

Imogens Herz schlug plötzlich schneller. »Er hat nichts dergleichen getan.« Aber wenn man den Klatschzeitungen glauben wollte – und ganz sicher steckte in einigen Artikeln doch ein Fünkchen Wahrheit –, hatte er das sehr wohl getan, und zwar sogar in der Öffentlichkeit.

»Was ist mit Lord Primly?« Imogen legte den Kopf schief, und ein gequälter Seufzer kam über die Lippen der Countess. »Lord Primly. Der Earl. Der Gentleman, der …«

Es klopfte an der Tür. Ihre Blicke wandten sich zeitgleich Lord Primly und dem beeindruckend unbeeindruckten Butler zu. »Der Earl of Primly«, verkündete der Mann mit einem verlegenen Blick zu Imogen.

Die Wangen des Earls verfärbten sich unter ihrer schweigenden Betrachtung, und dann eilte ihre Mutter durch den Raum. »Mylord, welch eine Ehre, Sie zu sehen.« Bei dem begeisterten Tonfall ihrer Mutter errötete der arme Mann noch weiter.

Er fing Imogens Blick auf, und seine Gesichtsfarbe vertiefte sich, so das möglich war, ein weiteres Mal. »Es ist mir eine Ehre, hier zu sein«, murmelte er. Ohne ein einziges Stottern.

Imogens Herz sackte etwa auf die Höhe ihres Magens. Ach du meine Güte, er hatte sie gebeten, seine Werbung in Erwägung zu ziehen, hatte sehr deutlich darüber gesprochen, dass mehr zwischen ihnen sein könnte, und doch war sie nur in der Lage gewesen, über Alex und ihr Zusammentreffen in Lord Fergusons Bibliothek nachzudenken.

»Ich überlasse Sie jetzt ganz meiner Tochter«, sagte ihre Mutter mit einem strahlenden Lächeln. Sie warf einen Blick zu Imogen und schlüpfte aus dem Raum, ließ sie mit Lord Primly allein.

Völlig allein.

Imogen warf einen Blick zu ihrer Zofe, die stumm in der Ecke saß und stickte. Doch nicht ganz allein. Gott sei Dank gab es Lucy. Imogens Füße kribbelten vor Verlangen, zu fliehen. Lord Primly blieb in der Tür stehen, bewegte sich zögernd hin und her. Leicht verspätet erinnerte sie sich an ihre Manieren. »Wollen Sie nicht eintreten, Mylord?«

Mit zwei langen Schritten war er im Salon, und sie konnte nicht anders, als ihn unwillkürlich mit dem Mann zu vergleichen, der ihr Herz für sich beanspruchte, ein Mann, dessen Dämonen ihm niemals erlauben würden, ihr seines zu öffnen. Und doch war da diese Unterhaltung zwischen ihm und Rutland …

»Hätten Sie gerne eine Erfrischung?«, erkundigte sie sich, als sie einander gegenüber Platz genommen hatten.

»Nein, danke.« Lord Primlys Stimme klang erstickt.

Sie sah ihn überrascht an. »Mylord, geht es Ihnen …?«

»Ich hatte Sie gebeten, über eine Verbindung zwischen uns nachzudenken.«

Der nicht sehr subtile Vorschlag, den er ihr am letzten Abend bei Lady Ferguson unterbreitet hatte, war plötzlich sehr offiziell. Imogens Mund wurde trocken.

Schweißtröpfchen bildeten sich auf Lord Primlys Stirn. »Ich bin hier, um Ihnen einen Heiratsantrag zu machen.«

Ihr Herz, das ohnehin schon in die Nähe ihres Magens gesackt war, sank noch tiefer. *Bist du wirklich überrascht, du dummes Gänschen?* Er hatte sich vielleicht nicht mitten in Lady Fergusons Ballsaal auf die Knie geworfen und sich ihr erklärt, aber er war sehr deutlich gewesen, was seine Absichten betraf. Mit ihm würde sie vermutlich eine stille, freundschaftliche Beziehung haben, wenn auch völlig frei von Leidenschaft und Liebe. Unwillkürlich fiel ihr Blick auf das Klatschblatt.

»Ich habe das über Lord Alexander gelesen.«

Sie hob den Kopf. »Oh.« Ganz sicher gab es keine angemessene Antwort auf so eine Bemerkung.

Die morgendlichen Sonnenstrahlen glitzerten auf der schweißfeuchten Stirn des Earls. Er zog ein Taschentuch hervor und tupfte sie sich ab. »I-ich werde nicht schlecht über Edgerton reden, um sie so meinem Antrag gewogen zu machen.« Mit diesen Worten stieg er in ihrer Achtung ein ganzes Stück, weil sie in ihm einen der wenigen guten Menschen in dieser seelenlosen und zynischen Welt erkannte. »Aber ich verspreche, mich immer gut um Sie zu k-kümmern, und es wird Ihnen an nichts fehlen und …«

Imogen legte eine Hand auf seine, unterbrach ihn.

Seine leicht vorstehenden blauen Augen traten noch weiter hervor, als wenn ihn die Berührung einer Frau schockieren würde, auch wenn es eine Dame war, der er gerade einen offiziellen Heiratsantrag gemacht hatte. »Mylady?« Hastig zog er seine Hand zurück, als hätte er sich verbrannt.

Alexander wäre nie von einer so unschuldigen Berührung schockiert gewesen. Stattdessen hätte er vermutlich Lucy aus dem Raum geschickt und Imogen geküsst. Vor Bedauern zog sich ihr Herz zusammen. Warum konnte er das Geschenk ihrer Liebe nicht annehmen? »Ich möchte Ihnen für die Ehre danken, die Sie mir mit Ihrem Antrag erweisen, Mylord.« Hoffnung flackerte in seinen Augen auf. »Aber es wäre nicht richtig, wenn ich Sie heiraten würde.«

Seine Schultern sanken herab. »Weil Sie Edgerton lieben?« Er stellte diese Frage gewissermaßen dem Fußboden.

Plötzlich erfüllte sie Bedauern. »Weil Sie ein guter, freundlicher und ernsthafter Mann sind und eine Frau verdienen, die Sie wirklich liebt.« Aber sie konnte diese Frau nicht sein, nicht, wenn ihr Herz und ihre ganze Seele einem anderen gehörten. »Ich würde eine fürchterliche Countess abgeben.«

Bei diesen deutlichen Worten spielte ein trauriges Lächeln um seine Lippen. »Ich stottere fast überhaupt nicht, wenn ich bei Ihnen bin. Sie würden mich zu einem besseren Earl machen.«

Auch wenn die Meinung der guten Gesellschaft von Lord Primly nicht die beste war, sprach seine Beharrlichkeit durchaus für ihn. Sie öffnete den Mund, aber er redete weiter, bevor sie noch etwas sagen konnte. »Was, wenn er Sie nicht heiratet? Würden Sie dann darüber nachdenken …?«

»Nein«, erwiderte sie sanft, aber bestimmt. »Sie verdienen mehr als das, Mylord.« Früher, direkt nach Montrose' Verrat, hätte sie vermutlich eine leidenschaftslose Verbindung, die auf Freundschaft beruhte, akzeptiert. Aber jetzt nicht mehr. Sie verdiente mehr. Genau wie der Earl. »Sie werden die Liebe finden. Da bin ich mir sicher.«

»Ich würde mich mit einer Frau zufriedengeben, vor der ich nicht stottere«, murmelte er.

Sie hatte etwas in der Richtung vermutet, was einer der Gründe war, warum sie seinen Antrag abgelehnt hatte.

Lord Primly warf einen Blick auf das Skandalblatt, das vor ihm auf dem Tisch lag. »Ich weiß, was man über Edgerton sagt.« Er richtete sich auf. »Aber ich habe ihn immer gemocht.« Er blickte auf und schenkte ihr ein leicht verlegenes Lächeln. »Einer der wenigen Männer an der Universität, die sich nicht über mich lustig gemacht haben.«

Sie verspürte ein weiteres Ziehen in der Gegend ihres Herzens und verachtete all jene, die das Leben dieses freundlichen Mannes zur Hölle gemacht hatten, liebte Alex nur noch mehr, weil er ihm ein Freund gewesen war.

Er wippte leicht auf den Füßen vor und zurück. Sie musste völlig verrückt sein, dass sie eine so sichere, vernünftige Verbindung ablehnte. »Vielen Dank, Mylord«, sagte sie leise.

Er verbeugte sich. »Mylady.« Und damit verabschiedete er sich.

* * *

Auf den weichen Polstern seiner Kutsche sitzend zog Alex zum gefühlt hundertsten Mal seine Uhr hervor und überprüfte die Zeit. Mit einem Fluch steckte er sie zurück in die Tasche und schob den roten Samtvorhang zur Seite. Er sah hinaus auf die verstopfte Straße. Die strahlend schönen Rosen aus dem Gewächshaus, die auf dem Sitz gegenüber lagen, schienen ihn zu verspotten.

Wenn das so weiterging, würde Primly Imogen den Antrag gemacht, sie geheiratet und aufs Land gebracht haben, bevor er bei ihr ankam. Er knurrte frustriert und schlug von innen gegen das Dach der Kutsche. Der Fahrer zog hart an den Zügeln. »Verdammt«, murmelte Alex, als der abrupte Halt ihn gegen die Seite des Gefährts schleuderte. Der Strauß fiel vom Sitz auf den Boden.

»Lord Alexander?«, rief James vom Kutschbock.

Alex öffnete die Tür und sprang aus dem Gefährt, erklärte barsch: »Ich gehe den Rest des Weges zu Fuß.«

Der livrierte Lakai griff sich an die Kappe und warf ihm einen skeptischen Blick zu. »Sind Sie sicher, Lord Alexander?« Er blickte auf die belebte Straße und dann zurück zu Alex.

»Absolut.« Und damit setzte er sich in Bewegung, schritt durch die Straßen Mayfairs in Richtung … Er fluchte erneut, drehte sich um und stieß beinahe mit James zusammen. Der grinste ihn an und hielt ihm das zurückgelassene Bouquet weißer Rosen hin. »Sie haben etwas vergessen, Mylord.«

Alex ignorierte die neugierigen Blicke der Passanten, nahm die Blumen mit einem gemurmelten Dankeswort entgegen und marschierte wieder die Straße hinab. Angst schnürte ihm die Brust zusammen, als er sich vorstellte, wie Primly genau in diesem Moment auf die Knie fiel und Imogen seinen Namen – und schlimmer noch, sein Herz – anbot.

Alex beschleunigte seine Schritte, schlängelte sich zwischen den vielen Passanten hindurch, die während dieser beliebten Stunde hier flanierten. Er hätte früher kommen sollen. Die Blumen wären gar nicht nötig gewesen. Aber er hatte sie gewollt. Nach allem, was der Duke of Montrose ihr angetan hatte, verdiente Imogen Sonette und Blumen und Romantik und mehr.

Er biss die Zähne so hart zusammen, dass ihm der Kiefer schmerzte. Was würde dieses kleine Präsent schon nützen, wenn sie Primlys verdammten Antrag bereits angenommen hätte? Aber das war unmöglich. Und Gott mochte Alex helfen, weil er so ein Bastard war, aber wenn sie es getan hatte, wollte er, dass sie den anderen Mann aufgab und ihn, Alex, nahm …

Seine Panik wuchs in zunehmendem Maße, während er die Straße entlangeilte, und er machte größere Schritte, als die weiße Fassade des Hauses ihrer Familie vor ihm auftauchte. Alex rannte den Rest des Weges. Er sprang die wenigen Stufen hinauf, genau als die Vordertür sich öffnete.

Primly trat heraus.

Die Blumen entglitten Alex' Hand und fielen zu Boden. O Gott.

Wie immer lächelte Primly viel zu unbeschwert. »Hallo, Edgerton. Wie nett, Sie zu sehen.« Nein, war es nicht. Es war verdammte Folterqual, den anderen Mann hier zu treffen und zu wissen, was – oder vielmehr wer – ihn hergebracht hatte.

»Primly«, presste Alex durch seine zugeschnürte Kehle heraus. »Ein Vergnügen«, log er. Er wollte den Mann hassen. Er wollte es wirklich.

Der Mann, der Imogen für sich selbst beanspruchen wollte, senkte den Blick. »Oh, S-Sie haben die B-Blumen fallen lassen«, sagte er mit einem Lächeln in der Stimme. Er hob sie auf und hielt sie ihm hin.

Alex nahm das zerdrückte Bouquet in verwirrtem Schweigen entgegen. War dem anderen Mann bewusst, warum Alex hier war?

Ganz sicher nicht. Primlys Lächeln wurde noch breiter, während er ihn mit einer Hand am Hut grüßte. »Guten Tag, Edgerton.«

Alex rang nach Atem, wirbelte zu der immer noch offenen Tür herum und trat hinter dem Butler ein. Er fasste die allmählich welkenden, zerdrückten Blumen mit der anderen Hand und tastete in der Vordertasche seines Rocks nach seiner Karte. »Lord Alex Edgerton für Lady I-Imogen«, sagte er und konnte mit einem Mal viel besser nachvollziehen, wie schwierig es für Primly war, das Leben in einem Zustand konstanter Angst durchzustehen. Er streifte sich den Mantel von den Schultern, und ein Bediensteter kam herbeigeeilt, um ihn ihm abzunehmen.

Der Butler betrachtete die Karte für einen Moment und winkte ihn dann herein. »Lady Imogen empfängt Besucher im Salon.«

Mit trockenem Mund folgte Alex dem alten Bediensteten, und sein Gehirn war merkwürdig leer gefegt. Was, wenn sie Primlys Antrag angenommen hatte? Seine Brust zog sich schmerzhaft zusammen. Was, wenn sie die Wahrheit erkannt hatte, dass Alex tatsächlich nur ein wertloser Schuft war, wie sein Vater immer behauptet hatte? Was, wenn Gabriel und auch Imogen selbst sich irrten und ihr endlich klar geworden war, dass er es nicht wert war …?

Der Butler blieb vor der offenen Tür stehen. »Lord Alexander Edgerton«, verkündete er.

Imogen saß auf einem Stuhl, mit einem Buch auf dem Schoß, und starrte ihn mit offenem Mund an. »Alex«, entfuhr es ihr. Sie sprang auf die Füße, ihre smaragdgrünen Röcke raschelten. Der Lederband rutschte ihr vom Schoß und landete mit einem dumpfen Geräusch auf dem Teppich.

Er hielt ihr den zerzausten Rosenstrauß hin. »Das ist für dich.« Gehörte dieser harsche, gutturale Tonfall tatsächlich zu ihm?

Sie legte den Kopf auf entzückende Weise zur Seite. »Du …?«

Alex marschierte zu ihr hinüber und schnitt ihr das Wort ab. »Ich habe dich angelogen.«

Imogen öffnete und schloss den Mund mehrere Male und sprach dann ihre Zofe an, die in der Ecke saß. »Lucy, würdest du dich bitte um Erfrischungen kümmern?« Sie warf dem Dienstmädchen einen bittenden Blick zu. Die junge Zofe erhob sich und eilte aus dem Raum, schloss die Tür bis auf einen winzigen Spalt hinter sich. »Alex, ich …«

»Ich habe dich angelogen«, wiederholte er. Er fuhr sich mit den Händen durchs Haar. »Ich habe dir gesagt, du solltest Primlys Antrag annehmen. Ich habe dir gesagt, dass ich nur wegen der Bitte meiner Schwester bei Fergusons Ball anwesend war. Beides Lügen.« Er warf den Blumenstrauß auf den Tisch und griff nach ihren Händen, führte erst die eine, dann die andere an seine Lippen. »Es war alles nur wegen dir.«

»Ich weiß«, erwiderte sie leise. Aber wusste sie es tatsächlich? Konnte sie wirklich wissen, dass ihn, als er in seinem Club gesessen hatte, die Vorstellung gequält hatte, dass sie sich ganz allein den Grausamkeiten der guten Gesellschaft stellen müsste, mit niemand anderem zur Seite als ihrer hohlköpfigen Mutter?

»Ich hatte eigentlich vor, ein Sonett für dich zu verfassen.«

Ihre Augen leuchteten so freudig überrascht auf, dass ihn Bedauern erfasste. »Aber ich bin furchtbar darin, Sonette zu schreiben.«

Imogens Lippen verzogen sich zu einem Lächeln.

Alex nahm den Blumenstrauß zur Hand und hielt ihn ihr hin.

»Zweifle an der Sonne Klarheit,
Zweifle an der Sterne Licht,
Zweifl', ob lügen kann die Wahrheit,
Nur an meiner Liebe nicht!«

Ihre Lippen öffneten sich überrascht, als sie die bekannten Worte von Shakespeare hörte.

Alex erwiderte ihren Blick, das strahlende Blau ihrer Augen schien ihn förmlich zu durchbohren. »Wenn du Primly heiratest, wird mich das vernichten.« Es würde ihn vernichten, wie es seinem Vater nie gelungen war. Er umklammerte den Rosenstrauß so fest, dass sich ein Dorn durch die Satinumhüllung bohrte und ihn durch den Handschuh in den Finger stach. »Er hat dir einen Antrag gemacht, oder?«

Imogen befreite die Blumen aus seinem Klammergriff und legte sie vorsichtig auf den Tisch. »Das hat er.«

Alex starrte ausdruckslos auf die weißen Blumen. Er hatte sie verloren. »Ich verstehe.« Emotionen krochen ihm die Kehle hoch und drohten, ihn zu ersticken. Er schloss die Lider. Ihm war nur allzu bewusst, jetzt noch mehr als sonst, wie schrecklich unzulänglich er war – wie wenig er verdiente.

»Ich glaube nicht, dass du das tust.« Bei der zarten Liebkosung auf seiner Wange hob er die Lider wieder. »Nicht, wenn du darauf bestehst, die Augen zu schließen.«

»Hast du seinen Antrag angenommen?« Sie schwieg einen Augenblick, und die Sekunden vergingen mit schmerzvoller Langsamkeit.

»Das habe ich nicht«, erklärte sie endlich. Mit einem übertriebenen Seufzen nahm sie sein Gesicht zwischen die Hände. »Wie könnte ich seinen Antrag annehmen, wo ich dich so sehr liebe?«

Er schluckte krampfhaft. »Ich habe gedacht, er wäre besser für dich. Er kann dir den Titel einer Countess bieten.«

»Den ich nicht will.«

»Und ein gesetztes, geordnetes Leben.«

»Viel zu eintönig und langweilig.«

Alex legte ihr den Arm um die Taille und zog sie an sich. »Und du sehnst dich nach Leidenschaft und Aufregung, Imogen?«, fragte er und brachte seinen Mund ganz nah an ihren.

»Nein, Alex«, ihre geflüsterte Antwort ließ ihn erstarren, ihre Lippen waren nur eine Haaresbreite voneinander entfernt. »Ich sehne mich nur nach dir.«

Er hatte sein ganzes Leben damit verbracht, sich wie ein gemeiner Schuft zu benehmen, ein nutzloser Lebemann, der sich einzig um sein eigenes Vergnügen scherte. Bis diese kleine

Lady ihm gezeigt hatte, dass er mehr wollte. Er wollte sie. »Dann, wenn du mich willst, mache ich dich zu meiner Frau.«

Imogen stellte sich auf die Zehenspitzen und presste ihre Lippen auf seine. Er neigte den Kopf und machte sich wieder vertraut mit den Konturen ihres sanft geschwungenen Mundes. Er zog sich zurück, und sie stöhnte protestierend auf. »Heißt das Ja, Liebste?«

Ein langsames, spitzbübisches Lächeln spielte um ihre Mundwinkel. »Das ist ein Ja.«

Epilog

»Es scheint schrecklich, es aufzugeben«, erklärte Lady Anne, die Countess of Stanhope, mit einem gequälten Seufzen an die Gruppe von Damen gewandt, die sie die verstopften Londoner Straßen entlangbegleitete. »Es ist ein so wichtiger Teil unseres Lebens gewesen …«

Die Schwestern der Dame, Lady Katherine und Lady Aldora, hielten inne, um ihr finstere Blicke zuzuwerfen, damit sie nicht weitersprach. »Sei still. Es ist kaum fair, es zu behalten«, wies Aldora sie zurecht.

Imogen ging neben ihnen und hörte zu, wie die Schwestern über das Schicksal eines besonderen Schmuckstücks diskutierten. Das Juwel, um das es ging, war der berühmte Anhänger »Herz eines Herzogs«.

Anne wehrte sich. »Ich sage nicht, wir sollen ihn behalten. Natürlich muss der Anhänger zu einer anderen jungen Dame kommen, die das Herz eines Herzogs gewinnen könnte.«

»Oder das Herz ihres Liebsten«, ergänzte ihre Zwillingsschwester Katherine, die neben ihr lief.

Ja, die Frauen, die nun Bande zusammenschweißten, die mehr als Freundschaft waren, das Band, die wahre Liebe zu kennen, konnten alle die Wirkung dieses Anhängers bezeugen, den

Aldora in ihrem Retikül trug.

»Sie ist hier.« Aldora blieb am Ende des Pflasters stehen und betrachtete die bunten Zelte am Ende von Gipsy Hill.

»Woher weißt du das?«, erkundigte sich Lady Katherine, die die Stirn in Falten legte, während sie die Menge, die die Straßen füllte, betrachtete. Die Rufe der fahrenden Händler, die ihre Waren anpriesen, erfüllten die Luft.

»Sie weiß es, weil sie hier gewesen ist.« Die schöne blonde Countess of Stanhope faltete die Hände vor der Brust. »Sie hat Bunică nicht einmal, sondern zweimal getroffen, und jetzt werden wir das auch tun …«

Während die aufgeregte junge Dame weiter und weiter redete, warf Imogen einen Blick über die Schulter zurück zu den Männern, die dicht hinter ihnen folgten. Ihr Ehemann ging neben seinem Freund, dem Earl of Stanhope. Alex hielt mitten im Satz inne und sah sie fragend an. Imogen lächelte ihm zu, und er grinste zurück. Ein glückliches Seufzen drang über ihre Lippen.

»Kommt weiter«, sagte Lady Aldora und suchte sich durch die Menge einen Weg die Straße hinunter. Die Schwestern der Dame und ihre Ehemänner folgten ihr.

Imogen blieb zurück. Die eine unverheiratete Frau neben ihr betrachtete die belebte Straße und zeigte nur wenig Interesse oder Wertschätzung für den legendären Anhänger. Imogen nahm Chloes Hand.

Die junge Lady schrak zusammen und wandte ihre Aufmerksamkeit wieder Imogen zu. Sie blickte sie fragend an. »Was …?«

»Ganz sicher möchtest du doch den Anhänger tragen, Chloe.« Imogen sah hinüber, wo Alex stand und ihnen ihre Privatsphäre ließ.

Chloe schnaubte. »Ganz sicher will ich das nicht.«

Imogen nahm auch ihre andere Hand. »Aber du musst doch auch Liebe für dich selbst finden wollen.«

Chloes Blick glitt über Imogens Gesicht, und dann drückte sie sanft ihre Finger. »O Imogen. Ich wusste, dass ihr, du und Alex, perfekt zusammenpassen würdet.« Ihre Lippen verzogen sich zu einem kleinen Lächeln. »Ich wusste auch, dass ihr beide zu verdammt starrköpfig wart, um die Wahrheit zu erkennen, auch wenn sie direkt vor eurer Nasenspitze war.« Ein übermütiges Funkeln glitzerte in ihren Augen. »Du hast nur ein wenig Hilfe gebraucht.«

Imogen starrte sie mit offenem Mund an. »Was … Warum …?« Ihre Freundin hatte mit einem Geschick Ehestifterin gespielt, das die meisten Mütter der guten Gesellschaft nur bewundern konnten. Sie öffnete ihre Augen weit. »Alex hat es mir nicht gesagt.«

Chloe drückte ihr noch einmal die Hände. »Es ist genug, dass ihr beide die Liebe gefunden habt.« Sie sah hinüber zu Alex, der auf die Uhr schaute, wandte ihre Aufmerksamkeit dann wieder Imogen zu. »Mein Bruder ist ein guter Mann. Das weiß ich. Und darum wusste ich auch, dass er perfekt für dich sein würde. Aber es gibt niemand anderen. Niemand anderen, dem ich so traue wie meinen Brüdern …« Ihre Worte verklangen.

Imogen verspürte einen Anflug von Trauer. Nachdem ihr eigenes Herz durch den Verrat ihrer Schwester gebrochen worden war, hatte Chloe sie gezwungen, weiter an ihren Traum von Liebe und Magie und Romantik zu glauben, und doch … konnte sie nicht einen Splitter dieser Gefühle für sich selbst erübrigen.

Dann, als hätte sie sich die grimmige Ernsthaftigkeit der anderen Frau nur eingebildet, hellte sich Chloes Gesicht auf. »Aber genug davon. Da Alex jetzt verheiratet ist und meine Mutter zurück, wird sie schon mit Plänen beschäftigt sein, auch ihre anderen Kinder unter die Haube zu bringen.« Sie krauste die Nase. »Und darum habe ich vor, meine Zeit bei den Zigeunern zu genießen. Vielleicht haben sie eine andere Art von Magie für jemanden wie mich.«

Sie zwinkerte ihrer Freundin zu und eilte den Zwillingsschwestern hinterher, die neben einem roten Zelt standen, wo ein wenig vertrauenerweckender Verkäufer seine Waren feilbot, einen Affen auf der Schulter.

Ein Paar feste, beruhigende und jetzt sehr vertraute Hände legten sich Imogen auf die Schultern. »Was ist los, Liebste?«, flüsterte Alex an ihrem Ohr.

Sie lehnte sich in die Wärme seiner Berührung, während sie immer noch Chloe hinterherschaute. »Ich mache mir Sorgen um sie.« Auch als sie von ihrem ehemaligen Verlobten verlassen und hintergangen worden war, hatte Imogen doch immer noch einen Funken Hoffnung gehabt, ihr Glück zu finden. Chloes schreckliche Hoffnungslosigkeit sandte ihr einen Schauer über den Rücken.

Alex' Lippen verzogen sich, während er ihrem Blick zu seiner Schwester folgte, die über etwas lachte, was eine der anderen gerade gesagt hatte. Der klare, glockenhelle Klang drang zu ihnen herüber, und doch … »Es wird sich auch für sie noch alles zum Guten wenden.« Er sagte das mehr zu sich selbst.

Wie konnte er sich da so sicher sein? Imogen nagte an ihrer Unterlippe. Wie konnte er das wissen …?

»Ich weiß es, weil ich an die Liebe glaube«, murmelte er, und sein Atem strich über ihre Wange. »Du hast mir beigebracht, dass es Liebe tatsächlich gibt und, noch wichtiger, es zu wagen, mich der Macht dieser Gefühle zu überlassen. Du hast mich gerettet, Imogen«, sagte er schlicht. »Und wenn ich das jetzt so glaube, wie kann ich daran zweifeln, dass eine Frau wie Chloe Liebe finden wird?« Alex hob ihre behandschuhten Hände eine nach der andern an den Mund und drückte seine Lippen darauf.

»Aber …«

»Glaubst du an die Liebe?«, fragte er.

»Wie kann ich das nicht?« Wo jeder Tag schöner war, ihr Glück größer, ihr Herz voller – alles seinetwegen?

»Dann hab Vertrauen, Imogen.« Er nahm ihre Hand und zog sie in seine Armbeuge. »Jetzt komm mit. Ich würde doch denken, dass eine Dame, die Shakespeare zitiert und von Liebe träumt, es wunderbar findet, hier in Gipsy Hill zu sein.«

Imogen schmiegte sich eng an ihren Ehemann. Vertrauen. Er wollte, dass sie darauf vertraute, dass es Chloe gut gehen würde. Er sprach mit der Gewissheit eines Mannes, der die Liebe gefunden hatte und darauf vertraute. Er schrieb es ihr zu, dass ihm die Augen geöffnet worden waren. Doch während sie hinter Chloe hergingen, musste Imogen sich die Wahrheit eingestehen – sie hatten sich gegenseitig gerettet.

Printed in Poland
by Amazon Fulfillment
Poland Sp. z o.o., Wrocław

20161253R00118